昏《くら》き聖母　上

ピーター・トレメイン

JN091315

巡礼の旅に出ていたフィデルマは、良き友であるサクソン人の修道士エイダルフが、カンタベリーへの帰途、殺人罪で捕らえられたという兄からの手紙を受け取り、急ぎラーハン王国に向かった。ラーハンといえば、フィデルマの兄が治めるモアンとは揉めごとの絶えない隣国。どうやらエイダルフは12歳の少女に対する暴行と殺人の容疑で捕まったらしい。ドーリィーとして弁護しようとするフィデルマだが、エイダルフの処刑は既に翌朝に決まったと告げられる。不利な状況下で、彼の無実を証明すべく事件の捜査を始めるが……。人気シリーズ最新作。

登場人物

〝キャシェルのフィデルマ〟……修道女。七世紀アイルランドの法廷に立つドーリィー〔法廷弁護士〕でもある

〝サックスムンド・ハムのエイダルフ〟……サクソン人修道士。サクソン南部のサックスムンド・ハムの出身

デゴ
エンダ
エイダン……キャシェルの武人

モルカ……ラーハンの旅籠《はたご》の主人

ファインダー……ラーハンの首都ファールナの女性修道院長

ノエー……ファールナの前修道院長、ラーハン国王の信仰上の顧問官、〈魂の友《ソール・フレンド》〉

シスター・エイトロマ……ファールナ修道院の修道女、執事《ラクテレ》

ブラザー・イバー……ファールナ修道院の修道士、鍛冶職人
ブラザー・ケイチ……ファールナ修道院の修道士、看守
ブラザー・ミアッハ……ファールナ修道院の修道士、薬師《くすし》
ガームラ……見習い修道女、事件の被害者
フィアル……見習い修道女、ガームラの友人

フィーナマル……ラーハン王国の王
ファルバサッハ……ラーハンのブレホン〔法官、裁判官〕
メル……フィーナマルの親衛隊隊長
ラサー……〈黄山《イエロー・マウンテン》亭〉の女将《おかみ》、メルの姉
ガブローン……川船の船頭、交易人
コバ……カム・オーリンのボー・アーラ〔地方代官〕、族長
ダグ……夜警団団員
ボラーン……アイルランド全土のブレホンの長《おさ》の中の最高位者

昏《くら》き聖母　上

ピーター・トレメイン
田村美佐子訳

創元推理文庫

OUR LADY OF DARKNESS

by

Peter Tremayne

Copyright © 2000 by Peter Tremayne
This book is published in Japan
by TOKYO SOGENSHA Co., Ltd.
Japanese paperback and electronic rights
arranged with Peter Berresford Ellis
c/o A M Heath & Co., Ltd., London
through Tuttle-Mori Agency Inc., Tokyo

日本版翻訳権所有
東京創元社

専業作家としての最初の三十年間を導いてくれた
著作権代理人であり助言者であり友人である
マイケル・トーマスへ

歴史的背景

《修道女フィデルマ・シリーズ》の時代設定は西暦七世紀半ばのアイルランドが主である。

シスター・フィデルマは、〝キルデア[1]の聖ブリジッド[2]〟が設立した修道院にかつて所属していた尼僧、というだけではない。古代アイルランドの法廷において弁護士を務めるドーリイー[3]の資格を持った女性だ。これらの背景にはなじみの薄い読者のかたがたも多かろうと思い、本シリーズをより楽しんでいただくため、作中にて言及されることがらに関しての最重要ポイントをここでご紹介しておく。

フィデルマの時代のアイルランドはおもに五つの地方王国から成り立っていた。じっさい、現代アイルランド語[4]では今でも〝地方〟をあらわす言葉として、〝五つの〟を意味する〝クイゲ〟を用いる。四地方――ウラー[5]（アルスター）、コナハト[6]、モアン[7]（マンスター）、ラーハン[8]（レンスター）――の各王はアード・リー（大王《ハイ・キング》）[9]に忠誠を捧げた。第五の地方であり、〝中央の王国〟を意味する〝大王領〟ミー[10]（ミース）の都タラ[11]より全土を治めた大王である。各地方王国においても、統治は小王国やクラン（氏族）[12]領に分権化されていた。

本作においては、オスリガ（オソリ）小王国[13]の国境地域を巡り、それぞれに領有権を主張するモアンとラーハンの紛争への言及がたびたびなされる。この紛争の詳細は『幼き子らよ、我がもとへ』（《修道女フィデルマ・シリーズ》）にも描かれている。

　財産の相続権は長男または長女にある、と定める長子相続法は、アイルランドにはない概念であった。王を選ぶさいには、最下位のクランの族長から大王に至るまで、一部では世襲制の場合もあったが、もっぱら選挙制が用いられていた。統治者となる者は、男であれ女であれ、その地位にふさわしい人物であることをみずから証明せねばならず、デルフィネ[14]——共通の先祖から数えて少なくとも三世代以上の家族集団——の秘密会議において選挙によって選ばれた。統治者が民の福利の追求をおろそかにした場合には弾劾され、地位を追われることとなった。ゆえに古代アイルランドの君主制は、中世ヨーロッパで発展した封建君主制よりも、現代の共和制に共通する部分が多い。

　西暦七世紀のアイルランドは〈フェナハスの法[15]〉、つまり〝地を耕す者の法〟と呼ばれる洗練された法律によって統治されていた。のちに〈ブレホン法[16]〉として一般的に知られることとなる法律である。〝裁判官〟を意味するブレハヴからその名がつけられた。[17]いい伝えによれば、この法律が最初に編纂されたのは紀元前七一四年、大王オラヴ・フォーラ[18]の命令によるものだった。やがて千年以上の時を経て、西暦四三八年、大王リアリィーによって九人の識者が招集され、この法に検討・改訂が加えられて、当時新たに用いられはじめたラテン文字によって書き留《と》められた。この会議に招集されたうちのひとりが、のちにアイルランドの守護聖人となるパトリック[19]だった。識者たちは三年後、この法律を文書化したものをつくりあげたが、知られるかぎり、これが最初に成文化された法典である。

古代アイルランドの法典で完全版が現存している最古のものは、ダブリンのロイヤル・アイリッシュ・アカデミー所蔵の十一世紀の写本に収録されている。やがて十七世紀になると、アイルランドにおける英国の植民地統治によって〈ブレホン法〉の使用が禁止された。法典を一冊所有しているだけでも罰せられ、死刑または流刑に科せられる場合も少なくなかった。法体系は不変のものではなく、三年ごとにフェシュ・タウラッハ[20]〔〈タラの祭典〉〕において法律家や行政官らが集《つど》い、変わりゆく社会とそれに応じた必要性を考慮し、法の検討と改訂をおこなった。

　これらの法のもとで、女性は独特の地位を占めていた。アイルランドの法律では、当時、あるいは最近までのいかなる西欧の法典とくらべても、より多くの権利と保護が女性に与えられていた。女性は男性と同等に、あらゆる官職、あらゆる専門的職業に就くことができ、またじっさいに就いていた。政治指導者になることも、武人として戦《いくさ》で兵たちの指揮を執ることも、医師にも、地方代官にも、詩人にも、職人にも、弁護士にも裁判官にもなれた。フィデルマの時代に生きた女性裁判官の名前はわれわれも知るところだ——とりわけ、ブリーグ・ブリューゲッド、エインニャ・イーギーナ・イーガイリ、デイリーといった名には聞きおぼえがあるだろう。たとえば、デイリーは裁判官であっただけでなく、六世紀に書かれた名高い法典の著者でもあった。

女性たちは、性的いやがらせ(21)や性差別、強姦などからも法によって守られていた。夫と同等の条件のもとに離婚(22)する権利も、夫婦離別に関する法のもとに定められており、離婚の和解条件として夫の財産の一部を要求することができた。個人的財産を相続する権利も、また病気や入院のさいには疾病手当の支給を受けることもできた。古代アイルランドには、ヨーロッパ最古の病院の記録システムが存在した。今日《こんにち》の観点から眺めると、〈ブレホン法〉は、女性にとってほぼ理想的といってよい環境を保つ一翼を担っていた。

本シリーズにおけるフィデルマの役割をお楽しみいただくために、こうした背景、および近隣諸国とアイルランドとの歴然とした差をご理解いただければと思う。

フィデルマは西暦六三六年、アイルランド南西部のモアン王国の王都キャシェルに生まれた。ファルバ・フラン王(23)の末娘だが、王は彼女が誕生した一年後に逝去している。フィデルマは遠縁にあたるダロウ(24)の修道院長ラズローン(25)のもとで育てられた。〈選択の年齢(26)〉（十四歳、すなわち当時の女性の成人年齢）に達したとき、フィデルマはほかのアイルランドの少女たちと同様に、ブレホン〔法官、裁判官〕(27)である〝ダラのモラン師(28)〟が教鞭を執る〈詩人の学問所(29)〉で学ぶこととなった。八年間の勉学を経てフィデルマは**アンルー**〔上位弁護士〕の資格を取得した。これは古代アイルランドにおいて、〈詩人の学問所〉あるいは聖職者の学問所が授与する最高位の資格に次ぐ高位資格であった。その最高位の資格とは**オラヴ**(30)と呼ばれ、現代のアイルランド語においても〝大学教授〟を意味する言葉として残っている。フィデルマは法律を学ぶさい、『シャンハス・モール』[31]に基づく刑法と『アキルの書』[32]に基づく民法の両者を究めた。それにより、彼女はドーリィー〔法廷弁護士〕となった。

警察とは別に証拠を集めて吟味し、事件の手がかりを探すという点で、彼女のおもな役割を、現代スコットランドの州裁判所の判事補佐になぞらえてもよいだろう。現代フランスの予審判事も同様の役割を担う。いっぽうでブレホンが不在の場合、ときおりフィデルマが法廷において検察官の役割を果たしたり、あるいは本作でも見られるように、軽微事件において弁護人を務めるばかりか裁判官として判決をくだしたりすることもある。

これに遡《さかのぼ》る数世紀の間には、専門家や知識階級の人々はみなドゥルイド[33]と呼ばれていたが、この時代、そうした人々のほとんどが、新たに参入しはじめたキリスト教の修道院に属していた。フィデルマもかつては、五世紀後半に聖ブリジッドが設立したキルデアの修道院の一員であった。だが本作で描かれるできごとが起こった頃には、フィデルマはすでに失望ゆえにキルデアを去っている。その理由については、短編「晩禱の毒人参《ヘムロック》」（『修道女フィデルマの洞察』収録）をぜひお読みいただきたい。

ヨーロッパにおいて七世紀は〈暗黒時代〉の一部と考えられているが、このときのアイルランドは〈黄金の啓蒙時代〉であった。ヨーロッパ各地から学生たちが教育を受けるためにアイルランドの大学へ群れをなしてやってきた。その中には、多くのアングロ・サクソン諸王国の王子たちの姿もあった。ダロウのキリスト教系の大学問所では、当時、少なくとも十八か国以上の国々から学生が訪れていたという記録が残っている。同時に、アイルランド人修道士やアイルランド人修道女は異教の地であるヨーロッパにキリスト教を布教するため国外へ出かけていき、教会や修道院を設立し、東はウクライナのキーウ、北はフェロー諸島、南はイタリア南部のターラントに至るまで、ヨーロッパじゅうに学問の拠点を築いていった。アイルランド、といえば教養と学問の代名詞であった。

だがアイルランドのケルト・カトリック教会派とローマ・カトリック教会派との間では、典礼の方式や式次第についての論争が常に絶えなかった。ローマ・カトリック教会は四世紀に改革に着手し、復活祭《イースター》の日取りやそのための儀式の解釈を変えていった。ケルト・カトリック教会と東方正教会はローマに従うことを拒んだが、九世紀から十一世紀にかけてケルト・カトリック教会はしだいにローマ・カトリック教会に吸収され、いっぽう東方正教会は今日《こんにち》もローマからの独立を保ちつづけている。フィデルマの時代のアイルランドのケルト・カトリック教会はまさにこの対立の渦中にあったため、教会問題を論ずるにあたって、これらふたつの教会の間の哲学的闘争について触れぬわけにはいかないのだ。

七世紀のケルト・カトリック教会とローマ・カトリック教会に共通していたのは、独身制がかならずしも守られてはいなかったという点であった。肉体的な愛は神に身を捧げることにより昇華されねばならぬと考える禁欲主義的な修道士たちはどちらの教会にも常に存在したが、西方教会（ローマ・カトリック教会）において聖職者の婚姻が禁止とまではいかずとも咎《とが》め立てされるようになったのは、西暦三二五年のニカイアの総会議《カウンシル》(35)がきっかけだった。ローマ・カトリック教会において興った独身制の概念は、もとは異教の女神ウェスタに仕える巫女や、女神ディアナに仕える神官たちの慣習から生じたものであった。

五世紀になると、ローマ・カトリック教会は大修道院長および司教よりも上位にある聖職者たちに妻との同衾《どうきん》を禁じ、やがてまもなく、婚姻そのものを禁止した。ローマ・カトリック教会は一般の聖職者たちについては婚姻を認めていなかったが、禁止するまでには至っていなかった。じっさい、西欧の聖職者全員が独身制を受け入れるべく強いられることとなったのは、教皇レオ九世（在位一〇四九〜一〇五四年）による改革がなされたときのことであった。ケルト・カトリック教会が反独身制を返上し、ローマ・カトリック教会の意向に従うまでには幾世紀もの時を費やしたが、いっぽう東方正教会においては、今日《こんにち》でも、大修道院長および司教よりも下位の聖職者たちには婚姻の権利が認められている。

ケルト・カトリック教会においては異性関係に対して寛大な姿勢がとられていたというこれらの事実を認識していただければ、おのずとこの《修道女フィデルマ・シリーズ》の背景についてもご理解いただけることだろう。

ローマ・カトリック教会の方針が教義として制定されても、しばらくのちまで、〝肉欲の罪〟を断罪するという考えかたはケルト・カトリック教会にとっては相容れぬものだった。

《フィデルマ・ワールド》では、男女がともに大修道院や僧院で暮らしている。こうした施設は男女共住修道院《コンホスピタエ》あるいは〝ダブル・ハウス〟と呼ばれ、そこでは男女がキリストに仕えながらともに暮らし、子どもを育てていた。

フィデルマが所属していたキルデアの聖ブリジッド修道院も、彼女の暮らした時代には、男女が共同生活を送るそうした修道院のひとつだった。聖ブリジッドがキルデアに修道院を設立したさいにも、コンレード司教という人物が招き入れられている。聖ブリジッドの死去から五十年後、フィデルマの生きた時代である西暦六五〇年に書きあげられた彼女の最初の伝記は、コギトサスというキルデアの修道士が著したものだが、その中にも、この修道院が彼の時代にもやはり男女共住のままであったことが明確に記されている。

女性が男性と同等の役割を担っていた証拠に、この時代のケルト・カトリック教会では、女性も司祭を務めていたということは着目すべき点であろう。聖ブリジッドも、聖パトリックの甥であるメールによって司教の位を授けられたが、これはけっして特殊な例ではなかった。じっさい、六世紀には、ケルト・カトリック教会が聖体の秘跡たるミサを女性に執りおこなわせていることに対し、ローマ・カトリック教会は文書によって抗議を申し立てている。

ローマ・カトリック教会とは異なり、アイルランドの教会に〝聴罪司祭〟、すなわちキリストの名においてそれらの罪を赦す権限を持つ聖職者に〝罪〟を告解するという制度はなかった。そのかわり、人々は聖職者または平信徒の中からアナム・ハーラ[36]〔〈魂の友《ソール・フレンド》〉〕を選び、感情的・精神的安寧に関わることがらを話し合った。

　多くの読者のかたがた人名をより手軽に参照しやすいよう、主要登場人物一覧を添えた。

　わたしは通常、いうに及ばぬ理由から、時代錯誤の地名は用いないようにしている[37]が、ときには、チャワルよりもタラ、カシェル・モアンよりもキャシェル、アード・マハではなくアーマー、といった現代の地名を用いることはある。しかし、モアンという地名に関しては、〝マンスター〟という呼び名よりも、あくまでも〝モアン〟と呼ぶことに拘《こだわ》っている。というのも、〝マンスター〟とは、九世紀に古代スカンジナヴィア語の〝スタドル〟（場所）と、アイルランド語の地名である〝モアン〟を組み合わせたものがさらに英語化した、当時にはない呼び名だったからだ。同様に、古代スカンジナヴィア語の〝ラーハン・スタドル〟が英語化した形である〝レンスター〟よりも、かならず本来の呼び名である〝ラーハン〟を用いている。さらに読みやすさを追求し、ファールナ・ウォール（〝榛《はん》の木の茂る大いなる地〟の意味）をファールナと略した。現在ではウェクスフォード県のファーンズとして知られる、代々のラーハン王たちが治めた主要都市である。

　本作では、従来の〈ブレホン法〉と、『懺悔規定書《ペニテンシャル》』[38]、すなわち親ローマ派の改革者となった聖職者たちにより当時アイルランドにひろまりだした、それに代わる法体系とのせめぎ合いも描いている。この『懺悔規定書』は、そもそもは宗教的共同体のために立案された宗規であり、古代ギリシア・ローマ式のキリスト教文化の概念に色濃く影響を受けたもので、共同体に属する者たちは、これらの概念に従って生活を律するよう求められた。しかしながら、大規模な修道院の陰でひっそりと息づいていた数々の共同体においてそれが実践されたかどうかは、上に立つ男性の、あるいは女性の修道院長しだいであった。

『懺悔規定書』が定める規則および罰則には、違反者に体罰を与えるといった苛酷なものが多く、〈ブレホン法〉のように〈賠償〉と〈名誉回復〉に基づく制度というよりは、むしろ〈報復〉に基づく制度であった。アイルランドの多くの地域において、ローマ・カトリック教会派のキリスト教が宗教上および地理上の中枢を掌握すると、ブレホンの指針は『懺悔規定書』に取って代わられはじめた。中世後期のアイルランドでは、ヨーロッパのその他の地域と同様に、処刑、手足の切断、鞭打《むち》ちといった刑罰がおこなわれていた。だがフィデルマの時代にはまだそこまでには至っておらず、こうした思想は〈ブレホン法〉に従う弁護士たちの猛烈な怒りを買った。それについては、このあと読者のかたがたも目の当たりにすることとなろう。

ゴシック文字はアイルランド（ゲール）語を、行間の（　）内の数字は巻末訳註番号を示す。

聖書の引用は、原則として『舊新約聖書・文語譯』（日本聖書協会）に拠る。

旧約聖書続篇の引用は、原則として『旧約聖書続篇（アポクリファ）』（旧約聖書続篇翻訳委員訳、聖公会出版社、一九三四年）に拠る。

昏_{くら}き聖母　上

昏き聖母　上

（くら）

夜闇はわれわれの不安を払いのけるどころか、
むしろ明るみに出してしまうのだ。
ルキウス・アンナエウス・セネカ
（小セネカ。紀元前四年頃～六五年）

第一章

馬は、黄昏《たそがれ》に包まれた山道を駆けていた。全部で四頭、乗り手に急かされるたびに荒い鼻息をたてている。旅人は男が三人と女がひとり。男たちは武人のいでたちをして武器を携えていたが、女は、連れの者たちと性別において異なるだけでなく、ひとりだけ法衣をまとっているという点でも際立っていた。ひとりひとりの顔は夕闇に紛れてよく見えないが、馬たちの状態と、それを駆る乗り手たちの疲れきったようすから見て、四人がこの一日で何十キロメートルもの距離を旅してきたことは明らかだった。

「ほんとうにこの道で合っていますか？」鬱蒼《うっそう》と茂る木々の間を早駆けでくだりながら、女はあたりを不安げに見まわし、呼びかけた。山越えのくだり道はさらに険しさを増し、谷底へ続いている。見おろした先には、かすかな残陽の中に峡谷がひろがっており、その間を大きな川が曲がりくねりながら悠々と流れていた。

彼女の隣で馬を走らせていた、砂埃まみれの若い武人が口をひらいた。

「姫様、わたしは急使として、キャシェルからファールナへは幾度も馬を走らせていますので、この道は心得ております。あと一キロメートルほど進みますと、下に見えている川が、西から流れてくる別の川と合流する場所に出ます。その、ふたつの川の出合う地点のほとりにモルカの旅籠《はたご》がありますので、今夜はそこに宿泊するという手もございましょう」

「けれども一分一秒を争うのです、デゴ」女性が答えた。「このまま進んで、今夜のうちにファールナに到着するわけにはいかないのですか?」

武人は返事をする前にしばしためらった。決然とした態度で、だが敬意を損ねず伝えるにはいかなる言葉を選ぶべきか、明らかに迷っているようすだった。

「姫様、わたしはあなた様の兄君である王に誓ったのです。この道中、われわれ供の者でかならずあなた様をお守りする、と。このような人里離れた場所を夜間に旅することはお勧めできません。われわれのような者にとって、このあたりは危険が多すぎます。旅籠に泊まって早朝に出発すれば、明日の正午前にはラーハン王の城に到着できましょう。それに、夜どおし馬を走らせて疲労困憊で到着するよりも、ひと晩身体を休めておいたほうがよろしくはございませんか」

長身の修道女は無言だったが、デゴと呼ばれた武人は、その沈黙を了解と受け取った。

デゴはモアン国王コルグーの騎士団の一員だった。彼を呼び寄せ、コルグーの王国と国境を接するラーハン王国の王都ファールナまでの道中、王妹である〝キャシェルのフィデルマ〟を護衛するよう命じたのは王自身であった。フィデルマがなぜ旅に出ようとしているのかは訊ねるまでもなかった。その知らせは、キャシェルの巨大な王城の隅々にまで届いていたからだ。

フィデルマは聖ヤコブの墓[1]への巡礼の船旅から帰郷したばかりだった。カンタベリーのテオドーレ大司教[2]からキャシェルへの特使として遣わされたサクソン人修道士、ブラザー・エイダルフが殺人罪で告発されたという知らせを受け、旅を切りあげてきたのだ。詳細は今のところまだ不明だったが、風の噂によれば、ブラザー・エイダルフは、東のサクソン人の国に位置するカンタベリーへの帰途においてラーハン王国を通過するさい、殺人を犯したとして逮捕、告発されたという。わかっているのはそれだけだった。

ブラザー・エイダルフがこの一年で、コルグー王の友となったばかりか王妹フィデルマともひじょうに近しい間柄となったことを、キャシェルの民はよく知っていた。フィデルマは友人の弁護を引き受けるべく、ラーハン王国に向かう決意を固めているという話だ。というのも、彼女は修道女であるばかりか、**ドーリィー**、すなわちアイルランド五王国の法廷弁護士でもあるからだ。

噂がどうあれ、ともかくフィデルマが復路の巡礼船をアードモアで降りるやキャシェルへ馬を飛ばし、兄のもとに一時間とて腰を落ち着けることなく、エイダルフが囚われているラーハン王国の王都ファールナめざして出発したことを、デゴは知っていた。じつをいえばデゴもほかのふたりも、険しい表情を浮かべてほかの誰よりも鮮やかに馬を駆るフィデルマについていくのがやっとだった。

彼女を見やり、デゴはふと不安をおぼえた。意志に背く者は誰であろうと容赦しない、とばかりに、フィデルマの青みがかった緑色の瞳にきらりと光が宿る。自分の進言は最善のものだったという自信はあったが、自分がなぜそう勧めたのか、フィデルマが理解してくれていることを心から願ってもいた。彼女が一刻も早くラーハンの王都に到着したがっていることは痛いほど承知していた。

「キャシェルとファールナは敵対関係にございます、姫様」しばらく考えたのち、彼はあえて口をひらいた。「オスリガとの国境付近ではいまだに戦《いくさ》がおこなわれています。哨戒《しょうかい》中のラーハンの戦士団と鉢合わせでもしようものなら、連中は御身に対していかなる無礼をはたらくやもしれませぬ」

フィデルマの厳しい表情がふと緩んだ。

「それは充分承知のうえです、デゴ。賢明な忠告です」

彼女はそれきり黙ってしまった。デゴは口をひらきかけてなにかいおうとしたが、彼女をもう一度見やり、これ以上はなにをいっても余計なだけで、相手を怒らせることになりかねないと悟った。

どのみち、キャシェルとファールナとの間の情勢について、フィデルマほど知りつくしている者はいなかった。彼女はかつて、気性の荒いラーハン王国の若き王フィーナマルと対峙した経験があった。(3) フィーナマルがキャシェルの友ではないことは明らかであり、さらにいえば、彼はいまだにフィデルマとの一件を根に持っていた。

それを知っていた若きデゴは、おのれの仕える姫君が、友であるサクソン人を救うために一目散に敵国へ乗りこんでいく、その勇気に感服していた。なんの邪魔立ても受けずにここまで大胆に動けるのは、ひとえに彼女が、アイルランドのあらゆる法廷に立つことのできるドーリィーであるという事実によるものだった。アイルランド五王国内で、わざわざ彼女に害をなそうという者はまずいないはずであった。そのようなことをすれば厳罰が待っているからだ。〈名誉の代価《オナー・プライス》〉(4)を持たぬ者となり、社会からは永久に抹殺されたうえ、法により守られることもなくなる。法を知る者であれば、相手が法廷に立つことのできるドーリィーであると承知のうえで手をあげることなどあり得ない。しかもフィデルマのような、大王《ハイ・キング》シャハナサッハその人から栄誉を与えられている人物となればなおさらだ。法廷に立つことのできるドーリィーという権威は、モアン王国国王の妹という立場よりも、むろんキリスト教の修道女という立場よりも、大いに彼女を守ってくれるものだった。

しかしながら、デゴが案じているのはそのように法を遵守する者たちのことではなかった。

フィーナマル王とその助言者たちが想像もつかぬような後ろ暗いことを考えつかぬともかぎらない。フィデルマを葬り去り、放浪しているならず者集団の仕業だとしらを切るくらいたやすいだろう。コルグーが自身の戦士団の中から最も優れた三人を選び、ラーハンまで妹の供をしてくれまいかといったのはそうした理由からだった。彼らとて危険な目に遭う可能性はあり、コルグーもけっして行けとは命じなかったが、ひとりひとりに対し、王の特使として法の保護のもとにあることを示す証《あかし》として笏《しゃくじょう》杖を贈った。それは、王の権限において与えることのできる法的保護としては最大限のものであった。

危険に対して常に目を光らせつつ、彼女の後方で馬を走らせるデゴもその同僚のエンダとエイダンも、ラーハン王に対する不信感は拭えぬものの、課せられた任務をためらうことなく受け入れた。フィデルマが向かうのならば、どこへでも供をする覚悟だった。キャシェルの民はこぞって、みずからが戴く王の妹君である、この長身で赤い髪をした若き女性に、特別な愛情を抱いていたからだ。

「旅籠はこの先です」エンダが後方から声をかけた。

デゴは目を細め、暗がりをじっと見据えた。

柱にさげた角灯《ランタン》が揺れている。これは古くから用いられている方法で、旅籠の主人が、その場所にみずからの居酒屋兼宿屋があると示すためのしるしであり――文字どおり、疲れきった旅人の行く道を照らす光であった。デゴは並び立つ建物の前で馬を停めた。暗がりから厩番《うまやばん》の少年がふたり駆け出してきて、馬を引き受けて手綱を預かった。四人の乗り手たちはその間に鞍袋を鞍から外し、旅籠の入り口へ向かった。

肩幅の広い年配の男が扉を開けた。ひと筋の明かりが漏れ、彼の立っている木の階段へ近づいていく四人の姿を照らした。

「モアンの武人かね！」男はじろじろと彼らを眺めまわし、その服装や武器からそれを見て取ると、眉をひそめた。歓迎しているとはいえぬ声色であった。「近頃はここらじゃあんたらのお仲間はとんと見かけなくなってたんだが。なんの用だね？」

デゴは男のいる一段下で立ち止まり、しかめ面でいった。「ここでもてなしを受けたい、モルカ。よもや断るなどと申すまい？」

太った旅籠の主人はしばし彼を見つめ、薄暗い中で顔を見定めようとした。

「あっしの名前をご存じなんですかい、武人どの。なんでまた？」

「わたしはこれまで何度もここに世話になってる。われわれはキャシェルの王の特使であり、ラーハン王のもとへ向かう道中だ。もう一度訊く、われわれをもてなすのは断ると申すのか？」

旅籠の主人は肩をすくめてみせた。

「キャシェルの王の特使どの、しかもわが国の王を訪ねるご道中とあっちゃ、お断りするわけにいきませんな。この旅籠でもてなしを受けたいとおっしゃるんならそうさせていただきますがね。たいそうよい銀貨をお持ちなのでしょうし」

男はそれだけいうと不躾《ぶしつけ》にくるりと背を向け、中の食堂へ戻っていった。

広い食堂の奥には暖炉があり、火が燃えていた。テーブルがいくつか置かれ、人々が腰をおろしてそれぞれに飲み喰いをしていた。片隅では老人がひとり、クリッチと呼ばれるU字形のちいさなハープを爪弾《つまび》いている。彼がそぞろにかき鳴らす弦の音色に耳を傾けている者は誰ひとりいないようだった。そこにいる中の数人は明らかに近所の者どうしで一杯やっている地元のなじみ客、それ以外は早めの夕食を楽しんでいる旅の者たちだった。〝モアンの武人〟というささやき声が瞬く間に部屋じゅうへひろがり、四人が入ってくるなり室内はしんと静まり返った。ハープ弾きまでもがうろたえたように爪弾く指を止めた。

デゴは剣の柄を軽く握ったまま、張り詰めた表情で部屋を見まわした。

「わたしの申しあげた意味がおわかりになりましたか?」彼はフィデルマの耳もとでささやいた。「ここは敵だらけですので油断は禁物です」

フィデルマは即座に頼もしげな笑みを彼に向けると、先頭に立って空いているテーブルへ向かい、鞍袋を床に置いて席に座った。デゴとエンダとエイダンも同様に腰をおろしたものの、その目は不安げに泳いでいた。二十人ほどいたほかの客たちは静まり返ったまま、ちらちらと彼らを盗み見ていた。旅籠の主人は早々に部屋の反対側の端に引っこみ、新たな客には知らぬふりをしていた。

「ご主人！」フィデルマの声が部屋に響きわたった。

水を打ったように静まり返る中、大柄な主人がフィデルマらに近づいてきた。

「あなたは法に定められた自分の義務を果たすつもりがないようですね」

モルカと呼ばれた男は、まさか彼女の口からそのような喧嘩腰の言葉が出てくるとは思いもしなかったようだ。彼はわれに返ると相手を睨みつけた。

「修道女ごときが、旅籠に関する法律のなにを知ってるってんだね？」と鼻で笑う。

彼の嘲弄《ちょうろう》に対し、フィデルマは静かな声で答えた。「私はドーリイー、しかもアンルーの資格を持つ者です。これで答えになりましたか？」

その場がさらに凍りついたように感じられた。

デゴが片手をふたたび剣の柄に近づけ、筋肉に緊張を走らせた。

フィデルマは兎を追い詰める蛇さながらに、その燃え立つような緑色の瞳で旅籠の主人の目をしかと見据えた。男は竦《すく》みあがったようすだった。彼女は声を荒らげることなく、眠気を誘うような声で続けた。

「あなたには私たちをもてなす義務があり、しかも心をこめて尽くさねばなりません。さもなければ、あなたはエチャハの罪、すなわち法に基づいてあなたに課せられている義務の遂行を拒絶した罪に問われることとなります。そうなればあなたはここにいる私たち全員の〈名誉の代価〉の合計額を支払わねばならないでしょう。あなたが悪意をもって故意にそうしたとみなされれば、さらにこの旅籠のジーレ〔補償〕を失う可能性もあります。たとえ潰されても補償金はいっさい与えられません。法律についてはこれでおわかりになりましたか、ご主人？」

男は、失った声を懸命に取り戻そうとするかのように、立ちつくしたまま穴が開くほど彼女を見つめていた。やがて、ついにその激しいまなざしから目をそらすと、足をもぞもぞと動かし、頷いた。

「そのようなつもりなど。ただ近頃は……なにかと物騒ですんで」

「確かに近頃はなにかと物騒なこともあるでしょう、ですが法は法であり、あなたはそれに従わねばなりません」彼女は答えた。「さて、連れも私も、今夜の寝床を所望しております の。それから食事も――今すぐに」

男はとたんに態度を一変させ、もう一度ぴょこんと頭をさげた。

「さっそくご用意いたします、尼僧様。ただちに」

彼は振り向いて女房に声をかけた。それが沈黙を破る合図であったかのように、人々はふたたび賑わいだした。ハープのもの悲しい音色もふたたび響きはじめた。

デゴは椅子の背にもたれ、ほっとしたように弱々しい笑みを浮かべた。

「ラーハンの連中にはやはり嫌われたものですな、姫様」

フィデルマはかすかなため息をついた。「残念ながら、彼らは、自分たちの若き王が抱いている偏見をそのまま受け入れるべきだと思いこんでいるのです。ですが、法はいかなるものよりも重んじねばなりません」

旅籠の女房が、どこかぎごちない笑みを浮かべてこちらへやってきた。火の上でぐつぐつと煮えている大鍋からよそったシチューのボウルを持っている。蜂蜜酒《ミード》とパンも運ばれてきた。

昼食もとらずに一日じゅう馬を飛ばしてきた四人の客は、しばし食事に没頭した。腹が満たされ、蜂蜜酒の入った陶器のマグを手に寛いでようやく、フィデルマは周囲のようすや、旅籠にいる自分たち以外の客をあらためてじっくりと見わたした。

彼ら以外の旅の者たちは、手織りの茶色の法衣に身を包んだ修道士のふたり組と、数名からなる商人の一団だった。ほかは地元の者たちであり、そのほとんどが農夫で、鍛冶屋がひとり、そこに交じって酒とお喋りを楽しんでいた。隣のテーブルではふたりの農夫が話しこんでいた。しばらく耳を傾けていると、ふたりの会話があまり農夫どうしらしくない内容であることに、フィデルマは気づいた。彼女は眉をひそめ、ほんのすこし身体の向きを変えてさらに耳をそばだてた。

「いい見せしめだ。あのサクソン野郎にとっちゃ自業自得ってとこだ」片方がいった。

「この国にとってサクソン人どもは厄病神以外のなにもんでもねえ。なにせ俺らの船やら海岸沿いの土地やらにあがりこんじゃあ略奪を繰り返しとる」と相手も乗ってきた。「あの海賊どもをちょいと長いことつけあがらせすぎちまったな。モアンと戦を始めるよりゃ、サクソンと一戦交えたほうがフィーナマル様にとってもずっと得なんじゃねえかね」

ふいに、農夫のひとりが、フィデルマが聞き耳を立てていることに気づいた。彼はばつが悪そうに、咳払いをして立ちあがった。

「さて、おいらはもう寝床に行くべかね。明日は下の畑を耕さにゃならんでな」彼は背を向けると、旅籠の主人と女房に夜の挨拶をして出ていった。

フィデルマはくるりと振り向いて、もうひとりの男に向き直った。先ほどの男よりも若く、身なりから羊飼いらしいと見当がついた。話し相手がなぜそそくさと帰ってしまったのか理解できず、蜂蜜酒の続きをあおっている。

フィデルマは彼に向かって親しげに会釈した。

「サクソン人について話しているのが聞こえてしまったのですけれど」明るい声で切り出す。

「このあたりではサクソン人による襲撃が多いんですの？」

修道女に話しかけられ、羊飼いは怪訝《けげん》な表情を浮かべた。

「南東側の海沿いあたりの港町は、これまでもしょっちゅうサクソンの海賊どもにやられてんでさ、尼僧様」彼はぶっきらぼうにいった。「なんでも交易船が三隻、そのうちの一隻はゴール[5]の船だそうだが、そいつが襲われて積み荷をぶん捕られたあげく、カホア岬[6]沖に沈められっちまったんだとか。たった一週間前のことでさ」

「お友達とのお話から察するに、そういった海賊のひとりが捕らえられたということですか？」

男は先ほど交わした会話を思いだそうとするように眉間に皺《しわ》を寄せていたが、やがてかぶりを振った。「海賊ってわけじゃねえんで。俺らが話してたのは、尼僧様を殺しちまったサクソン人のことでさ」

フィデルマは背筋を引き、衝撃を顔にあらわすまいとした。修道女殺害とは！　この男が話しているのは、むろん彼女の知っているエイダルフのことではあり得まい？　イベリアの港町であの知らせを受け取ってから九日が過ぎている。ということはつまり、エイダルフが下手人として告発された犯罪がじっさいに起こったのは少なくとも三週間は前ということだ。ひとつ気がかりなのは、たとえ兄からフィーナマルに宛てて猶予を願い出ることづてが送られていようと、じつはものごとが思わぬ早さで進んでおり、フィデルマがどれだけ彼を弁護したいと望んでも、到着したさいにはすでに時遅し、ということになるのではないかということだった。だが、修道女殺害にエイダルフが関わっているかもしれぬなどとは到底考えられなかった。

「なんという恐ろしいことを！　そのサクソン人はなんという名前なのです？」

「さあそこまでは、尼僧様。知りたくもねえですがね。ただのサクソン人の人殺しの犬畜生に決まってまさ」

　フィデルマは咎《とが》めるような目つきで男を見た。「詳しく知りもしないのに、なぜあなたのいうように、人殺しの犬畜生だなどといいきれるのですか？　〝サピエンス・ニヒル・アフイルマト・クォド・ノン・プロバト〟」

　羊飼いは面喰らったようすだった。彼女はすぐさま、ラテン語の文句を引用するなどという自分の傲慢《ごうまん》さを詫びた。

「〝賢き者は、みずからが証明していないことをけっして真実として述べることはない〟。判事による裁決を待つべきではありませんか？」

「そんなことをしても無駄でさ。神に仕えるおかたたちですら、奴の弁護なぞしようとしねえんですから。なんでも例のサクソン人とやらは修道士で、連中のお仲間だから、下手したら奴の悪行をなかったことにされちまうんじゃないかって噂もありましたがね。とにかく奴は罰を受けて当然でさ」

　フィデルマは彼の態度に苛立ちをおぼえながら、男を見据えた。

「それは公正ではありません」彼女はため息まじりにいった。「判決がくだされ罰せられる前に、その者は裁判にかけられる必要があります。ブレホンの裁定を受けるまで罰することはできません」

「けど裁判はとっくに終わっちまってますし、尼僧様。奴は裁判にかけられて判決を受けたんでさ」

「裁判は終わっている、ですって?」フィデルマは衝撃を隠せなかった。

「ファールナから聞こえてきた話じゃ、奴は裁判にかけられて有罪になったそうでさ。王様のブレホン様も、奴は有罪ってことでご納得されたんだと」

「王のブレホン? 首席裁判官が? つまりファルバサッハ司教殿が、ということですか?」

フィデルマは必死に平静を保とうとした。

「そうでさ。あのおかたをご存じで?」

「知っていますとも」

フィデルマは苦々しげに思いだした。ファルバサッハ司教とはかねてより確執がある。彼が関わっていると気づいてしかるべきであった。

「そのサクソン人が有罪だというならば、いかなる罰が与えられることになるか聞いていますか? 〈名誉の代価〉はどれほどなのです? そのサクソン人に要求される賠償の額は?」

法律上、殺人罪において有罪判決を受けた者は、それ以外の犯罪と同様、賠償を支払わねばならなかった。エリック〔〈血の代償〉〕と呼ばれる科料だ。社会における個人ひとりひとりが、地位や身分に応じ〈名誉の代価〉を定められていた。加害者は被害者に、あるいは殺人の場合には被害者の親族に賠償を支払う義務があった。加えて裁判費用も負担せねばならなかった。犯罪の重大さによっては、犯罪者はあらゆる公民権を剝奪され、更生施設における労働を科せられる場合もあった。それでも更生がかなわなければ、渡りの労働者という、奴隷とさほど変わらぬ身分にまで降格されることもあった。デア・フィーアル(7)と呼ばれる者たちだ。だが賢明なことに、〝死せる者はみずからの責任をも道連れとする〟と法には定められていた。犯罪者の子孫には、その父親または母親が有罪とされる以前と同額の〈名誉の代価〉が与えられたうえでの社会復帰が認められていた。

質問に面喰らったかのように、羊飼いはぽかんとフィデルマを見つめた。

「〈血の代償〉なんてねえですよ」ようやく彼がいった。

フィデルマは意味がわからず、そのとおりに口にした。

「ではどういった罰のことをいっているのです?」

羊飼いは空《から》になったマグを置き、袖で口もとを拭いながら席を立った。

「王様は、新しいキリスト教の『懺悔規定書《ペニテンシャル》』に従って判決をくだすべきだといってなさる。なんでもローマふうの新しい法律の仕組みなんだそうだ。例のサクソン人は死刑でさ。もうとっくに絞首刑になっちまったんじゃねえですかね」

第二章

聖職者たちの一団が、礼拝堂の真鍮《しんちゅう》の鋲《びょう》のついたオーク材の扉からあらわれ、一列となってゆっくりと、修道院の中央にある中庭の、冷えきった灰色の光の中に進み出てきた。ひろびろとした中庭で、地面には黒いみかげ石が敷き詰められているが、四方は陰鬱《いんうつ》な色をした修道院の壁にぐるりと囲まれ、それゆえに中央の空間がじっさいよりも狭いような錯覚を与えている。

頭巾《カウル》つきの法衣をまとった修道僧たちの列は、豪奢《ごうしゃ》に飾り立てられた十字架を手にした、この修道院に属するひとりの修道士を先頭に、みな顔を伏せ、法衣の襞《ひだ》の内に両手を収めて、ラテン語の賛美歌を詠唱しながら、ゆっくりと静かに進んでいった。そのすぐ後ろには、やはり頭巾つきの法衣をまとった修道女たちがいた。人数も同じくらいで、やはりみな顔を伏せ、賛美歌に声を合わせているが、男声よりも高い声でディスカント（ソプラノ）の旋律を歌い、ハーモニーをつくりあげている。それが閉ざされた空間に響きわたるとなんとも不気味であった。

修道士らと修道女らは中庭の両端へ移動し、木製の台座に向かい合うように立った。台座の上には三本の柱が垂直に立てられ、それが三角形の梁《はり》を支えているという、変わった形をしたものが置かれていた。梁のひとつからロープが一本ぶらさがり、先は引き結びの輪となっていた。輪の真下には三本足の踏み台が置いてあった。残忍きわまりないこの装置の真横には、足を大股にひらいた長身の男が立っていた。上半身裸で、太い筋肉質の両腕を、毛深くて広い胸板の前で組んでいる。男は無表情のまま、ずらりと並んだ聖職者たちを見据えた。この見るも恐ろしい台座においてこれから自分がおこなう仕事に動揺をおぼえてもいなければ、いっさい恥じてもいないようすだった。

礼拝堂の扉からさらに、男女の聖職者がひとりずつ、ゆっくりと台座のほうへやってきた。女は痩せた身体つきをしており、そのせいで長身に見えたが、近づいてみるとそれは単なる錯覚に過ぎず、背そのものは高くなかった。横柄とも取れるような厳格な表情を浮かべ、いかにもこの場を仕切っているのは自分だといわんばかりだ。まとっている法衣と、首からさげた鎖の先についている凝った十字架から察するに、高位の修道女であると思われた。その傍《かたわ》らにいるのは、陰鬱な険しい表情を浮かべた小柄な男だった。彼のいでたちもまた、高位の聖職者であることを示すものであった。

ふたりは修道士らと修道女らのふたつの列に挟まれた、台座のちょうど正面のあたりで立ち止まった。女がわずかに片手をあげると、賛美歌の声がやんだ。

修道女のひとりが急いで前に出るとその前で足を止め、うやうやしく頭をさげた。

「準備は整いましたか、シスター？」身なりの豪華なほうの修道女が訊ねた。

「すべて整いましてございます、院長様」

「では神の恵みにおいて始めるといたしましょう」

いわれた修道女は中庭の反対側にある扉をちらりと見やり、片手をあげた。

すぐさま扉が大きくひらき、服装から見て修道士と思われる体格のよいふたりの男に両脇を抱えられ、若い男が引きずり出された。同じく修道士の法衣をまとっていたが、あちこち破れているうえに染みがついていた。顔からは血の気が失せ、唇は恐怖にわなないている。彼は全身を震わせてすすり泣きながら、待ち受ける一団のもとへ、中庭の敷石の上を引きずられていった。三人は、修道院長ともうひとりの聖職者の前まで来ると、立ち止まった。

一瞬あたりがしんと静まり返り、若者がすすり泣く痛ましい声だけが響いた。

「さて、ブラザー・イバー」女の声はとげとげしく、無慈悲だった。「死出の旅路に片足をかけた今、ようやくみずからの罪を告解する気になりましたか？」

若者は声を出しはじめたものの、それらは意味をなさなかった。怯えきっているせいで、発したものは言葉にすらならなかった。

修道院長の傍らの、男の聖職者が身を乗り出した。

「告解せよ、ブラザー・イバー」いい聞かせるようなささやき声だった。「告解し、煉獄で受けるであろう苦痛から免れるのだ。おのれの罪から魂を解き放ったうえで神のみもとに行けば、主は喜びとともにそなたを迎え入れてくださる」

若者の喉もとから、ようやく言葉らしきものが絞り出された。

「前院長様……院長様……わたしはやっていません。神はご存じのはず……わたしは無実です」

到底認めがたいとばかりに、女の表情が険しく歪んだ。

「『申命記』の言葉を知っていますか？　〝……然《しか》る時士師《さばきびと》詳細《つまびらか》にこれを査《しら》べ視《み》るに、その證人《あかしびと》もし偽妄《いつはり》の證人《あかしびと》にしてその兄弟《きやうだい》にむかひて虚妄《いつはり》の證《あかし》をなしたる者なる時は……汝憫《なんぢあはれ》み視《み》ることをすべからず生命《いのち》は生命《いのち》眼は眼歯は歯手は手足は足をもて償《つくの》はしむべし〟（第十九章十八～二十一節）。信仰の掟として定められている言葉です。今からでもおのれの罪を退けるのです、修道士よ。罪を清めて神のみもとに向かいなさい」

「わたしは罪など犯していません、院長様」若者は死にものぐるいで叫んだ。「やってもいないことを退けることなどできません」

「ではおのれの愚かさが招いた必定の結果を知るがよいでしょう。すでに記されています。〝我また死にたる者の大なるも小《せう》なるも御座《みくら》の前《まへ》に立てるを見たり。而《しか》して数々の書展《ふみひら》かれ、他にまた一つの書《ふみ》ありて展《ひら》かる、即《すなは》ち生命《いのち》の書《ふみ》なり、死人は此等《これら》の書《ふみ》に記されたる所の、その行為《おこなひ》に随《したが》ひて審《さば》かれたり。海はその中にある死人を出《いだ》し、死も陰府《よみ》もその中にある死人を出《いだ》したれば、各自《おのおの》その行為《おこなひ》に随《したが》ひて審《さば》かれたり。かくて死も陰府《よみ》も火の池に投げ入れられたり、此《こ》の火の池は第二の死なり。すべて生命《いのち》の書《ふみ》に記されぬ者はみな火の池に投げ入れられたり〟（『ヨハネの黙示録』第二十章十二〜十五節）」

女はそこで息をつくと、同意を求めるように傍らの聖職者をちらりと見やった。彼は頭《こうべ》を垂れ、硬い無表情のまま、いった。

「ならば神の思《おぼ》し召しどおりに」いっさい感情のこもらぬ声だった。

女は、若者を押さえているふたりの屈強な男たちに向かって頷いた。

「そうあらしめよ」祈りを締めくくるがごとく、彼女はいった。

男たちは囚人の身体をぐるりと引いて台座のほうを向かせると、激しく抵抗する彼を無理やり前へ突き出した。両側から腕をとらえられていなければ、装置の真上に勢いよく倒れていたことだろう。だが体勢を立て直す間もなく、彼は男たちに両腕を背中でねじあげられ、片方の男が慣れた手つきで彼の両手を短いロープで縛りあげた。

「わたしはやってない！　無実だ！」若者はもがきながら虚しく叫び声をあげた。「手枷《てかせ》について訊いてくれ！　手枷だ！　訊いてくれ！」

台座の上で彼らを待ち受けていた大男が進み出て、まるで子どもでも抱きあげるかのように、その身体を軽々と持ちあげた。囚人は踏み台の上に乗せられ、引き輪を首からかけられて、息苦しさに叫び声すらあがらなくなった。その間に、先ほどの男たちのひとりが彼の両足をロープでしっかりと縛った。

彼を連れてきた男たちはそこで台座をおり、死刑執行人だけが若者の傍らに残った。若者は首に縄をかけられ、危うい足もとで踏み台の上に立っていた。

修道士たちと修道女たちによるラテン語の賛美歌がふたたび始まった。唱和する歌声がしだいに速く、差し迫った響きを帯びた。死刑執行人の残忍なまなざしを受け、修道院長が素早く頷いた。

筋骨隆々の男は、ただ若者の足もとの踏み台を蹴飛ばしただけだった。若者が最期に苦しげな声をひとつあげ、引き輪が強く締まった。彼は前後に身体を揺すり、両足をばたつかせていたが、やがてロープがじわじわと首を締めあげ、彼を死へ導いていった。

中庭を見おろす、鉄格子のついたちいさな窓からその一部始終を見ていた〝サックスムンド・ハムのエイダルフ〟は身震いをして、片膝をつき、死せる者の魂に短い祈りを捧げた。そして窓に背を向け、薄暗い独房の奥に戻った。

先ほどから、独房にあるたった一脚の椅子に腰をおろして、黒々とした目に不吉な光をたたえて彼を見据えているのは、細面の、血色の悪い男だった。聖職者の法衣をまとい、首からは豪奢な金の十字架をさげている。

「どうだ、サクソンよ」男の声は鋭く、高圧的だった。「さすがにおのれの行く末を案じたのではないかね」

先ほどあのような光景を目にしたにもかかわらず、ブラザー・エイダルフのおもざしに、思わず険しい笑みが浮かんだ。

「おのれの行く末を案じる必要はあまり感じませんでしたね。この世での生は、どのみちじつに限りあるものですから」

茶化したものいいに、座っているほうの男は唇に皮肉な笑みを浮かべた。

「ならばなおのこと心構えをしておくべきであろう、サクソンよ。この世での最後の時間をいかに過ごしたかが、そののちの永遠のさだめを左右することもあるのだからな」

エイダルフは木の寝床に腰をおろした。「あなたと法律の知識においていい争うつもりはありませんが、ファルババサッハ司教殿、私は甚《はなは》だ混乱しているのです」と軽い口調でいう。

「私はこの地で数年間にわたり学んでまいりましたが、死刑などただの一度も見たことがありませんでした。あなたがたの法律である『シャンハス・モール』には確か、このアイルランド五王国においては、たとえいかなる罪を犯そうと、〈血の代償〉すなわち賠償金が支払われた場合には、何人《なんぴと》も死刑に処してはならない、と記されていたはずです。なぜ先ほどの若者はあの場所で殺されねばならなかったのですか?」

ラーハン国王フィーナマルの首席裁判官、すなわちブレホンであるこの王国の司教ファルバサッハは、冷笑を浮かべるように唇を尖らせた。

「時代が変わったのだ、サクソンよ。時は移り変わるものだ。われらが若き王はこう布告なさった。これよりキリスト教の定める法と罰則を用い――つまりわれわれのいう『懺悔規定《ペニテンシ》書《ヤル》』を用い――この国の旧態依然としたやりかたを改めるべきである、と。キリスト教が定める法に従うほかの国々において普《あまね》く受け入れられているものなのだから、むろんわれわれにとってもよきものでないはずがなかろう」

「ですがあなたはブレホン、すなわち裁判官として、アイルランド五王国の法の守《も》り人となることを誓ったのではないのですか。あなたがたが守ってきた由緒ある法律を変えてしまう法的権限をフィーナマルに与えるなどということをなぜ黙認しているのです？　それが許されるのは、三年に一度、〈タラの大祭典〉において、各王やブレホンや弁護士や一般の法律家たち全員の同意が得られたときのみのはずです」

「異国からやってきたとは思えぬほどわが国の法律に通じているようだな、サクソンよ。ならば教えて進ぜよう。われわれはなにを差し置いてもまず信仰を尊ぶべきなのだ。私は法の守り人となることを誓ったが、それ以前に、信仰の守り人となることをも誓った。われわれは教会の定める神聖なる法をすべて受け入れ、暗愚なる邪教のごとき風習は捨て去るべきであろう。話がそれてしまったようだ。私がここへ来たのはそなたと法について議論するためではない、サクソンよ。そなたは有罪となり刑を宣告された。もはやそなたがすべきことは素直におのれの罪を認め、神と和睦することのみだ」

エイダルフは首を振りながら腕組みをした。

「あの哀れな若者が処刑されるのをわざわざ私に見せたのはそれが理由ですか？　そもそも、

ファルバサッハ司教殿、私ならとうに神と和睦しておりますよ。あなたが私に罪を認めさせたがっているのは、単に、ご自分が虚偽の判決をくだしたことに対する自責の念を払拭なさりたいがためでしょう。私は無実ですから、先ほどの若者と同様に声をあげさせていただきます。願わくば、若きブラザー・イバーが天国にて神に温かく迎え入れられんことを」

ファルバサッハ司教が立ちあがった。その細いおもざしにはまだ笑みが浮かんでいたものの、先ほどよりも表情はこわばり、ことさらつくり笑いをしているように見えた。どうやら苛立ちが高じてはらわたが煮えくり返っているごようすだ、とエイダルフも気づいた。

「ひたすら無実を訴えつづけるなど、ブラザー・イバーも愚かなことよ、そなたと同様にな」彼は独房の窓際へ歩いていき、中庭をしばし見おろした。絞首台からぶらさがった若者の身体はいまだゆらゆらと揺れており、ときおりぴくりと動いては、この不運なる獲物が、じっくりと時間をかけて死に至らしめられようとしているというおぞましい事実を、否応なしに突きつけてきた。死刑執行人は辛抱《しんぼう》強くその場に残っていたが、あとの者たちはすでに姿を消していた。

「奇妙でしたね……彼の最後の叫びは」エイダルフは思い返して口にした。「手枷についてじっさいに訊ねた者はいたのですか?」

ファルバサッハ司教は答えなかった。やがて彼は背を向け、扉に向かって歩いていった。掛け金に手をかけたところでふと立ち止まって振り返り、エイダルフを冷ややかな、怒りのこもったまなざしで見やった。

「明日の正午までは待ってやろう、それまでに心を決めておくことだ、サクソンよ。このまま嘘をつきつづけて死を迎えるのか、それともこの穢《けが》らわしい罪を告白しおのれの魂を浄化してから死を迎えるのか」

「どうやら」看守の注意を惹こうと扉を激しく叩いているファルバサッハを横目に、ブラザー・エイダルフは穏やかな声で答えた。「あなたは、やってもいないことに対して、私に罪を認めさせようと躍起になっていらっしゃるようだ。私はそれが不思議でならないのですが？」

一瞬、ファルバサッハ司教の鉄面皮が剝がれ落ち、もし視線で人を殺せるものならば、自分は間違いなくこの瞬間に死んでいただろう、とエイダルフは思った。

「明日の正午を過ぎれば、サクソンよ、そなたにはもはや不思議がることすら許されぬであろうよ」独房の扉がひらき、ファルバサッハ司教は出ていった。エイダルフは立ちあがり、急いで駆け寄ったが、扉は目の前でぴしゃりと閉ざされた。彼はちいさな鉄格子に向かって声を張りあげた。「つまり明日の正午までは、あなたの動機についてひたすら黙考する時間があるということだ。この場所にいかなる邪悪が渦巻いているのか、それを見いだすには充分な時間が私に与えられているということです、ファルバサッハ！ 手枷についてはどうなっていますか？」

返事はなかった。しばらく耳をそばだてていたが、廊下に敷き詰められたみかげ石に革が当たる音はしだいに遠ざかり、やがて彼方で扉がばたんと閉まって、鉄製の閂《かんぬき》を掛ける音がした。

エイダルフはさがって扉から離れた。ふたたび置き去りにされ、しだいに目の前が絶望で暗くなりはじめた。ファルバサッハに対してはけっして感情を見せまいとしたものの、自分自身に対してはどうにも隠しようがなかった。窓辺に近づき、絞首台を見おろす。ロープにぶらさがったブラザー・イバーの身体はもうほぼ揺れていなかった。手足が痙攣《けいれん》することもなかった。もはやその身体に命は宿っていないのだ。エイダルフは祈りの文句を唱えようとしたが、それは声にならなかった。唇は乾き、舌が腫れぼったく感じた。明日の正午には、自分があの絞首台にぶらさがることになるのだ。もはや打つ手はなかった。

〝榛《はん》の木の茂る大いなる地〟ファールナは、ラーハン王国のイー・ケンセリック王家が居を構える都である。町はふたつの谷が交わるほとりの丘陵にあり、それぞれに広大な川の流れるふたつの谷がそこで出合い、まるで巨大なY字を描くように、ひとつに合わさってひろびろとした渓谷となって、一本となった川は南へ流れていき、やがて東へ折れて海に注ぐ。

フィデルマと連れの者たちはモルカの旅籠《はたご》にひと晩滞在したのち、スレーニー川(1)の広い浅瀬を渡り、さらにスレーニー川とバン川に挟まれた道を進んだ。この川を望む丘陵にあるのが、代々のラーハン王が治める王都である。他国からの旅人や商人、交易人や特使が常に行き来しているため、木立や石造りの建物が点々とひろがるこの町に彼らが到着したさいにも、とりわけ目立ちもしなければ警戒されることもなかった。この町を訪れる異邦人はあまりにも多く、それがいちいち人々の口端にのぼることはなかった。

ふたつの建造物がファールナを見おろしていた。丘陵にあるちいさな高台に聳《そび》え立つ城は、代々のラーハン王の居城であった。大きな城だが派手さはなく、形としては、アイルランド五王国の各地によく見られる円形の城砦と同様のものだった。奇妙にも、この地で最も威圧的に聳え立っているのは聖マイドーク(2)の名を冠するファールナ修道院であった。灰色の花崗《かこう》岩《がん》でできたこの建物群は、バン川の堤にほど近い場所に建っていた。じつのところ、ここには修道院のためのちいさな河岸《かし》もあり、川沿いの村落からやってきた小舟はここに停泊して商いをおこなっていた。

初めてファールナを訪れた者が、この修道院をラーハン王の城砦と取り違えたとて咎《とが》められることはなかろう。建てられてから五十年に満たぬにもかかわらず、すでに何世紀もの間そこに建っていたかのように見えるのは、この修道院が、仄《ほの》暗く、朽ち果てた異様な空気をまとっているからだった。修道院というよりはむしろ砦《とりで》という雰囲気であった。目にした者は、背筋の寒くなるような不吉なものを感じずにはいられなかった。

キリスト教におけるみずからの助言者とその信徒たちのために修道院を設立すると決めた

さい、老王ブランダヴ(3)は、これをわが王国において最も目を惹く建造物とせよ、と命じた。そしてこのときもなお、この修道院は、本来の崇拝と歓喜の地としての役割を果たすというよりも、まるで辺縁の地にあらわれた禍々《まがまが》しい傷のごとく、威圧感を漂わせ、のしかかるように聳え立っていた。

ブレフニャ(4)出身でありファールナに滞在していた福者《ブレッシド》(5)エイダンからブランダヴ王が洗礼を受けたことにより、ラーハン王がキリスト教に改宗するようになっていまだ五十年にも満たなかった。ラーハンの民はエイダンのことをマイドークの名で呼んだ。それは、〝ちいさな炎〟を意味する彼の愛称だった。福者マイドークは四十年前にこの世を去った。以来、かの修道院の修道士たちがこぞって目を光らせ、彼の遺体をそこに守りつづけているのだという。

町の中心へ馬を乗り入れながら、フィデルマはその建造物をじっくりと観察した。神に仕える者たちの住まいというには、彼女の記憶にあるものとはかなり異なっていた。そう感じたことに彼女はいくばくかの罪悪感をおぼえた。福者マイドークがこの国において広く愛されてきたことは彼女も知っていたからだ。だが信条として、宗教とは喜びをもたらすものであり抑圧を与えるものであってはならない、という点は譲れなかった。

以前ファールナを訪れたことのあるデゴが、フィーナマルの城までの道を案内した。若き武人は堂々たるようすで城をめざして丘陵をのぼっていくと、門前で馬を止め、当惑したようすの親衛隊の士官に、彼らの隊長を呼んでくるよう命じた。まもなくひとりの兵士が姿をあらわし、デゴと連れの者がキャシェルの王の遣いの者たちだと気づくと怪訝《けげん》そうな顔をした。男がためらい、行動を決めかねているのを見つつ、フィデルマは馬を前に出した。

「執事《ラクテレ》に伝えなさい」彼女は告げた。「〝キャシェルのフィデルマ〟がフィーナマルに謁見を求めている、と」

親衛隊隊長は、入城を求めてきた若い修道女の身分に気づいて腰を抜かさんばかりだった。やがて彼はぎくしゃくとひとつ会釈をすると、部下のひとりに向かい、王室の執事を呼んでくるようぶっきらぼうに命じた。そしてフィデルマと供の者たちに、馬をおおりになって親衛隊の詰所でお待ちいただいてはいかがでしょう、と慇懃《いんぎん》な口調で問いかけた。彼がぱちんと指を鳴らすと、厩番《うまやばん》の少年たちが駆け寄ってきて馬たちを連れていった。フィデルマと連れの者たちが部屋に入ると、中では炎が音をたてて爆《は》ぜていた。大歓迎とまではいかずとも、〈歓待の法〉(6)に則《のっと》った最低限の礼儀を尽くしたもてなしがなされた。

さほど待たぬうちに、王室の執事が慌ただしく駆けこんできた。

「〝キャシェルのフィデルマ〟ですと？」銀髪を丁寧《ていねい》に撫でつけた初老の男で、身なりや服装から見るに、みずからの装いに対しても拘《こだわ》りが強く、宮廷でのしきたりについてもじつに細かい男であるだろうことがうかがえた。彼は身分を示す銀の鎖を身につけていた。「王に謁見を求めておいでだと伺っておりますが？」

「そうです」フィデルマは答えた。「急を要する案件です」

男は重々しい表情のまま答えた。「承知いたしました。あなた様と……」彼は、立っているデゴとエイダンとエンダにちらりと目を向けた。「護衛のかたがたは、私が手配をいたします間に、身支度を調えて休息を取られては？」

「早急に王にお目にかかりたいのです」フィデルマが答えると、執事は驚いたようすで、慌ただしくまばたきをした。「休息ならば旅の途中で充分に取りましたし、そもそもこうして旅をしてきたのも、生死に関わる緊急事態だからです。けっして曖昧《あいまい》な意味で申しあげているのではありません」

男は口ごもった。「通例では……」と口をひらきかける。

「例にないことが起こっているのです」フィデルマがぴしゃりと遮《さえぎ》った。

「あなた様はモアン国王の妹君。また尼僧殿でもあり、さらにドーリィーとしてのご評判はファールナにおいても広く知られております。そこであえてお伺いいたしますが、このたびはどちらのお立場でこのようなところまで？　わが王はいついかなるときも、隣国からの客人を歓迎なさいます。それが〝キャシェルのコルグー〟の妹君とあればなおのこと……」

フィデルマは素早く片手でとどめる身振りをし、彼の言葉を遮った。質問をはぐらかすような追従《ついしょう》など聞きたいわけではなかった。

「私は今、モアン王国の王妹としてではなく、法廷に立つドーリィー、しかもアンルーの資格をも持つ者としてここにおります」冷ややかな、有無をいわせぬ声だった。

執事は無言の了解を示すように、ひょいと片手をあげた。

「では、少々お時間をいただいてもよろしければ、王のご意向を伺ってまいります」

執事が戻ってくるまでに、フィデルマは二十分ほど待たされることとなった。客人らとともに待つよう命じられた親衛隊の隊長は、しだいにいたたまれなくなったようすで、やがて、立ったまま足をもぞもぞと動かしはじめた。多少気には障ったが、フィデルマは彼に同情した。しばらくすると彼が咳払いをし、非礼を詫びはじめたので、彼女は笑みを浮かべ、あまり気にしないように、といってやった。

ようやくふたたび姿をあらわした執事も彼と同様、要求を王に伝えて返事を携え戻ってくるまでに時間がかかったことに対し、すっかりちいさくなっているようすだった。

「フィーナマル様がお目にかかるそうです」年配の男は、フィデルマの苛立たしげなまなざしに目を伏せながら、いった。「ご一緒にいらしていただけますでしょうか？」彼は口ごもり、デゴのほうを見た。「申しあげるまでもないでしょうが、お連れ様がたはこちらでお待ちください」

「そうでしょうとも」フィデルマがちくりといい返した。デゴと視線が合った。取り立ててなにも口にする必要はなかった。若き武人は彼女からの無言の指示に軽く首を傾けた。

「ご無事のお戻りをお待ちしております、姫様」彼は穏やかに呼びかけた。無事、という言葉を口にするさい、彼がわずかに声に抑揚をつけたのがわかった。
フィデルマは初老の執事のあとについて、板石敷きの中庭を通り、城の主要部へ足を踏み入れた。人々が常にひしめき合う彼女の兄の居城に比べ、この宮殿は妙にがらんとしているように見えた。何人もの親衛隊があちこちに点々と立っている。明らかに使用人とおぼしき男女が数人、与えられた仕事をこなすべく慌ただしく行き来していたが、お喋りの声も笑い声もしなければ、戯《たわむ》れる子どもたちの姿もなかった。確かに、フィーナマルはまだ若く婚姻を結んではいないが、これほどまでに活気がなく、家族の生活や営みの温かさがまるで感じられない宮殿はどこか異様な感じがした。

　フィーナマルはちいさな謁見室で、燃えさかる暖炉の前に腰をおろし、彼女を待っていた。彼はまだ二十歳にもならぬ若者だった。狐のような赤茶色の髪をしていたが、態度もそれに見合うようなものだった。寄り目のせいで、ずる賢そうな、むしろ胡乱《うろん》とすらいってよいほどの表情を浮かべているように見える。彼は従兄であったフェイローンの跡を継ぎ、ラーハン王となった。フェイローンが〈黄色疫病《イエロー・プレイグ》〉(7)で逝去した、今からちょうど一年とすこし前のことである。フィーナマルは激しやすく、野心にあふれた若者で、フィデルマとはかつて一年近く前にたった一度だけじっさいに顔を合わせる機会があったのだが、そのときに彼女がくだした評価は、彼がみずからの傲慢《ごうまん》さによって、相談役たちにいとも簡単に惑わされるような人物だということだった。愚かにも、フィーナマルはオスリガ小王国の支配権をキャシェルから奪い取り、ラーハンに臣従させようとする陰謀を黙認しようとしたのだ。ロス・アラハー修道院での審問において、フィデルマは大王《ハイ・キング》の御前でこの陰謀を暴いた。モアン王国とラーハン王国の国境に位置するこの小王国は永久にキャシェルに属するものとする、というのが、アイルランド五王国のブレホンの長《おさ》の中の最高位者であるボラーンによりくだされた判決であった（『幼き子らよ、我がもとへ』参照）。この判決に、当時のフィーナマルは激怒した。そして現在、彼はラーハンの戦士団に国境の地を襲撃させ略奪させておきながら、知らぬ存ぜぬを貫いている。フィーナマルは若いうえに野心家で、みずからの名を轟《とどろ》かせようと躍起になっていた。

彼は、礼儀としては立ちあがるのが望ましいとされるにもかかわらず、フィデルマが入ってきても腰をあげることはなく、大きな暖炉の反対側にある椅子をひらひらと手で示しただけだった。

「そなたのことはよく存じているぞ、〝キャシェルのフィデルマ〟」と彼は迎えた。計算高そうな細いそのおもざしには、笑みも温かみもなかった。

「私とてよく存じあげておりますわ」同じくらいの冷ややかさで、フィデルマは答えた。

「飲みものでもいかがかな?」若者はけだるげに、そばにあるテーブルを示した。葡萄《ぶどう》酒と蜂蜜酒《ミード》が載っている。

フィデルマは即座にかぶりを振った。「火急の件でお話がしたいのです」

「火急の件だと？」フィーナマルは不思議そうに両眉をあげた。「それはまたいったいどういった要件かね？」

「〝サックスムンド・ハムのエイダルフ〟の件です。兄から親書が届いてはおりませんか、キャシェルはこれに懸念を示し、あなたに――」

フィーナマルがふいに立ちあがった。眉間に皺《しわ》を寄せている。

「エイダルフ？　あのサクソン人かね？　確かに親書は受け取ったがまったく理解しかねる。なぜキャシェルがサクソン人になど関心を持つのだ？」

「〝サックスムンド・ハムのブラザー・エイダルフ〟は〝カンタベリーのテオドーレ〟の特使として私の兄のもとへ遣わされた者です」フィデルマは告げた。「彼への告発に対し、弁護をおこなうために私はこちらへまいりました」

フィーナマルの口もとがすこしばかり緩んだ。喜んでいるかのような表情だ。

「王であるそなたの兄の頼みだ、予とて裁判をできるだけ遅らせようとはした。だが、残念ながら時間切れだ」

フィデルマは不安が湧きあがるのを感じた。「道中、彼がすでに裁判にかけられたという噂を耳にしました。ですが兄が介入しているのですから、むろん、裁判は私が到着するまで延期されているはずでは？」

「王といえど曖昧な理由で裁判を延期することはできぬのだ。そなたの聞いた噂は真実だ。

奴はすでに裁判にかけられ、有罪の判決を受けた。すべて済んだことだ。奴はもうそなたの弁護など必要としておらぬ」

第三章

　胸の内の凄まじい苦悩を映し出すがごとく、フィデルマの顔は蒼白になっていた。あたかも、全身の血液が一瞬にして涸れてしまったかのようだった。

「済んだこと、ですって？　まさか……」彼女は息を呑んだ。真っ先に心に浮かんだ質問は、言葉にはならなかった。

「あのサクソン人は、明日の正午に処刑が決まっている」フィーナマルは興味なげにいった。

　フィデルマの全身を安堵の思いが駆け抜けた。「では彼はまだ死んではいないのですね？」震える吐息のような声で絞り出した。ひと安心して、彼女はふと目を閉じた。

　若き王は彼女の思いには気づいていないようすで、燃え崩れた薪《まき》を蹴飛ばした。

「もはや死んだも同然だがな。この件はすでにけりがついている。そなたの長旅はただの無駄だったということだ」

　フィデルマは腰かけたまま身を乗り出し、フィーナマルを見据えた。

「私はまだ、この件にけりがついているとは思いません。こちらへまいる道中、ある噂を耳にいたしました。私にとっては聞き捨てならぬ、ラーハン王に関する噂でした。聞いた話では、あなたはアイルランドの法を排斥し、ローマ・カトリック教会派の『懺悔規定書《ペニテンシャル》』に記された罰則を新たに定めるようお命じになった、と。まさかほんとうに、そのような宣言をなさったというのですか？」

フィーナマルはあいかわらず口もとをほころばせていたが、その笑みに温かみはなかった。

「罰則として死刑が用いられることとなったのだ、〝キャシェルのフィデルマ〟。そのように定められた。これについては、予の信仰上の顧問官および予のブレホンの両者に助言を請うている。ラーハンは先陣を切り、旧い異教のやりかたとは一線を画していく。予の手で、わがラーハン王国がいかに敬虔なキリストの僕《しもべ》となったのかを示してみせようではないか。そのためには死を厭《いと》うてはいられぬのだ」

「法をお忘れではございませんか、〝ラーハンのフィーナマル〟。『懺悔規定書』においてすら、上訴権は認められています」

「上訴だと？」フィーナマルは驚いたようすだった。「だが予のブレホンが判決をくだしたのだ。予はそれを正式に承認した。もはや上訴などあり得ぬ」

「あなたのブレホンよりも高位のブレホンがひとりおられます」フィデルマは指摘した。

「アイルランド五王国の大ブレホンを招聘することは可能なはずです。『懺悔規定書』のこの件に関しては、あのかたも多々ご意見がおありでしょうから」

「いかなる根拠のもとに、アイルランド五王国の大ブレホンに上訴を願おうというのだね？」

フィーナマルはせせら笑った。「このたびの事件に関しても証拠に関してもそなたはなにも知らぬであろうに。そもそも処刑は明日だ、大ブレホンの到着を一週間待っているわけにはいかぬ」

自信たっぷりなその笑みにフィデルマは怒りをおぼえたが、それを必死に抑えた。

「私がこの件を調査するまで、刑の執行の延期を求めます。その根拠は、〝サックスムンド・ハムのエイダルフ〟が正当な弁護を受けていないという点です。彼を裁いた法廷において、彼の権利が充分に考慮されていないからです」

フィーナマルはあからさまに愚弄の表情を浮かべ、椅子にふんぞり返った。

「必死の訴えだな、〝キャシェルのフィデルマ〟。藁《わら》にもすがる思いというわけか。だが、そなたの訴えに耳を傾ける聴衆はここにはひとりもおらぬ。ロス・アラハーでは、そなたは予とファルバサッハを相手に訴えを繰りひろげ、聴衆の心を揺さぶったが、今はそうはいかぬ（『幼き子らよ、我がもとへ』参照）。この場で権限を持っているのは予ただひとりだ」

フィーナマルの道徳観念に訴えても無駄であろうことはフィデルマにもわかっていた。この若者は彼女に仕返しをしたいのだ。彼女は作戦を変えることにし、鋭く声をあげた。

「あなたは王なのですから、フィーナマル、私とキャシェルに対しいかなる敵意を抱いていようとも、王らしく振る舞っていただかなくてはなりません。というのも、あなたがそうなさらなければ、あなたが歩んでいらっしゃる足もとの石そのものがいずれ声をあげ、あなたの不正と悪意を糾弾《きゅうだん》することとなりますわ」

彼女の猛烈な勢いに、フィーナマルは落ち着かなげにたじろいだ。

「予は王として話しているのだ、〝キャシェルのフィデルマ〟。あのサクソン人は、弁明をおこなうためのあらゆる機会を与えられたと予は聞いている」彼は渋るようにいった。

フィデルマはその言葉尻をとらえた。「弁明ですって？　つまり、彼に代わって申し立てをおこなう――法に基づいて訴えを起こすドーリィーがつけられることはなかったということですの？」

「その特権はわずかな他国人にのみ与えられるものだ。だが、奴はわれわれの言語を話し、法に関しても確かにそれなりの知識があったため、抗弁の機会が与えられた。扱いとしては、せいぜい放浪の修道士に対する程度のものだったがな」

「ということは、〝サックスムンド・ハムのエイダルフ〟はみずからの地位についてあなたに話していないのですね？」フィデルマはかすかな希望の光を見いだし、いい募った。

彼女がどこへ話を向かわせようとしているのか理解できず、フィーナマルはぽかんと相手を見つめた。

「あの男は修道士、旅の修道士《ペレグリナテイオ・プロ・クリスト》であろう。ほかにどんな地位にあるというのだ？」

「彼はテクターリィー[1]〔使節〕であり、単なる旅の修道士ではありません。テクターリィーは『ブレハ・ネメド』の助言に従わねばなりません。というのも、エイダルフは、コルグー王の王宮の一員として、彼の庇護のもとに旅をしていたからです」

若き王はよくわかっていないという表情だった。ドーリイーでもなければブレホンでもない彼は、フィデルマが言及した法律については知らないとみえた。

「あのサクソン人が、そなたの兄たる王の一族の庇護を受けるとはどういうわけだ?」

戸惑っているせいで、若さゆえの傲慢《ごうまん》さがややなりをひそめたようにフィデルマには感じられた。

「難しいことではございませんわ。サクソン諸王国の大司教であり顧問官である〝カンタベリーのテオドーレ〟が、兄への個人的な特使としてエイダルフを寄越しました。つまり、彼の〈名誉の代価《オナー・プライス》〉は八カマル(2)、すなわちラーハン王たるあなたの〈名誉の代価〉の半分の額です。彼には公的な使節としての権限と後ろ盾があるからです。また、彼に割り合てられた〈名誉の代価〉はみずからの仕える相手の半額でもあります。彼は〝カンタベリーのテオドーレ〟のもとへ戻る途中であり、しかもわが兄からのことづてを携えていますから、エイダルフは今もわが兄の命のもとにあり、彼には引きつづき同額の〈名誉の代価〉が適用されるはずです」

「だが奴は殺人を犯したのだ」フィーナマルが反駁した。

「貴国の法廷はそのように主張しています」フィデルマは認めた。「ですが状況を精査する必要があります。〝王の官吏が滞りなく責務を遂行するために、正当防衛としての暴力行為はこれを認める"と『ブレハ・ネメド』に定められていたのでは？　彼がいかなる理由で罪を犯したのか、それは調べがついているのですか？　理由によっては彼は起訴を免れるかもしれません。この点は考慮されていますか？」

フィーナマルは見るからに、彼女の専門的な知識に面喰らっているようすだった。それについて論じることは彼には不可能で、みずからそのように認めた。

「あいにく予は、そなたのように法に関する深い知識を持ち合わせていないのだ、〝キャシェルのフィデルマ〟」彼は白状した。「この件については助言を仰がねばならぬ」

「ではブレホン殿をこの場にお呼びください。私が直接、彼とこれまでの判例について話し合いましょう」

フィーナマルは立ちあがると、かぶりを振り、テーブルに向かうと自分のために葡萄酒《ぶどう》をグラスに一杯注いだ、

「彼は今留守にしている。明日までは戻らないはずだ」

「ならば彼抜きでご判断いただかなくてはなりません、フィーナマル。私は、法に関して嘘偽りは申しません。貴国のブレホンの助言があろうとなかろうと、私のドーリィーとしての名誉にかけて、万が一、この王国が不実な、あるいは誤った判決をくだすのであれば、あなたはもはやほんものの王たらず、より大きな法廷であなた自身が裁かれ、答弁せざるを得なくなりましょう」

いかに進めるのが最善か、フィーナマルは葛藤《かっとう》していた。彼は降参とばかりに両手をあげると、その手を両脇におろした。

「そなたの要求はなんだ?」しばしためらったのち、彼は訊ねた。「あのサクソン人に対する刑を免除せよというのかね? であれば予には到底受け入れられぬ。奴の罪状はあまりにも凶悪すぎる。なにが望みなのだ?」

「突き詰めて申しあげれば、どうか、わが国の法に立ち返っていただきたいのです」フィデルマは答えた。「ローマ・カトリック教会派の奉じる『懺悔規定書』は私どもの思想とは相容れません。復讐のために人を殺すことは、わが国の法律では……」

フィーナマルは片手をあげ、彼女の弁舌を遮《さえぎ》った。

「予は、信仰上の顧問官であるノエー前修道院長、およびわがブレホンであるファルバサッハ司教に対し、キリスト教の教義に定められた刑罰を科するよう命じた――生命《いのち》には生命を、だ。このサクソン人の事件に対する上訴について論じるのは自由だが、法に基づいた予の勅令を曲げさせようなどとはしないがよろしい」

彼の決意に隙があることに気づき、フィデルマは動悸が速まるのを感じた。

「このたびの事件の真相を調査し、法が遵守されていると確認が取れるまで、刑の執行を延期していただきたく存じます」

「わがブレホンの判決を覆《くつがえ》すことはできぬ。どのみち、王の力でどうこうできるものではない」

「ブラザー・エイダルフが有罪であるとあなたがおっしゃるこの犯罪について、私に、一定期間、詳しい捜査をおこなう許可をいただきたいのです。彼がファール・タスティル、すなわち免責を得た王宮の官吏として行動したのであろうという見解に基づき、真相の調査に当たることを私にお認めください。一連の捜査を進めてよろしいと、王ご自身から私に権限を与えていただきたいのです」

彼女はファール・タスティルという法律用語を用いた。語義どおりでは〝旅人〟を意味するが、とりわけ、王から王へ派遣される特使を意味するものとして用いられた言葉である。

フィーナマルはみずからの椅子に戻った。眉間に皺を寄せて考えこんでいる。要求に応えるのは気が進まぬが、フィデルマの主張に反論するだけの理由を見いだせずにいるらしきことは明らかだった。

「そなたの兄君とふたたびことを構える事態は望んでおらぬ」やがて彼は認めた。「とはいえ予は、わが王国の慣習および司法に反するおこないをするつもりは毛頭ない」彼は言葉を切り、憂《うれ》い顔で顎をさすった。しばしのち、彼は長く深いため息をついた。「例のサクソン人が起こした犯罪について調査する時間をさしあげよう。そなたが、わが国の法廷における手順や判断になんらかの不備を見いだすことができたならば、それらの点に関しては、そなたが上訴する権利について、予はあえて口出しすまい」

フィデルマはちいさな安堵のため息を押し殺した。「それさえお願いできれば結構です。ただし、あなたから公式のご許可をいただく必要がございます」

「羽ペンと上質皮紙《ヴェラム》を用意させ、文書としてお渡ししよう」彼は了解し、片手を伸ばすと、ちいさな銀の呼び鈴を手に取り、鳴らした。

「ありがたく存じます」フィデルマは、肩にのしかかっていた重みが軽くなるのを感じた。「取り調べにはどのくらい時間をいただけますか？」

入室してきた使用人に、王は筆記具を申しつけた。若き王のまなざしは冷ややかだった。

「どのくらいだと？　当然、あのサクソン人に対して刑が執行される明日の正午までだ」

フィーナマルが示した制限時間を思いだしたことにより、フィデルマの胸に一瞬だけ湧きあがった安堵の思いもそこで絶たれてしまった。

「そういうことだ」フィーナマルは笑みを浮かべた。「これでそなたには、予がわが国のしきたりに背いているなどというい いがかりをつけることはできぬ。上訴を準備するための時間はそなたに与えた。それがそなたの要求であろう」

先ほどの使用人が筆記具を携えてふたたび入室してくると、王は上質皮紙に素早くペンを走らせた。フィデルマはその間に声を整えた。

「二十四時間以上はお与えくださらないということですの？　はたしてそれは道理にかなったやりかたでしょうか？」湧きあがる怒りを爆発させせまいと必死に抑えながら、彼女はゆっくりと口にした。

「それがどういった道理であるにせよ、これが道理だ」フィーナマルは当てこするようにいった。「それ以上の義理はない」

フィデルマはふと黙りこみ、彼に対してなにかほかに訴えかけることはできないだろうかと考えを巡らせた。やがて、これ以上なにもいえることはないと悟った。この若者には権力があり、この者の復讐心を覆すだけの力は、彼女には与えられていなかった。

「いいでしょう」と彼女はようやく口にした。「私が上訴のための証拠を見つけたさいには、大ブレホンのボラーンが到着して審理をおこなうまで、刑の執行を延期してくださいますね？」

フィーナマルは軽く鼻を鳴らした。「万が一だ、そなたが上訴のための証拠を見いだし、それらがわが国の法廷において一考の価値ありとみなされたならば、そのときには、ブレホンのボラーンの到着まで刑の延期を認めてやろう。かような上訴をおこなうさいに証拠として主張を示すならば、それは確固たるものでなくてはならず、ただ疑わしいというだけではけっして認められぬ」

「当然ですわ。私が今後二十四時間にわたり調査を進めるうえで、どこへ行こうとけっして行く手を遮られることはないという保障もいただけますかしら？」

「それもここに記した」王が上質皮紙を差し出した。彼女は受け取らなかった。

「では私があなたの承諾と権威のもとに行動しているという証《あかし》に、御璽《ぎょじ》をいただきとう存じます」

フィーナマルはふとためらった。彼女に訊問の許可を与える旨を記したこの上質皮紙も、そこに王の印章がなければなんの役にも立たないことをフィデルマは知っていた。

王は動揺していた。いかなる行動を取るべきか、またしても決めかねているようすだった。

「テクターリイー〔使節〕の命を奪うことは、大ブレホンおよび大王《ハイ・キング》に対する重大な犯罪です」フィデルマは畳みかけた。「王の使者が死すれば、それが殺人によるものであるにせよ処刑によるものであるにせよ、なんらかの釈明が求められます。この事件の捜査をおこなう権限を私にお与えくださったほうが賢明ですわ」

フィーナマルは結局肩をすくめると、机上の箱から蠟を取り出し、蠟燭の炎で溶かして上質皮紙の上に垂らすと、指輪についた印章をその上に強く押しつけた。

「これでいかがか。これならそなたがいかなる調査に臨もうとも、もはや予の許可が得られなかったとはいえまい」

フィデルマは満足し、書状を受け取った。

「すぐにでもブラザー・エイダルフと面会したいのですが。彼はここに？　この城内に捕えられているのですか？」

驚いたことに、フィーナマルはかぶりを振った。「いや、ここではない」

「ではどこに？」

「修道院に留置されている」

「なぜ修道院に？」

「奴はそこで罪を犯し、修道院で裁かれ刑を申し渡されたのだ。今回の件はファインダー修道院長に委ねられている。というのも、被害者は彼女のもとにいた見習い修道女だったからだ。あのサクソン人は修道院内で裁判にかけられ、そのままそこで明日処刑がおこなわれることになっている」

「ファインダー修道院長？　ファールナ修道院における権限はノエー修道院長がお持ちだと思っておりましたが？」

「さきにも話したとおり、ノエー前修道院長は、今は予の信仰上の顧問官、かつ聴罪司祭であり……」

「聴罪司祭？　それはローマ・カトリック教会の概念ですわ」

「これまでの教会の古臭いやりかたにあくまでも拘《こだわ》りたければ、〈魂の友《ソール・フレンド》〉と呼ぶがよかろう。予はこれまで、わが王国内のすべての宗教上の問題に関する権限を彼に与えてきた。聖マイドーク修道院は現在、ファインダー修道院長の指導のもとにある。彼女に仕える修道院執事《テレ》は、じつは予の遠縁で、エイトロマという」彼はふいに弁解がましい表情を浮かべた。

「ほぼ接点のない貧しい分家の者だが、修道院の日常業務を手際《ラク》よくこなしていると聞いている。だが『懺悔規定書』を、日常生活においてのみでなく、わが国のキリスト教信仰の指針として用い、あのサクソン人に対する刑罰もそれに基づいておこなうべきだ、と主張しているのは、ほかでもない修道院長本人なのだ」

「その、ファインダー修道院長がですか?」フィデルマは頭を巡らせた。「私は存じあげないかたですわ」

「数年間ローマで仕え、最近この王国に戻ってきたばかりだそうだ」

「ゆえにローマ・カトリック教会派の奉じる『懺悔規定書』を支持し、みずからの国の知恵の書を蔑《ないがし》ろにしようというのですか?」

フィーナマルは肯定の返事のかわりに首をかしげた。

「なるほど」フィデルマはいった。「ブラザー・エイダルフはその修道院内で、見習い修道女を死に至らしめたかどで罪に問われた、とおっしゃいましたね。その、彼が殺害したとされる人物は何者だったのです?」

フィーナマルは小馬鹿にしたように彼女を見やった。「あのサクソン人の無実を証明しようと、はるばるキャシェルから必死に馬を飛ばしておいでになる前に、奴がなんの罪で告発されたのか、知らせてさしあげられなかったのがなにより残念だ」彼は嫌味がましくいった。

「むろん、殺人罪でございましょう。ですが誰が殺害されたというのです?」

フィーナマルはまるで憐れんでいるかのような口調だった。「どうやら、〝キャシェルのフィデルマ"、そなたは理性に従ってこの使命を果たそうというよりも、むしろ心の赴くままに駆けつけてきたとみえる」

フィデルマの頬が火照った。「私がここへまいったのは、彼に正当な裁きを受けさせるためです」彼女は断固としていい募った。「ともかく、彼が誰を殺害したというのです？」彼女は重ねて訊ねた。

「そなたの友人であるかのサクソン人は、ある娘に性的暴行を加え、そののち絞殺した」王は彼女の顔を見据え、抑揚のない声でいった。「娘は見習い修道女だった……しかもたった十二歳の」

案内されて王の謁見室を出たのちも、フィデルマは、どこか頭の奥が痺れたような感覚をおぼえていた。エイダルフが、よりによって十二歳の少女を乱暴した末に殺害したなどという話自体がそもそも信じられなかった。いったいなにがどうして、彼がそのような断罪を受けることになったのだろうか？　フィデルマの知るエイダルフの性格からしても、あまりにも違和感があった。

城の中庭に出ると、フィデルマは、ラーハンの武人たちがまわりにおらず、話を聞かれるおそれがないことを見計らってから、デゴとエイダンとエンダに向き直った。

「あなたがたのうち誰かひとりに、タラまで馬を飛ばして、大ブレホンのボラーンを探し出してほしいのです」彼女は声をひそめていった。「敵国であるラーハンの領土を行くのはさぞ危険な旅となるでしょうが、ことは一刻を争うのです」

エイダンが即座に一歩進み出た。

「この中ではわたしが一番の乗り手です、姫様」彼は率直にいった。彼はけっして大言を吐いているわけではなく、デゴもエンダも、わざわざそれに口を挟んで時間を無駄にするようなことはしなかった。フィデルマは、すぐさま彼の正直な言葉を受け入れた。

「ボラーンを説得し、大急ぎでこちらへ連れて戻ってきてほしいのです、エイダン。あなたの知るかぎりの事情を彼に説明してください。必要とあらば私の名前を出して頼んでくださ い。それから、エイダン……ほんとうにどうか気をつけて。あなたがタラにたどり着くことを望まない者たちがおそらくいるでしょう。ボラーンを連れて戻るとなればなおさらです」

エイダンは落ち着きはらっていた。

「承知いたしました、気をつけてまいります、姫様。さほどかからずに南イー・ネール王家の領土に足を踏み入れることとなりましょう。彼らはラーハンと友好的ではありませんから、かの地に入ってさえしまえば身の安全は得られるはずです。幸運を引き連れて、数日で戻ります」

「ともかく私は、なんとしても明日の処刑を止めねばなりません。でなければ、いくら私が、手遅れにならぬうちにボラーンをあなたに連れてきてもらい、表沙汰になっていない謎について彼に聞かせたいと望んだとて無意味なのです」彼女はいった。

エイダンはいいづらそうに口をひらいた。「謎が隠されている、というのは確かなのですか、姫様? つまり、ひょっとすると……?」彼女の咎《とが》めるようなまなざしを受け、彼はそのまま黙ってしまった。

デゴが割って入った。彼は不安げだった。

「エイダンを昼日中《ひるひなか》に出発させるおつもりですか、姫様。であればあなた様がお考えのとおり、もしラーハンの武人たちがわれわれの動向を探っているとすれば、彼が無事にたどり着く公算はあまりありますまい」

「ではなんらかの手で彼らの目をそらしましょう」ふいに持ち前の自信を取り戻し、フィデルマが答えた。「町へ行き、しばらく滞在するための宿を探しましょう。いったん人混みに紛れてから、エイダンを出発させます。スレーニー川をめざして西へ向かえば、単にキャシエルへ戻ろうとしているようにしか見えないでしょう。川沿いには木々が鬱蒼《うっそう》と生えていますから、そこに身を隠しつつ北へ向かうのです。どうですか?」

「承知いたしました」エイダンはいった。そしてふと考えこんだ。「申しわけございません、姫様、先ほどはあのような……」

フィデルマは片手を伸ばして彼の腕に置いた。

「疑念を抱いて当然です、エイダン。思いも寄らないことが真実であるかもしれません――

エイダルフが有罪である可能性がないとはいえないのです。早計な判断はくださぬようにいたしましょう。ですが、彼が私たちのよく知る人物だということも忘れずにいてください」

デゴは仲間たちと視線を交わし合った。

「御心のままに、姫様。すぐに出発いたしますか？」

「一刻も早く出発しましょう。門を出てからはみなで手綱を引いて歩き、さりげなくゆっくりと坂をくだっていって、やがて周囲に家が増えてきて、この城から私たちの姿が見えなくなった頃合いを見計らい、エイダンはふたたび馬に乗って西へ向かってください」

一行が厩《うまや》から馬を出してほしいと告げると、彼らの馬を牽《ひ》いてきた厩番の少年とともに、親衛隊の隊長が近づいてきた。

「こちらにご滞在なさらないのですか、姫様？」彼は驚いたようすで訊ねた。高位の者が王の宮廷を訪問したさいにはもてなしを受けるのが通例であった。

「私どもは町で宿を探すことにいたします」彼女はきっぱりといった。「私も、そして私の連れの者たちも、あなたの王にもてなしていただくにはおよびませんので」

男はわけがわからないという顔だった。けっしてよくあることではなかったが、ファールナとキャシェルの間になんらかのしこりがあることは彼も知っていたので、フィデルマらが急いで発とうとしているのはそれが理由なのだろうというところに落ち着いた。

「そうですか、姫様。ほかにわたしがお手伝いできることはございますか？」

「この町でお薦めの旅籠《はたご》を教えてくださらないかしら」

親衛隊の隊長は即座に答えた。「旅籠なら何軒かございます、姫様。わたしの姉が、中央広場のすぐ向こうで、〈黄　山　亭《イエロー・マウンテン》〉という旅籠をやっております。ここから北東へ七キロメートルほどの場所にあるわたしどもの故郷にちなんでつけた名前です。清潔で静かな宿です。姉は、無法者どもをのさばらせるようなことはけっしていたしません」

「ではそこへ向かいましょう」フィデルマは感謝の笑みを浮かべて彼に告げた。

「姉の名はラサーといいます。弟から薦められたとおっしゃってください」

四人は手綱を腕にかけ、馬を牽きながら城門を抜けて、眼下にひろがる町並みをめざし、坂をくだっていった。真っ昼間で、通りは人々で賑わっていた。中央広場には市が立ち、ありとあらゆるものがそこに集まっていて、いくつもの屋台がひしめき合うように並び、魚に肉、果物に野菜と、なにからなにまで売っていた。声を張りあげて競り合う商人たちの声が、耳をつんざくようなざわめきとなって、町全体を包みこまんとしているかのようだった。

フィデルマは人でごった返す広場を抜け、横丁の手前まで来ると、ちらりと周囲を見まわした。城の歩哨からは見えない位置であることを確かめると、彼女はエイダンに向き直った。

「さて、なにをすべきかはわかっていますね？」

若者はにっと笑みを浮かべると、ひらりと鞍に飛び乗った。「数日後には、かならずボラーンを連れてここへ戻ってまいります、姫様。わたしが戻らなければ、それは命を落としたということです」

「では、かならず戻ってきてください」

彼は片手をあげて敬礼をすると、両の踵《かかと》で馬の脇腹を強く蹴りつけた。

フィデルマらは、馬を急かしつつ人混みを割って遠ざかっていくエイダンを見送った。その姿はやがて建物の陰に消えた。フィデルマは深くため息をつくと、残ったふたりの供の者たちに向き直った。

「さて、どちらへまいります?」デゴが訊ねた。「ブラザー・エイダルフのいらっしゃる修道院へ向かいますか?」

「まずは親衛隊の隊長の薦めに従って、彼の姉がやっているという旅籠を探しましょう」フィデルマはにこりと微笑《ほほえ》んだ。「修道院へはそのあとに向かいます」

「危険ではありませんか? つまり、ラーハンの武人から薦められた旅籠にわざわざ向かうなどというのは?」エンダが訊ねた。

「大丈夫でしょう。紹介されて来たといえば支障はないはずです。なんらかの策略があってその旅籠を薦めたわけではないでしょう。彼に下心はなかったと思います」

「下心のない……ラーハンの武人ですと?」デゴの口ぶりはまるで、そのようなものなど存在するはずがない、といわんばかりだった。

フィデルマはそれ以上意見を述べることはせず、通りがかりの者に声をかけて、〈黄山亭〉

なる旅籠の場所を訊ねた。件《くだん》の旅籠は道を一本隔てた、中央広場のすぐ奥にあったが、別の建物が間にあるおかげで、町の喧噪に巻きこまれることなく佇んでいた。〈黄山亭〉には、明らかに山を模したとおぼしき、黄色の三角形をかたどった看板がさがっていた。大きな旅籠だった。木造二階建てで、中庭や厩まである。絶えず人が出入りしているところを見ると、人気のある旅籠のようだった。

一行は馬を牽いて中庭へ入っていった。フィデルマは自分の馬の手綱をデゴに渡し、旅籠の戸口に向かった。フィデルマが近づいていくと、大柄な女が勢いよく飛び出してきた。人のよさそうな顔つきをしており、親衛隊の隊長とどことなく似ていた。

「お泊まりですかね?」女が応じた。「うちの宿賃はファールナ一良心的ですよ、尼僧様。修道院に無料《ただ》で泊まるくらいなら、ぜひうちの居心地のいいお部屋と美味しいお食事を……」

モアンの者とひと目でわかるいでたちをしたふたりの武人をふいに見とがめ、彼女は眉をひそめていいやめた。

「ラサーとはあなたですか?」フィデルマはふたたび自分のほうへ彼女の注意を惹こうと、朗らかな声で訊ねた。

「そうですけど」女はあとずさり、問いかけてきた相手を、疑いのまなざしで上から下まで眺めた。

「城で、武人であるあなたの弟さんにこの旅籠を薦められたのです、ラサー」

女が恐れ入ったように目をみはった。「フィーナマル様のお城からのお帰りで？」

「フィーナマルに謁見する用があってこちらへまいったのです」フィデルマはいった。「連れの者たちのためにひと部屋、それから私のためにひと部屋、空いている部屋はありますかしら？」

ラサーは怪訝《けげん》そうに武人たちをふたたびちらりと見やってから、フィデルマに向き直った。

「ふたり用の部屋がひとつと、個室がひとつ空いてますがね――ただし、個室は大部屋より多くいただくことになりますけど」彼女はいいわけがましくつけ加えた。

「それで結構です」

ラサーが片手をあげると、どこからともなく厩番の少年が姿をあらわし、彼らの馬を預かった。馬が連れていかれる前に、デゴが全員の荷物を鞍からおろした。

丸顔の女将《おかみ》は彼らを旅籠の中へ案内した。「で、メルからこの旅籠を薦められたとか？」

「メル？」

「あたしの弟ですよ。フィーナマル様の宮殿の親衛隊の隊長なんてお偉い立場になったばっかりだから、こっちのことなんて頭をかすめもしないのかと思ってましたけどねえ」

「〝なったばっかり〟？」彼女の口調がわずかに力んだのをフィデルマは聞きとがめた。「彼は隊長になって日が浅いのですか？」

「そうなんですよ。親衛隊に昇進したかと思ったら、隊長にまで抜擢されましてね」

ラサーは階段をあがり、三人を二階へ案内すると、扉の前で足を止め、まるで値千金の宝物の在処《ありか》でも明かすかのように、勢いよく開け放った。中は真っ暗な狭い部屋で、申しわけ程度のちっぽけな窓があった。まさに、窮屈《きゅうくつ》でどうにかなりそうな部屋だった。

「尼僧様のお部屋はこちらです」

フィデルマはこれまでに、もっとひどい宿に出くわしたこともあった。ここならば少なくとも寒さはしのげるうえ、寝心地のよさそうな寝台で眠れるのだからよしとすべきだろう。

「連れの者たちの部屋は？」

ラサーは廊下の奥を指さした。

「あちらのふたり部屋が空いてますよ。食事はどうなさいます？」

「お願いします。ですが、その都度変わるかもしれません」

ラサーがかすかに眉をひそめた。「てことは、しばらくお泊まりになるご予定で？」

「おそらく一週間ほど」フィデルマは答えた。「宿泊賃はおいくら？」

「一週間お泊まりいただけるんでしたら、おひとりにつき一日一ピンギン。つまり三名様で一日一スクラパル[4]。それだけいただければ、旅籠への出入りは自由、食事も自由です。晩の沐浴にはお湯もお出しできますよ。ですから、さっきも申しあげたように、修道院なんかに世話になるより、ここにお泊まりになったほうがずっとよろしいですよ」

この女性が二度にわたって修道院のことを悪しざまに口にしたので、フィデルマはふと興味を抱いた。確かに、旅の修道士や修道女はたいてい、修道院の無料宿泊を利用するものだ。だが修道院とそのもてなしに対するラサーのいいぶんは、たとえ旅籠の主《あるじ》として修道院を商売敵《がたき》とみなしているのだとしても、あまりにも辛辣《しんらつ》だった。

「なぜそんなふうにおっしゃるのです？」彼女は訊ねた。

女は悪びれるふうもなく、ふくよかな顔をしかめた。「尼僧様は、このあたりのことはあまりご存じないようですねえ」

「確かに、よくは知りません」

「時代が変わったんですよ、尼僧様。そうとしかいいようがないんです。修道院は悲惨な場所になっちまったんです。昔は、この旅籠に人を呼ぶのにそりゃあ苦労したもんですけどね。なにせみなこぞって、もてなしを求めてあの修道院をめざしてましたから。だけど今じゃ、あそこに足を踏み入れようなんて者は誰もいませんよ。それというのもあの……」彼女はふいにいいやめ、身震いをした。

「それというのも、なんです？」フィデルマは問いただした。

「これ以上はご勘弁を、尼僧様。お泊まりでしたら三人様で一日につき一スクラパルですんで」

ラサーをこれ以上問い詰めても、もう彼女には修道院に対する考えを漏らすつもりはないようだ、とフィデルマは悟った。

「一日につき一スクラパルですね」彼女は同意を伝え、デゴとエンダをちらりと見やった。

「部屋代として、三スクラパルを前払いしておきます。私たちはまず身体を清潔にして、それからできるだけ急いで食事をしたいのです」

「水浴びでよければ問題はないですけどね。ですがお湯をご所望でしたら、さっきも申しあげましたけど、晩の沐浴まで待っていただかないとなりません。弟が宮廷のお偉いさんになっちまったもんですから、ここも手が足りなくなっちまいましてねえ」

「水で充分です」フィデルマはいい、腰にさげた革製のマルスピウム（携帯用の小型鞄）から硬貨を数枚取り出し、彼女に渡した。

女はしばし立ち止まり、掌《てのひら》の上の硬貨を数えていたようだったが、やがて満足げに笑みを浮かべた。

「お部屋に水を運ばせましょう。下へおりていらっしゃればいつでも食事できますよ。冷たいものしかお出しできないときもありますけど。晩にならないとあったかい料理は……」

フィデルマは優しく微笑んでみせた。「承知しておりますわ。お心づくしに感謝します、ラサー」

旅籠の女将は階段の下へ姿を消した。デゴがほっとため息をついた。

「さて、姫様？」彼は訊ねた。「次はなにを？」

「ひと心地ついたら、あなたたちには、目立たぬように町に出て、ここで起こっているできごとについてどんな噂が流れているのか調べてきてほしいのです。この王国の法と刑罰において、わが国本来の法ではなく『懺悔規定書』の掟が用いられていることに対して民がどう感じているのかを探ってきてください」

「姫様はなにを?」エンダが訊ねた。「われわれが供をしなくてよろしいのですか?」

フィデルマはかぶりを振った。「私は修道院へまいります。エイダルフに会わなければ」

第四章

　ファールナ修道院は、遠目で見ていたときよりも、目の前にするとさらに近づきがたく思えた。不吉な雰囲気が、壁に絡みついた蜘蛛《くも》の巣のようにはっきりと建物そのものを覆っていた。その感覚は実体のない、極めて希薄なものだったが、まるで冷たい霧のごとくあたりに立ちこめていた。黒々としたオーク材の巨大な二枚の扉には鉄製の蝶番《ちょうつがい》がついていて、ここが正面の門だった。右側の扉は大きな銅像で飾られていた。これが、聖マイドークの手になる有名な天使像であることにフィデルマは気づいた。天使の羽には複雑な意匠が施され、右手には剣が握られていたからだ。丸顔で、見ひらいた両目をぎょろりと剝き、まるで敵意をみなぎらせているようにすら見えた。この像は〈光の聖母〉と呼ばれ、守護を意味するものだと彼女も耳にしたことがあった。

　ファールナ修道院の女修道院長ファインダーは、修道院そのものと同じくらい堂々たる、近づきがたい雰囲気の人物だった。彼女に会ったとたん、フィデルマはどういうわけか、この女性を好きにはなれそうにない、と感じたが、その事実をさておいても、彼女の威厳は認めざるを得なかった。修道院長は、机として用いているとおぼしき細長い木製のテーブルの奥の、彫刻の施されたオーク材の背の高い椅子に、背筋をぴんと伸ばして座っており、フィデルマはその部屋に通された瞬間から、彼女から放たれる凄まじいまでの存在感をひしひしと感じていた。尊大で、今にも挑みかかからんとしているかのようだった。腰をおろしているが、おそらく背の高い女性なのだろうという気がした。痩せているので余計にそう見えるのかもしれない。だが彼女がフィデルマに挨拶しようと立ちあがったとき、その印象は裏切られた。フィデルマは日頃から長身だといわれるが、まさにこの中背の女性を見おろすような恰好になった。さぞ背が高いのだろうと思いこんでいたのは、フィデルマが勝手に、彼女の雰囲気や態度からそう感じていただけのことだった。

フィデルマに向かって差し出された手は力強く、骨張っており、肌は荒れてあちこちに胼《た》胝《こ》ができていた——修道女の手というよりは、むしろ畑仕事をしている者の手だった。髪は黒く、おそらく三十代だろうとフィデルマは察した。左右対称の整った顔立ちをしているが、どこか冷徹さがにじんでいる。漆黒《しっこく》の瞳は深くくぼんでおり、片目に斜視があるようだった。黒だが睨まれているような気がするのは、むしろ彼女がほぼまばたきをしないせいだった。いまなざしは、まるで錐《きり》をねじこむようにフィデルマに注がれ、けっしてそらされることはなかった。万が一フィデルマが気の弱い性格だったならば、とうにそのまなざしに負けて目を伏せてしまっていたことだろう。

ファインダー修道院長が話しはじめると、その声は穏やかで抑揚に富み、心地よくすらあって、聞く者はおそらく、包みこまれているような錯覚に陥ってしまうのではと思われた。ただしフィデルマは、人間の性格というものに対する感性を長年かけて磨きあげてきただけあって、相手の穏やかな話しぶりの裏に、断固とした響きが隠れていることに気づいていた。ファインダーはおそらく、みずからに対する反対意見をけっして認めない人物であろう。それは間違いない、とフィデルマには絶対的な確信があった。

修道院長の手の差し出しかたを見て、フィデルマは、傅《かしず》いて地位を示す指輪に口づけするというローマ・カトリックふうのやりかたを求められていることに気づいた。だがフィデルマはそうせずに、彼女の片手を取って軽く会釈するという、ケルト・カトリックふうの挨拶を返した。

「〝ステト・フォルトゥーナ・ドムース（運は勇者に味方する）〟」フィデルマは朗々といった。

ふと、ファインダー修道院長の目がぎらりと光ったが、そこに不快感があらわれたのはほんの一瞬のことだったので、よほど注意深く観察していた者でなければ見逃していたにちがいなかった。

「〝デオー・ユーヴァンテ（神のご加護とともに）〟」院長は簡潔に答えると、ふたたび椅子に戻り、テーブルの前にある椅子に座るようフィデルマに促した。フィデルマはそのとおりにした。

「さて、〝キャシェルのフィデルマ〟？」修道院長は微笑《ほほえ》んだ。とはいえ、血色の悪い薄い唇がわずかにひらいただけだった。「あなたの名はローマでも耳にいたしました」

フィデルマは答えなかった。答えようがなかった。かわりに、フィーナマルの指示が記され、印章の押された上質皮紙《ヴェラム》を示した。

「火急の用がございましてこちらへまいりました、修道院長殿」

修道院長は、目の前に置かれた上質皮紙を見ようともしなかった。最初にフィデルマが院長室へ通されたときとまったく同じ姿勢に戻っており、両手をテーブルに伏せ、背筋をぴんと伸ばして椅子に腰かけている。

「評判のドーリィーだとのことですね、修道女殿」ファインダーは続けた。「とはいえあなたは一介の修道女です。かつてあなたは、キルデアの修道院長であるイータと意見を異にし、それゆえにかの地を去ることになったそうではありませんか[1]」

院長はそこで言葉を切り、相手が口をひらくのを待ったが、噂を真実と決めつけて話しているのは明らかだった。フィデルマは口を閉ざしたままだった。

「修道女となった以上は、〝キャシェルのフィデルマ〟」修道院長は、フィデルマがオーガナハト家の王女であることを示すその肩書きにわざと力をこめ、いった。「なによりもまず〈秩序〉、すなわち〈聖なる者の掟〉に従う義務があります。恭順こそがまず守られるべき掟なのです。異なる意見をけっして抱かず、思いのままに言葉を口にすることを慎み、自由気ままな旅に身を委ねるなどけっしてしない、それこそが修道女としての義務だからです」

フィデルマは修道院長の説教が終わるまで辛抱《しんぼう》強く待ち、それからはっきりと落ち着いた口調で話しはじめた。

「私はドーリィーとしてここへまいったのです、修道院長殿、さらにキャシェルの王たるわが兄コルグーにも権限を与えられております。さらに、あなたの目の前にありますのは、ラーハン王フィーナマルよりの親書でございます」

ファインダー修道院長は険しい声になったが、それでも上質皮紙に一瞥すらくれなかった。

「あなたは今、このファールナ修道院にいる――つまり私の修道院にいる――一介の修道女に過ぎません。修道女たる者はみな、恭順の義務にはかならず従うべきなのです、修道女殿」

「ここはローマではありません、修道院長殿」フィデルマの声は一見穏やかだったが、明らかに警告を含んでおり、とげとげしさを隠しきれてはいなかった。「かの地からお戻りになったばかりだと伺っておりますし、この国の法律がご記憶から多少抜け落ちてしまわれたのだとしても無理はないでしょう。私はアンルーの資格を持つドーリィーとしてここにおります。階級と特権に関する法律については、今一度申しあげるまでもございませんね？」

世俗の団体および聖職者団体が与えることのできる最高位のたった一段階下の地位にあるフィデルマは、王妹という立場においてだけでなく、法律上の立場においても、一介の修道院長よりも高い身分にあった。

このとき初めてファインダーがまばたきを見せた。まるで蛇が目の色を瞬間的に変えたかのような、どこかぞっとする光景だった。

「この修道院においては」ファインダーは穏やかな声でいった。「『懺悔規定書《ペニテンシャル》』に記された規範が私どもの生活の指針です。神に感謝すべきは、『懺悔規定書』の規範を、キリスト教徒として生きるための義務として全国民に行き渡らせようとなさっている、フィーナマルなる革新的な王がわが国を治めていらっしゃることです」

フィデルマは立ちあがると、身体を屈め、ゆっくりとした動作で、読まれることなく置かれたままの上質皮紙を、ファインダー修道院長の机の上からふたたび取り戻した。もう我慢の限界だった。

「いいでしょう。では私はこれを、大ブレホンおよび大王《ハイ・キング》の議会への服従に対する拒否とみなします。あなたはご自身の修道院に損害を及ぼしたのです、ファインダー。あなたが私の権限と、ご自分の王たるフィーナマルのご威光を軽んじたことで激しい怒りを買い、法廷で裁かれることをお選びになるとは、まったくもって驚きを隠せませんわ」

フィデルマが踵《きびす》を返して扉に向かおうとすると、ファインダー修道院長のうわずったような声が彼女を呼び止めた。

「お待ちなさい！」

修道院長は両の掌《てのひら》をテーブルに伏せ、同じ姿勢を保ったままだった。顔のありとあらゆる線がくっきりと濃くなり、まるで仮面のようだ、とフィデルマは思った。

フィデルマは扉の前で足を止めた。

「おそらく」修道院長は、フィデルマに背を向けられたことで、脅されているのは自分であることに気づき、追い詰められた立場から逃れるための口実をなんとか見つけようと必死になっているようすだった。「おそらく私のいいかたがよくなかったのでしょう。そのフィーナマルの親書を見せていただけますか」

フィデルマは机のそばに戻り、あらためて、険しい顔つきをした女の前に無言で親書を置き直した。ファインダーは素早くそれを読み、しばらく眉をひそめていた。やがて彼女は顔をあげてフィデルマを見た。

「王のご威光に異を唱えることなどできるはずがありません。私はただ、この修道院がいかなる方針のもとにあるかということと、引きつづき『懺悔規定書』を指針として用いていきたいという願望を述べたまでです」

うまい口実を思いついて、ファインダーの声はいつしかまた、優しくなだめるような声に戻っていた。フィデルマは即座に身構えた。

「では私に、エイダルフと面会して取り調べをおこなう許可をいただけますか?」

ファインダー修道院長は、先ほどまでフィデルマが座っていた椅子をひらりと手で指し示した。

「とりあえずおかけなさい、修道女殿、そのサクソン人の件について話し合おうではありませんか。なぜそれほどまでにあの者のことを？」

「私は公正を望んでいるまでです」頬が火照っているのは、そう問われて思わず頬が熱くなったからだったが、なんとかそれを気取《けど》られまいと、フィデルマは答えた。

「つまり、あのサクソン人とは知り合いなのですね？　訊くまでもないでしょうが」院長の唇が、ふたたびあの笑みの形にひらいた。「あなたはローマでサクソン人修道士と行動をともにしていたと聞いています。なるほど、つまり、それがあのサクソン人だったというわけですね」

　フィデルマは椅子に座り直し、修道院長をまっすぐに見据えた。

「私とブラザー・エイダルフは、ウィトビアの修道院での会議（ウィトビアの教会会議）以来の知り合いです。この一年ほどは、彼はサクソン王国のカンタベリー大司教である〝ダルソスのテオドール〟により、私の兄であるキャシェル王に向けた特使に任ぜられています。彼の弁護を務めるよう、兄が私をこちらへ遣わしたのです」

「弁護？」ファインダー修道院長はせせら笑った。「あの者にはとうに有罪の判決がおり、犯した罪に応じた罰が与えられることになっているのはあなたとてご存じのはずでは？『懺悔規定書』によればあの者は死刑、執行は明日の正午です」

　フィデルマはわずかに身を乗り出した。

「王と司教の特使を務めていたのですから、彼には私どもの法律においてさまざまな権利が認められていますし、それらはけっして蔑《ないがし》ろにしてよいものではありません。私には本事件を捜査し、上訴の根拠として法律上認められるものがあるか否かを確認する許可が与えられていますが、私が今この場において感じている、なんとか意趣返しをしてやろう、という念に対しては、どれだけ訴えを起こしたくても到底無理でしょうね」

フィデルマの鋭い嫌味にけっして反応すまいと、ファインダー修道院長はふたたび顔をこわばらせた。

「あのサクソン人がいかなる凶悪犯罪に手を染めたのか、あなたはひょっとしてご存じないのでは？」

「聞いております、修道院長殿。私の知っているブラザー・エイダルフは、告発されているようなことができる人物ではありません」

「違う、と？」ファインダー修道院長の暗いおもざしには嘲《あざけ》りが浮かんでいた。「殺人犯の母親や、姉妹や……恋人といった者たちが……これまでにどれだけ、同じようなことをさんざん口にしてきたのでしょうねえ？」

フィデルマは不快げに身をよじった。「私は……」彼女はいいかけたが、挑発に負けまいと、ぐっと顎を突き出した。「一刻も早く訊問を開始したいのですが」

「そうですか。では修道院執事《ラクテレ》のシスター・エイトロマに助力を頼むとよいでしょう」

彼女は呼び鈴に手を伸ばした。響きわたった音色がほぼやんだ頃、ひとりの修道女が部屋に入ってきた。小柄な金髪の女性で、感じのよい顔立ちをしていたが、ちょこまかと動くそのようすはまるで小鳥のようだった。両手を法衣の襞《ひだ》に差し入れ、歩くというよりは常に小走りだ。先ほど修道院の入り口でフィデルマを出迎え、ファインダー修道院長の部屋まで案内してくれたあの女性だった。ファインダー修道院長が彼女に声をかけた。

「すでに会っているでしょうが、こちらは……特別なお客様です」棘《とげ》のある言葉を口にする前に、修道院長の声が一瞬だけためらった。「今後二十四時間にわたり、こちらが必要となさる場合は、あらゆることに対してかならず助力をさしあげねばなりません。例のサクソン人の事件を捜査し、私どもがいっさい法を逸脱していないことを今一度確認なさりたいそうです」

シスター・エイトロマは驚いたように目を丸くしてフィデルマを見やると、さっと振りかぶって修道院長に向き直った。

「承知いたしました、院長様」彼女はぼそりといった。ややあって、彼女がいい添えた。「例のないことではございませんか？　あのサクソン人に対する判決はすでにおりていますでしょう」

「私とて承知のうえです、シスター・エイトロマ」修道院長がぴしゃりといった。「このかたはフィーナマルの親書をお持ちで、私どもはそれに従わぬわけにいかないのです」

小柄な執事《ラクテレ》は頭をさげた。「〝フィーアト・ウォルンタス・トゥア（御心のままに）〟、院長様」

「では、シスター・フィデルマ。のちほど礼拝堂でお目にかかれますかしらね？」

フィデルマは修道院長に向かって軽く首を傾けたが、問いは聞き流した。

シスター・エイトロマは急ぎ足で彼女の先に立ち、部屋の外へ向かった。院長室を出たとたん、明らかに彼女がほっと肩の力を抜いたのがわかった。

「なにからお手伝いいたしましょう、シスター・フィデルマ？」彼女は、先ほどみずからの院長に話しかけたときのかすれ声とは違う、もうすこしはっきりとした声でいった。

「すぐにでもブラザー・エイダルフと面会したいのですが」

シスター・エイトロマは目をみはった。「あのサクソン人にですか？　面会したいとおっしゃいますの？」

「なにか問題でも？　私はあらゆる助力をいただけると院長殿はおっしゃいました」

「もちろんですとも」シスター・エイトロマは戸惑っているようすだった。「ただ、思ってもみないことだったものですから。こちらへどうぞ、ご案内します」

「あなたはここで執事を務めて長いのですか？」院内の、アーチ形の屋根がかかった回廊を修道女が先に立って歩きはじめると、フィデルマは訊ねた。

「十年前から執事を務めています。子どもの時分に、兄と一緒にここの修道院に入りました」

「執事になって十年ですか」フィデルマはしみじみといった。「ではかなり長いこと務めていらっしゃるのですね。ファインダー修道院長とも古くからのお知り合いなのですか？　彼女はローマから戻ってまだ日が浅いと聞いていますが、あなたがたは、彼女がローマに行く以前からのつき合いなのですか？」

「院長は、三か月前にこの修道院にいらっしゃいましたが」シスター・エイトロマはいった。「あのかたの知り合いだという人は、ここの者にはほとんどいませんでした。それまではノエー様が院長を務めていらっしゃったのです。この修道院はダブル・ハウスですので。キルデアと同じですわ」

フィデルマは軽く首を傾けて微笑んでみせた。

「存じています。ノエー前修道院長はなぜここの院長を辞したのです？」

「王が直々《じきじき》に、みずからの信仰上の顧問官となるようノエー様にお命じになったのです。少なくとも私どもはそう聞かされています。ノエー様のお部屋はまだここにありますが、ご本人はほとんど王宮で過ごしていらっしゃいます。現在この修道院を動かしていらっしゃるのは、そのあとに私どもの院長に任ぜられたファインダー様なのです」

言葉の裏に、かすかな棘が含まれていたように思えたのは気のせいだろうか？

「これまでこの修道院に属していなかったにもかかわらず、なぜファインダーが院長に任ぜられたのでしょうか？」

シスター・エイトロマは答えなかった。

「この修道院の執事として十年も務めてきたのですから、あなたにも多少の発言権があったのではないですか？」フィデルマは畳みかけた。

「院長様はローマで、ノエー前院長様の被保護者となられたのです」

「ノエーがローマにおいて、ローマ・カトリック教会のやりかたを受け入れていたとは初耳ですわ」

「ノエー様は巡礼の旅でローマにいらしただけで、さほど長居はなさらなかったのです。おそらくかの地で現院長様と知り合われ、ご自分の後継者となさるために連れて戻られたのでしょう。ローマからお戻りになったノエー様は院長を退くと宣言されました」

「あまり例にないことですね」フィデルマはいった。そこでふと別の可能性に思い至った。

「ひょっとすると、ファインダーはノエーと血縁関係にあるのでは？」

縁故主義は、修道院においてはけっして珍しいことではなく、男性および女性の修道院長や司教ですらも、王族や貴族たちと同様に、世襲によって任命されることは少なくなかった。血縁者が選ばれると同時に、デルフィネと呼ばれる、通常は共通の曾祖父から数えて三世代の家族によって構成される集団による選挙もおこなわれた。王や族長の跡継ぎを決めるときと同様に、彼あるいは彼女の息子や孫息子、甥や従兄弟たちの中から、それまでの修道院長の後継者が選ばれることはしばしばあった。

エイトロマが答えないので、フィデルマは質問を変えた。

「あなたは、この修道院における現院長のやりかたに満足していますか？　つまり、『懺悔規定書』に従いローマ・カトリック教会派の流儀でものごとを管理しようとするファインダーの方針に納得しているのですか？　ノエー前修道院長がこの新たな出発をよきものとして称えたとは、まったくもって驚きました。彼はコルムキル(2)（コロンバ）の教えを信奉しているものとばかり思っていましたから」

シスター・エイトロマがふいに立ち止まり、フィデルマも思わず足を止めた。執事は盗み聞きしている者がいないことを確かめるようにあたりを見まわしてから答えた。

「修道女殿」彼女は声を落とし、ささやき声でいった。「ここでは、そうした対立について口になさらないほうが賢明です。アイルランド・カトリック教会とローマ・カトリック教会の違いは、この修道院では議論すべき話題ではありません。ファインダー様はここの院長に就任して以来、権力と富をますます手にしていらっしゃいます。批判を口にしてもどうにもならないのです」

「富？」フィデルマは訝《いぶか》しく思った。

シスター・エイトロマは肩をすくめた。「院長様は、『懺悔規定書』にある〈禁欲〉を他者に説いていらっしゃるにもかかわらず、ご自身は物質的な豊かさを手放すおつもりがないのです。ここへいらした当初からかなりの富を得ていらっしゃるようです。目を向けるべきは、あのかたの後ろ盾となっている、どなたか裕福で力のある人物なのかもしれませんね。とはいえ、私ごときにはどうしようもありませんけれど」

執事が修道院長を苦々しく思っていることは、フィデルマの目にも明らかだった。

だがフィデルマは、シスター・エイトロマがそうした反感を抱いていることについてそれ以上掘りさげるつもりはなかった。それよりもエイダルフがどうなったのかを訊ねることのほうに気持ちは向いていた。

シスター・エイトロマは早足で回廊を歩いていった。

「ブラザー・エイダルフになにがあったのです？」短い沈黙のあと、フィデルマは話題を口にのぼした。

「明日、処刑されることになっています」

「裁判にかけられることとなった経緯を知りたいのです」

「初めてこの修道院を訪ねてきたときには、感じのいい人に見えましたし、この国の言葉もよどみなく話していました」

「では、そのときあなたは彼に会っているのですね？」

「私が修道院執事だということをお忘れですか？　旅人を迎え入れるのは私の役割です。それが、この修道院の壁の内にもてなしを求めている人々ならばなおさらですわ」

「それで、彼はいつこの修道院に来たのです？」

「三週間ほど前でしたかしら。彼が門前にあらわれて、ひと晩泊めてほしいといわれたのです。小舟で川をくだり、ロッホ・ガーマン（現在のウェクスフォード）に向かう予定だと話していました。サクソン人の国に戻るための船を探すつもりなのだ、と。ロッホ・ガーマンには、近頃サクソン人の船が入れ替わり立ち替わり寄港していますからね」

「それで？」

「詳しくは存じません。先ほども申しあげたとおり、彼はその日の午後遅くにやってきて、私が来客棟に寝床を手配しました。彼は礼拝に出て、食事をしました。その夜中に、私は院長様に起こされたのです。なんでも、修道院の外にある船着き場で、若い見習い修道女の遺体が見つかったのだとか。発見したのは夜警団の団長でした。あの船着き場では、繋いである小舟での盗難事件が相次いでいますし、町じゅうで交易が盛んにおこなわれていますので、船着き場に夜警団が置かれることになったのです。

見習い修道女は乱暴された末に絞殺されたらしいとのことでした。警鐘が鳴り響き、私は院長様に、あのサクソン人が寝ている場所まで案内するよういわれました」

フィデルマは眉根を寄せた。「なぜそのサクソン人を？　院長殿はなにを根拠に彼に目をつけたのです？」

シスター・エイトロマは冷めた口調でいった。「単純きわまりないことです。確かに彼が犯人だという決め手があったからです」

「決め手ですって？　それは誰の判断で、どのようなものだったのです？」フィデルマは必死に動揺を表に出すまいとした。

「あのサクソン人が犯人だ、と院長様に告げたのは夜警団の団長です。私は院長様と夜警団の団長とほかにも幾人かを来客棟に案内しました。サクソン人は寝床に入っていて、寝たふりをしていました。寝台から引きずり出してみると、彼の身体には血と、亡くなった見習い修道女の衣服の切れ端が付着していたのです」

フィデルマは呻き声を押し殺した。想像していたよりも事態は最悪だった。

「それはなんとも恐ろしい話ですけれど、あなたはまだ、犯人は彼だという決め手がいったいなんだったのかお話しくださっていませんね。甚《はなは》だ疑問なのですが、先ほどあなたもおっしゃったとおり、現行犯で捕らえられたわけでもなく、来客棟で眠っていただけだというのに、その夜警団の団長とやらはなぜ、かのサクソン人が犯人であると主張するに至ったのでしょうか。ところで、その団長の名はなんといいますか？　彼にも話を聞こうと思います」

「メルという名前です」

それを聞いて、フィデルマは目を丸くした。

「フィーナマルの王宮で親衛隊の隊長を務めるメルと同じ人物ですか？〈黄《イエロー・》山《マウンテン》亭〉の女将《おかみ》、ラサーの弟の？」

シスター・エイトロマは驚いたようすだった。「彼をご存じですの？」

「〈黄山亭〉に宿を取っているのです」

「彼は、あのサクソン人を逮捕した手柄で、親衛隊の隊員として王に取り立てていただいたのです。それ以前は船着き場の夜警団の団長でした」

「ご栄転というわけですね」フィデルマはそっけなくいった。

「フィーナマル王は、よく尽くす者にはとても気が大きくていらっしゃいますから」執事が同意した。今度は言葉の裏に皮肉が隠れていたように思えたが、またしても気のせいだろうか？

「もう一度質問させてください。夜警団の団長はなぜ、迷わずブラザー・エイダルフの寝ている場所に向かうことができたのです？　しかも相手が都合よく、みずからの不利になるような証拠をわざわざ身につけたままだったとは」

シスター・エイトロマは顔をしかめた。「遺体発見の直前に、船着き場から修道院へ走っていく修道士の姿が目撃されていたのだそうです」

「ファールナ修道院にはどれだけ修道士がいますか？　百人ですか？　二百人ですか？」声に疑念がにじむのを、フィデルマは抑えきれなかった。

「二百人近くおります、修道女殿」シスター・エイトロマは淡々と認めた。

「二百人？　にもかかわらず、すぐさまかのサクソン人にたどり着いたということですか。夜警団の団長はずいぶん冴えていらしたようですわね」

「というわけでもないのです。お聞きおよびでは?」

フィデルマは次に明かされるであろう事実を受け止めるべく覚悟を決めた。「聞かせていただいていないことがまだ山ほどあるようですわ。今おっしゃっているのはいったいなんのことです?」

「被害者が襲われているところがじっさいに目撃されているのです」

フィデルマはしばし無言だった。「目撃者がいるのですか?」彼女はおそるおそる訊ねた。「強姦し、殺害する現場を目撃していた者が?」

「そうです。そのとき、殺された見習い修道女と一緒に、別の見習い修道女が船着き場へ行っていました」

「つまりあなたがおっしゃっているのは」フィデルマはいった。「その見習い修道女が……名前はなんといいます?」

「目撃者の見習い修道女ですか?」

「ええ」

「フィアルです」

「殺されたほうの少女の名は?」

「ガームラ」

「つまり、友人であるガームラが強姦され殺害される場面を、そのフィアルという娘が目撃していて、ブラザー・エイダルフが犯人だったといっている、ということですか？」

「そのとおりです」

「彼女の目は確かだったのですか？　友人を襲った人物をほんとうに認識していたのですか？」

「間違いありません。あのサクソン人だったそうです」

フィデルマは絶望に打ちのめされんばかりだった。これまで、この一件はなにかの馬鹿げた間違いに決まっている、と高をくくっていた。エイダルフに科せられた罪状が強姦罪と殺人罪であり、しかも被害者は十二歳の少女――〈選択の年齢〉にも満たない年齢の少女――だったことを聞かされてもなお、内心ではエイダルフを信じていたので、心が揺らぐことはなかった。彼はそのようなことができる人物ではない。馬鹿げた間違いか、言葉の行き違いによる誤認逮捕であるはずだった。

だが今彼女は、圧倒的な証拠を眼前に突きつけられていた。血痕と衣服の切れ端という物的証拠のみならず、よりによって目撃者という証拠まで。エイダルフが関わったとされるこの事件について、衝撃的な内容が次々と明らかになっていく。大ブレホンのボラーンが、彼女の求めに応じて遠路ファールナへやってきたとして、フィデルマ自身が訴えるべき事実をなにひとつ持ち合わせていないことを知ればなんというだろう？　エイダルフに対する彼女の揺るぎない信頼とは裏腹に、まさかほんとうに彼の仕業だというのだろうか？　とんでもない！　彼のことならば知りすぎるほど知っているではないか？

シスター・エイトロマはアーチ形の扉を抜け、四角い中庭に出た。あとからついていったフィデルマの目に、木製の台座が映った。見るもおぞましいその装置がなんのためのものなのかは訊ねるまでもなかった。ぐったりとなった若い修道士の死体が絞首台からロープでぶらさがっていた。周囲に人はいなかった。

寒気が走り、全身の血が凍りついたかに思えた。死体がエイダルフのものに見えたからだ。処刑は明日だと再三にわたり聞かされていたにもかかわらず、すでに手遅れだったのだろうか。彼女はぴたりと立ち止まり、ぼうっとする頭で目を凝らした。

フィデルマがあとからついてきていないことに気づいたシスター・エイトロマが足を止めて振り向いた。彼女は表情を曇らせ、死体からできるだけ目をそらそうとしていた。

「あれは誰です？」遺体の髪型が、エイダルフと同じ〈聖ペテロの剃髪《トンスラ》(3)〉ではなく、〈聖ヨハネの剃髪《トンスラ》(4)〉であることを見定めると、フィデルマは迫った。

「ブラザー・イバーです」執事は声をひそめた。

「彼はなぜ処刑されたのです？」

「殺人と窃盗《せっとう》の罪を犯したのです」

フィデルマは思わず口を引き結んだ。「この修道院では、『懺悔規定書』に記された刑罰を執行することがもはやならわしとなっているのですか？」彼女は苦々しげに訊ねた。「彼の詳しい罪状を知っていますか?」

「私も裁判を傍聴していました、修道女殿。この修道院に属する者は全員出席するよう、ファインダー院長様がお命じになったのです。この裁判は『懺悔規定書』の定める新しい法律のもとで初めて死刑宣告がおりた裁判で、彼はこの修道院に属する修道士でした」

「殺人と窃盗といいましたね?」

「ブラザー・イバーは、修道院用の船着き場で船員を殺害し、彼の持ちものを盗んだ罪に問われたのです」

「それはいつのことです?」

「三週間ほど前です」

フィデルマは静かに揺れている屍《しかばね》にじっと視線を注いだ。

「死人が出ているのは修道院用の船着き場ばかりですね」彼女は思案を巡らせつつ、いった。そのときふと、ある考えが頭に浮かんだ。「イバーが船着き場で船員を殺害し、盗みをはたらいたのは三週間ほど前のことだといいましたね? それは、ブラザー・エイダルフが告発されている事件が起こる前のことですか、それともあとのことですか?」

「ああ、それならあとのことです。あの事件の翌日にあったことですから」

「このようなことがはたしてあり得ますか? ちいさな船着き場で二日間にふたつもの殺人事件が起こり、神に仕える修道士がふたりも死刑判決を受けたうえ、そのひとりはすでに処刑されているだなんて」

シスター・エイトロマは眉根を寄せた。「ですが、それぞれ別の事件ですから」

フィデルマは嫌悪の気持ちもあらわに、遺体を指し示した。

「彼はいつまでああやって吊られたままなのです？」

「日没までです。日が暮れたあとにロープを切って落とされ、敷地外の場所まで運ばれて、埋葬されることになっています」

「彼とは親しかったのですか？」

「あまりよくは知りませんでした。彼がこの修道院に入ってからまだそれほど経っていなかったのです。確かこのあたりよりも北の、ラスダンガンの出身だったはずです。鍛冶職人でした。この修道院でもその仕事についていました」

「彼はなぜ船員を殺害し、彼の持ちものを盗んだのです？」

「判決では、欲に目が眩んだのだろうとのことでした。彼は船員を刺殺し、中身の入った金袋と金の首飾りを盗んだのです」

「修道院で働く鍛冶職人がなぜ金銭を必要としたのでしょう？　鍛冶職人は重んじられていますから、みずからの技術に対する報酬を自分で決めることができます。鍛冶職人の〈名誉《オナー》の代価《プライス》〉(5)は十シエードであり、アーレ・アフタ、すなわち下位のブレホンと同額です」

シスター・エイトロマはわざとらしく肩をすくめてみせた。「ここは寒気がしますわね、修道女殿」彼女はいった。「まいりましょう」

フィデルマはその光景に背を向け、彼女のあとを追った。ふたりはさらに歩いていき、高い建物に四方を囲まれた中庭を抜けると、先ほどとは別のちいさな扉に入った。シスター・エイトロマは二階へ続く石段をあがっていった。建物の中は湿っぽく、黴《かび》臭かった。フィデルマはしだいに気が滅入りはじめた。どんよりと薄暗く、不吉な空気の漂うこの場所が、信仰生活を送る人々の集《つど》う家たる修道院の中であるとは到底信じがたかった。言葉ではなんとも説明しがたい、なにやら恐ろしいものがすぐそこに待ち構えているような雰囲気があたりに満ち満ちていた。

シスター・エイトロマは、フィデルマがしばし立ち止まり、暗がりに目を慣らすのを待ってから、彼女とともに薄汚れた廊下を進んでいった。廊下沿いに、鉄製の閂《かんぬき》で閉ざされたオーク材のちいさな扉があった。

廊下の奥の暗闇から、ふいに巨大な影があらわれた。

「誰だ?」しわがれ声がした。「エイトロマ、か?」

「私よ」執事が答えた。「このかたはシスター・フィデルマ、院長様から、囚人に訊問する許可を得ているドーリイー殿です」

近づいてきた大柄な男に顔を覗きこまれたとき、玉葱《たまねぎ》臭い息がフィデルマの鼻をついた。

「わかった」耳障りな声がした。「エイトロマがいいなら、入れ」男がふたたび暗闇へ引っこんでいく気配がした。

「何者です?」番人の巨大な体軀にややおののきながら、フィデルマが小声でささやいた。

「私の兄弟たるブラザー・ケイチ、看守をしています」エイトロマが答えた。

「あなたの兄弟、とは?」〝私の〟という言葉に疑問を感じ、フィデルマは訊ねた。

シスター・エイトロマはどこか遠くへ思いを馳せるような声でいった。「信仰上も、そして血縁の上でも兄弟なのです。可哀想なことに、兄はすこし知能が低いのです。私たちは幼い頃イー・ネール王家[6]による襲撃に巻きこまれ、彼はそのとき頭に傷を負ったせいで、今も下々の、腕力を必要とする仕事にしか就けないのです」

シスター・エイトロマは監房の扉の閂を引き抜いた。

「終わったら声をかけてください。ブラザー・ケイチか、あるいは私が声の届く場所におりますので――」

彼女が扉を開け、フィデルマはその先にある独房に足を踏み入れた。奥の壁にある鉄格子の窓から差しこむ光が目に刺さり、彼女は一瞬立ち止まった。

驚く声が響いた。「フィデルマ! ほんとうにあなたなのですか?」

第五章

背後で扉がばたんと閉まり、軋《きし》む音がして閂《かんぬき》がかけられると、フィデルマは狭い部屋の真ん中へ歩いていき、若い男に両手を差し伸べた。男は座っていた背もたれのない椅子から素早く立ちあがった。ブラザー・エイダルフが彼女の両手を取り、ふたりはほんの一瞬、見つめ合ったまま立っていた。言葉を交わさずとも、それぞれのまなざしが、たがいを案じながらも不安に満ちた、声にならない心の内を物語っていた。

エイダルフは憔悴《しょうすい》しているようすだった。毎日ひげを剃らせてはもらえないとみえ、そのせいで、頬と下顎は無精ひげに覆われていた。褐色の巻き毛はぼさぼさに絡まり、法衣は汚れて悪臭を放っていた。そのありさまを目にして、フィデルマが思わず悲愴な表情になりかけたことに気づいたエイダルフは、すまなそうにわざと明るく笑みを浮かべてみせた。

「申しわけないことに、ここのもてなしは最高級というわけにはいかないようですよ、フィデルマ。かの善良なる修道院長殿は、もはやこの浮き世に長居しない者に石鹼や水を使わせるなど、無駄でしかないと思っていらっしゃるようで」そこでふと黙った。「ですが、この世を去る前に、もう一度あなたに会えてよかった」

フィデルマの喉から、声ともつかぬ声が出た。かすかな涙声だったのかもしれない。だが彼女はやがてぐっと顔をしかめ、そうすることで、湧きあがる感情を必死に隠そうとした。

「それ以外は大丈夫なのですか、エイダルフ？　ひどい扱いを受けたりしていませんか？」

「ずいぶん手荒く扱われましたよ……最初のうちは」エイダルフはさらりと打ち明けた。

「私がいかなる罪状で告発されているのかを考えれば、彼らが逆上するのはわからないでもありませんがね。強姦された末に殺害されたのは年端もいかぬ少女だったのですから。ところであなたこそ元気にしていらしたのですか、フィデルマ？　確か、イベリアへの巡礼の旅に出ていたのではありませんでしたか？　聖ヤコブの墓所へいらしたのでは？」

フィデルマはそっけなく片手を振った。

「知らせを聞いて、急いで引き返してきたのです。あなたの弁護をするために急いでここへ来ました」

エイダルフは一瞬、輝くような笑顔を浮かべたが、やがて真顔に戻った。

「聞いていらっしゃらないのですか、なにもかも済んでしまった、と？　〝裁判〟はあっという間に終わってしまい、明日私は、あの中庭に向かうことになっているのです」彼は窓のほうへ頭をくいと向けた。「絞首台をご覧になったでしょう？」

「聞いていますとも」フィデルマは室内をちらりと見わたし、エイダルフが先ほどまで腰かけていた椅子に座ることにした。

エイダルフは寝台に腰をおろした。「ここにいるせいで、私は礼儀すら頭から抜け落ちてしまっていたようです、フィデルマ。椅子すら勧めずにいたとは」彼は冗談めかしていったが、その声はくぐもっていて虚ろだった。

フィデルマは椅子に深く座り、両手を膝の上で組むと、心の奥を覗きこむようにエイダルフをじっと見つめた。

「告発されているとおりのことをほんとうにやったのですか?」彼女は唐突に訊ねた。

エイダルフは目をそらさずにいった。

「〝デウス・ミセレアートゥル(神よわれらを憐れみたまえ)〟、私はやっていません! 誓いますとも、ですが残念ながら、私がいくら誓おうとも、この件においては誰の耳にも届かぬようです」

フィデルマは軽く頷いた。エイダルフが誓うというのなら、信じないなどという選択肢は彼女にはなかった。

「これまでにあなたの身に起こったことを話してください。私はあなたをキャシェルに残し、巡礼船でイベリアに向かいました。そのあたりからお願いします」

エイダルフはしばし無言で、記憶をたどっていた。

「こみいった話ではありません。私はあなたの勧めに従い、カンタベリーのテオドーレ大司教のところへ戻ることにしました。彼のもとを離れてもう一年ほどになりますし、どのみち、キャシェルに滞在する理由もなくなっていましたから」

彼はそこでふと黙ったが、フィデルマは、座ったままわずかに身じろぎしただけで、とりわけ口を挟みはしなかった。

「あなたの兄君より、テオドーレとサクソン諸王国の王たちに向けたことづてを託されました」

「口頭でですか、それとも書面で？」フィデルマが訊ねた。

「テオドーレに宛てたものは書面でした。もうひとつの、王たちに宛てたものは口頭で、単なる挨拶と友好の言葉でした」

「そのことづての記された書面は今どこにありますか？」

「私物は修道院長に押収されました」

フィデルマはふと考えを巡らせた。「自分がテクターリィーであると証明するものをなにか持っていましたか？」

エイダルフはその言葉を理解して微笑《ほほえ》んだ。

「身分を示す白い笏杖《しゃくじょう》を頂戴いたしました。そういえば確か、笏杖と親書だけは旅行鞄から出して別にしておき、客室の寝台の下に隠しておいたのでした」

「では今頃は誰かに見つかって、ほかのあなたの私物と一緒にあるのかしら？」

「おそらくそうでしょう。あなたの兄君が駿馬をお貸しくださるとご提案くださいましたが、そのお心遣いをお返しする時機も術《すべ》も不確かでしたので、交易のためにこの地へ向かう商人の荷馬車に便乗させてもらうことにしたのです。ここから川をくだる小舟が出ていることを知っていたので、その先でサクソン人商人の船を見つけて祖国へ戻るつもりでした。ここへ着くまではなにごともなかったのです」

彼はふと黙りこんだ。ふたたび話を続ける前に、起こったできごとを頭の中で順序立てているようだった。

「この修道院に到着したときにはもう午後も遅かったので、自然のなりゆきで、ひと晩泊めてほしいとこちらにお願いし、翌朝小舟に乗りこむつもりでした。応対してくれたのは執事《ラクテレ》のシスター・エイトロマでした。カンタベリーに戻る道中だ、と彼女にはいいました。大司教へのことづてを託されている、とまで話す必要はなさそうだと思いましたので。彼女は来客棟に寝床を用意してくれました。あの夜、私のほかに泊まっている者はいませんでした。私は礼拝に出て、食事をし、床につきました。ああそう、シスター・エイトロマが私をファインダー修道院長に紹介してくれましたっけ……ですが院長殿はほかに気になることがおありだったのか、あるいはサクソン人がお嫌いだったのかもしれません。私には目もくれませんでしたよ」

「それから？」

「私はぐっすりと眠っていました。早朝、おそらく夜明けの一時間ほど前のことだったと思いますが、気づくと寝台から引きずり出されていました。四方八方から怒号が降りそそぎ、私は殴られ叩きのめされました。なにが起こっているのかわけがわかりませんでした。そして無理やりここへ連れてこられ、独房にほうりこまれたのです……」

フィデルマは興味深げに身を乗り出した。

「なにが起こっているのか、誰もあなたに説明しなかったのですか？　なんらかの件について誰かに糾弾《きゅうだん》されたり、そんな時間に寝床から引きずり出されなければならなかった理由を聞かされたりもしなかったというのですか？」

「罵詈雑言をぶつけられた以外には、誰からもなにひとつ聞かされませんでした」

「自分が告発されているとはいつわかったのです？」

「それからさほど経たぬうちのことです。昼頃ですか、あの大男のブラザー・ケイチがこの独房に入ってきました。なにがどうなっているのか教えてくれ、と私が迫ると、ほぼ間髪を容れず、ファインダー修道院長がひとりの少女とともに入ってきたのです。少女は見習い修道女のいでたちをしていましたが、かなり幼く見えました」

「それから？」

「少女はただ私を指さしました。言葉はなにひとつ発さぬまま、彼女は連れられて独房から出ていきました」

「その娘はなにもいわなかったのですか？　ひとことも？」フィデルマは問いただした。

「ただ私を指さしただけでした」エイダルフは繰り返した。「そして修道院長に連れていかれました。その間は誰もなにひとつ口にせず、やがてブラザー・ケイチも出ていって、扉に閂をかけていきました」

「いかなる罪で告発されているかをじっさいに知らされたのはいつですか？」

「二日経ってようやく聞かされました」

「誰にもなにも聞かされぬまま、この場所で二日間もほうっておかれたのですか？」フィデルマの口調が怒りを帯びた。

エイダルフは哀れっぽく笑みを浮かべてみせた。「おまけに食事も水もなしですよ」彼はいい添えた。「申しあげたではないですか、ここのもてなしは最高級というわけにはいかないようですよ、と」

フィデルマは驚いて彼を見つめた。「なんですって？」

「二日後にブラザー・ケイチがまた入ってきて、身体を洗い、食事をすることを許されました。一時間ほどのち、背が高くて痩せこけた、棘《とげ》のある声をした男がやってきて、自分は王のブレホンであると告げたのです」

「ファルバサッハ司教！」

「まさしく、ファルバサッハ司教と名乗っていました。お知り合いで？」

「長年、角を突き合わせている相手ですわ。いいから続けてください」

「私が、この修道院の見習い修道女を強姦したのちに絞殺した罪に問われていることを告げたのもこのファルバサッハでした。絶句でした。私はただ、一夜の宿と食事を求めてこの修道院を訪れただけだ、と彼に訴えました。突然起こされて暴行を受けたうえ、二日間この独房にほうりこまれているのだ、と。

彼がいうには、寝台にいたとき、私の法衣には血痕があり、さらに件《くだん》の見習い修道女の、破れて血まみれになった衣服の切れ端が付着していたというのです」彼は口を尖らせた。

「うまくやりこめたと思ったのですがね。司教殿にちくりといってやったのです、確かその少女は絞殺されたとおっしゃいましたが、ならば私が血まみれの姿で見つかったというのは、ずいぶんと不思議なできごとですね、と。すると司教が、その血がどういった出どころのものであるかを私に告げたのです。件の見習い修道女は十二歳の処女《おとめ》だったそうです。さらにとどめを刺すように司教がいったのです、私の犯行には目撃者がいるのだ、と」

「それは、有罪を裏づけるかなり強力な証拠といわざるを得ませんね、エイダルフ」フィデルマはいった。「なぜそのようなことになったのか、なにか思い当たるふしはありますか？」

エイダルフはうなだれた。「まったくありません。まるで悪い夢を見ているようでした」

彼は呟《つぶや》いた。

「あなたの法衣に血痕があったというのはほんとうですか？」

エイダルフが片手をあげた。黒っぽい染みがいくつもついていた。

「法衣に血がついているのに気づいたのはここにほうりこまれた直後です。私をここへ無理やり連れてきた連中に殴る蹴るの暴行を受けたので、自分の血だとばかり思っていました。顔にも切り傷がありますし」

フィデルマの目にも、ちいさな治りかけの傷跡が見えた。「破れた衣服の切れ端というのは？」

エイダルフは肩をすくめた。「それについては、事情聴取のさいに目の前に出されるまでいっさい知りませんでした。まったく覚えのないものでした」

「では目撃者については？」

「あの少女のことですか？　嘘をついているか、あるいは勘違いしているかのどちらかです」

「会ったことのある娘でしたか？　告発されるまでに、という意味ですが？」

「ないはずです。おそらく目撃者というのは、独房に連れてこられて私を指さしたあの少女のことなのでしょうけれど。じつをいうと、あのときはさんざん殴られたあとで、あまり意識がはっきりしていなかったもので。裁判にも姿を見せていて、名はフィアルといいました」

「床につく前に、礼拝に出て食事をしたといいましたね？　そのときに、そのフィアルという少女の姿を見ましたか？」

「私は見ていませんが、向こうは私を見かけたのかもしれません。妙なのは、あのとき礼拝堂で若い見習い修道女の姿を見たおぼえがいっさいないのです。少なくとも、彼女のような年端もいかない娘はひとりもいませんでした。フィアルはせいぜい十二歳か十三歳というところでしたから」

「執事と修道院長以外の誰かと言葉を交わしましたか?」

「若い修道士とほんのすこしだけ話をしました。イバーという名でした」

フィデルマはさっと顔をあげた。「イバーですって?」吊された修道士の亡骸《なきがら》が目に浮かび、思わず窓のほうをちらりと見ずにはいられなかった。

「彼は、私が少女を殺したとされる日の翌日に、ある船員を殺害したのだそうです」エイダルフがいった。「彼は今朝、絞首刑に処せられました」彼はふいに身震いをした。「この場所にはなにやら悪辣《あくらつ》なものが渦巻いています、フィデルマ。あなたの身になにかが降りかからぬうちに、すぐにでもここを離れたほうがいい。とても耐えられません、万が一……」

フィデルマは手を伸ばし、なだめるように彼の腕に片手を置いた。

「いかに邪悪な相手であろうと、エイダルフ、対抗できないほどの報復を受けかねないとあれば、あえて私に危害を加えるようなことはしないでしょう。その〝相手〟が誰であるにせよ。私のことは心配無用です。私のそばには、兄に仕える武人がふたりもついていますし」

エイダルフは強情にかぶりを振った。「たとえそうであっても、フィデルマ、この昏《くら》き地では身の安全を図ることができません。この修道院にはなにか邪悪なものがはびこっています。ですからご自身の身を守るために、私のことなど見捨ててキャシェルに戻っていただいたほうがよほど安心です」

フィデルマが剣呑《けんのん》な表情でぐいと顎をあげた。「そういういいかたはただちにおやめなさい、エイダルフ。私はここにおりますし、この事件を解決するまでとどまるつもりです。さあ、集中して考えましょう。裁判にかけられたときのことを話してください」

「しばらく時が経ちました。もう日数もわからなくなっていました。ブラザー・ケイチが、気まぐれにときおり食事を寄越したり、身体を洗わせてくれたりはしました。相手を痛めつけるのが好きなようですよ、あいつは。性悪な男です。あの男には気をつけてください」

「少々知能が低いのだ、と聞いていますが」

エイダルフはひねた笑みを浮かべた。「知能が低い？　そうでしょうとも。命令には従うけれども、こみいったことは理解できないようです。ところが相手に苦痛を与えるよう命じられれば、嬉々としておこなうのです。処刑人も務めていて……」エイダルフは窓のほうへ片手を伸ばし、続く言葉をフィデルマの想像に任せた。

彼女は嫌悪感もあらわに鼻に皺《しわ》を寄せた。「神に仕える修道士が処刑人を？　神よ彼の迷える魂を憐れみたまえ。それよりも裁判の話をお願いします」

「礼拝堂へ連れていかれると、ファルバサッハ司教がファインダー修道院長とともに裁判の席に座っていました。さらにもうひとり、ファルバサッハに負けず劣らず、無表情でいかめしい顔つきの男がいました。前修道院長でした」

「ノエー前修道院長ですか？」

エイダルフはそのとおりだ、と頷いた。「彼のこともご存じで？」

「ファルバサッハ司教もノエー前修道院長も、昔からことあるごとに対立してきた相手です」

「ファルバサッハ司教があらためて罪状を読みあげました。私は否認しました。そうして法廷の時間を無駄にするのは私にとってさらに不利になるぞ、とファルバサッハはいいました。それでも私は断固として罪を認めませんでした。真実を話す以外に、いったい私になにができたというのです？」エイダルフはふと黙り、考えこんだ。「シスター・エイトロマが証人として呼ばれました。彼女は、どのように私をこの修道院へ迎え入れたかを述べました。それから、殺害された少女の遺体はガームラのものだったと証言しました。この修道院に見習い修道女として入るところだった……」

フィデルマがふいに彼の話を遮《さえぎ》った。

「待ってください、エイダルフ。彼女は正確にはなんといったのですか？　つまり、ガームラについてです」

「ガームラは見習い修道女だった、と……」

「あなたはそうはいいませんでした。〝見習い修道女として入るところだった〟といいましたね。なぜそのようないいかたをしたのです？」

エイダルフは気おくれしたように肩をすくめた。「確か、彼女がそのようないいかたをしていたのです。そんなことが重要ですか？」

「ひじょうに重要です。とりあえず続けてください」

「そのガームラという少女がたった十二歳だったことは聞きましたが、シスター・エイトロマが話していたのはそれだけです。そのあともうひとりの少女が呼ばれて……」

「もうひとり？」

「独房に入ってきて、私を指さした少女です」

「ああ、フィアルですね」

「彼女は法廷で、自分はこの修道院の見習い修道女であると名乗りました。ガームラの友人だった、と。真夜中過ぎに船着き場で彼女と待ち合わせをしていたとも話していました」

「なぜです？」

エイダルフはぽかんとしてフィデルマを見つめた。「なぜ、といいますと？」おうむ返しにいう。

「なぜ真夜中過ぎに船着き場で若い見習い修道女どうしで待ち合わせをしていたのか、という質問は出なかったのですか？　ふたりともたった十二歳の少女なのですよ、エイダルフ」

「その質問は誰からも出ませんでした。ただ彼女が証言しただけでした。それで船着き場に行き、友人が男と揉み合っているのを見た、と」

「見た、とはどのように？」

エイダルフは戸惑っているようすだった。フィデルマは辛抱《しんぼう》強く説いた。

「真夜中過ぎだったのです」彼女は説明した。「真っ暗だったはずです。どうして彼女は一部始終を見ることができたのです？」

「船着き場にはたいまつの明かりが灯っていたのではないでしょうか」

「それは事実として確認されているのですか？　それにたいまつの明かりで男の顔をはっきりと見わけることができたのでしょうか？　彼女がどのくらい近くにいて、どのあたりに明かりが灯されていたのか、という質問はなされたのですか？」

「いいえ、そういった話はいっさいありませんでした。彼女が法廷で証言したのは、友人が男と揉み合っていた、ということだけです」

「揉み合っていた、と？」

「その男は友人の首を絞めていた、と彼女はいいました」彼は続けた。「友人に覆い被さっていた男は立ちあがると、修道院のほうへ走っていった、と。そしてその男が私だったと証言したのです。その男が、修道院に滞在しているサクソン人のよそ者であることに気づいた、と彼女はいっていました」

フィデルマはふたたび眉根を寄せた。「〝サクソン人のよそ者〟というのは彼女の言葉どおりですか？」

「そうです」

「ところがあなたはその娘と会ったことすらない、と？　言葉を交わしたこともないというのですね？」

「そのとおりです」

「ではなぜ彼女は、あなたがサクソン人であると知っていたのかしら？」

「おそらく誰かから聞いたのでしょう」

「まさしくそうでしょうね。彼女がほかにもなにか聞かされていたらしきことはありませんでしたか？」

エイダルフは切なげに彼女を見た。「あの裁判にあなたがいてくださらなかったことが残念でなりませんよ」

「そうでしょうとも。そういえば、その裁判において、誰があなたの法的権利の代理人となったのかをまだ伺っていませんでしたわ」

「誰もいませんでした」

「冗談でしょう？」怒りのあまりに思わずその言葉が口をついて出た。「ドーリィーによる弁護を受けていないのですか？　そうした申し出はなかったのですか？」

「ただ法廷に連れていかれただけです。法定代理人を手配する機会すら与えられませんでした」

フィデルマのおもざしに、ようやく希望の光がかすかに灯りはじめた。

「この修道院にはおかしな点が山ほどあります、エイダルフ。ファルバサッハ司教から、代理人を置くのか、それともあなた自身がみずからの弁護をおこなうのかという選択肢を提示されなかったのは間違いないのですね？」

「間違いありません」

「あなたに対してほかにどのような証拠があげられましたか？」

「ブラザー・ミアッハという人が証言をおこないました。この修道院の薬師《くすし》のようです。彼は前に出ると、件の少女がいかなる性的暴行を受け、絞殺されていたのかを詳細にわたり述べました。そのあと私に向かって、これでもまだ否認するのか、という質問がなされましたので、もちろんそうだ、と答えました。するとここでファルバサッハがいったのです。この事件はアイルランドの〈ブレホン法〉ではなく、教会法典に則《のっと》って審理をおこなう、と。私は絞首刑だというのです。判決は追って王みずからが裁可することになっているとのことでした。数日前、王の裁可が得られ、明日、私は階下にあるあの台座の上で、ブラザー・ケイチと相まみえることになっています」

「正義がまっとうにおこなわれれば、そうはなりません」フィデルマはきっぱりと答えた。「あなたの話を念頭に置いて考えると、まだ訊問を重ねるべき点が山のようにあります」

エイダルフは憂《うれ》い顔で唇を尖らせた。「訊問をおこなうにはもはや少々遅すぎやしませんか、フィデルマ？」

「そんなことはありません。私は上訴を提起するつもりです」

驚いたことに、エイダルフはかぶりを振った。

「修道院長の人となりをご存じないからそのようなことをおっしゃれるのです。彼女はファルバサッハ司教に対して多大なる影響力を持っています。ここを行き交う人々はみな彼女を恐れています」

フィデルマは関心をそそられたようだった。「なぜそうだとわかったのです？」

「数週間ここに投獄されていて、許された範囲内での人づき合いの中でしだいにわかってきました。あの、ろくに口もきけないブラザー・ケイチですら、片言ながら私に情報を与えてくれました。この修道院を蜘蛛《くも》の巣に喩《たと》えるならば、さながら修道院長は、その中心で待ち構えている腹を空《す》かせた黒蜘蛛ですよ」

フィデルマの口もとがほころんだ。その言葉は修道院長をあらわすのに、まさにいいえて妙だったからだ。

彼女はゆっくりと立ちあがり、独房の中をちらりと見わたした。室内にあるのは背もたれのない腰掛けと、藁《わら》のマットレスと毛布だけの簡単な寝台のみだ。エイダルフの衣服は、今彼が身につけているものだけだった。

「修道院長があなたの旅行鞄と、笏杖と、コルグーがテオドーレに宛てた親書を持っているといいましたね？」

「来客棟の寝台の下に隠したままになっていれば別ですがね」

フィデルマは向き直って扉を強く叩き、シスター・エイトロマを呼んだ。そしてエイダルフを振り向くと、勇気づけるように微笑んだ。

「希望を持ってください、エイダルフ。私がこの地でかならず真相を暴き、正義を見いだしてみせます」

「そうしていただければなによりですが、なにせこの場所にずっといるもので、あまり期待を持たない癖がすっかりついてしまいました」

不気味な大男のブラザー・ケイチが扉を開け、一歩退いてフィデルマを通し、彼女は暗い廊下に出た。男は独房の扉を乱暴に閉めると閂をかけた。

「シスター・エイトロマはどこにいます？」フィデルマは訊ねた。

大男は返事をせず、ただ片手をあげて廊下の向こうを指さした。

そちらに目をやると、シスター・エイトロマが階段前の窓辺に設《しつら》えられた休憩用の椅子に腰かけて待っていた。窓からは川が見わたせた。幾艘もの小舟が行き交っている。往来の激しい水路のようだった。シスター・エイトロマがその景色に見入っていたため、フィデルマは咳払いをして彼女の注意を惹いた。

彼女は振り向き、急いでフィデルマのもとへやってきた。

「あのサクソン人とは納得がいくまで話せましたか？」修道院執事《ラクテレ》は朗らかに訊ねた。

「納得ですって？　とんでもない。このたびの手続きにおいてはまったくもって納得のいかないことだらけです。あなたは裁判において証人を務めたそうですね？」

シスター・エイトロマは身構えるような表情を浮かべた。「ええ」

「あなたが、被害者はガームラであったと確認したとも伺いました。あなたが彼女をご存じだったとは思っていませんでした」

「知っていたわけではありません」

フィデルマは戸惑った。「ではなぜ彼女だとわかったのです？」

「先ほども申しあげたとおり、彼女はこの修道院の見習い修道女だったからです」

「なるほど。つまり推測しますに、あなたはこの修道院の執事として、彼女がこの修道院に到着したさい、ほかの見習い修道士や見習い修道女たちとともに迎え入れたということですね？　彼女がこの修道院の一員となったのはいつですか？」

シスター・エイトロマの顔に自信なげな表情が浮かんだ。

「正確にはわからないのですが……」

「正確でなくては困ります、修道女殿」フィデルマは腹立たしげにぴしゃりといった。「さあ、亡くなった少女、ガームラに最初に会ったのはいつなのか、きちんと正確に話してください」

「私が……私が彼女の姿を見たのは、遺体がこの修道院の霊安室に運ばれてきたあとです」

執事は白状した。

フィデルマは驚きのあまり、思わず彼女を見つめた。やがてかぶりを振った。この事件に関しては、いちいち驚いていたらきりがないようだ。

「つまり初めて姿を見たのは、彼女が亡くなったあとのことだったのですか？　ならばなぜ、彼女がこの修道院の見習い修道女であると見わけがついたのです？」

「院長様がそう教えてくださったからです」

「ですが、個人的に彼女を知らなかったのならば、遺体が彼女であると法廷において証言する権利は、あなたにはないはずです」

「院長様のお言葉に間違いはありません。それにフィアルも、自分は彼女の友人であり、ともに見習い修道女になるべくこの修道院にやってきたと話していました」

この執事に証人として守るべき規則について説いても無駄のようだ、とフィデルマは感じた。

「あなたの証言は法廷では通用しません。彼女が亡くなる前に会っているのは誰ですか？　当然ですが、どこからともなく修道院にあらわれたわけではありませんよね？」

シスター・エイトロマはむっとしたようにいった。「私は、院長様から伺ったことをお伝えしているまでです。ここでは見習い修道女たちの教育係が、ここへ新たに入った者たち全員と顔合わせをし、研修を受けさせることになっています。ですから、その者ならば彼女と会っていたかもしれません」

「ああ、ようやくすこし先へ進めましたね。その教育係はなぜ証言しなかったのです？　その女性は誰で、どこに行けば会えますか？」

シスター・エイトロマはたじろいだ。「彼女はアイオナ[1]へ巡礼の旅に出ております」

フィデルマは思わずまばたきをした。「いつ出発したのです？」

「ガームラが殺される一日か二日ほど前です。ですからこの修道院の執事である私が証言することとなったのは、ごく自然ななりゆきでした。おそらく院長様はこの教育係の口から、件の娘がみずからの修道院に属する者であることを知らされたのでしょう」

「とはいえ、あなたの証言は法律上まったく根拠をなしません。あなたは自分の知っていることではなく、人から聞いたことをひたすら繰り返しているだけではありませんか」フィデルマは怒りをおぼえていた。正しい訴訟手続きがなにもかも蔑《ないがし》ろにされていることに腹が立った。これまでの訴訟手続きは矛盾点だらけであり、充分に上訴に持ちこめるであろうことは間違いなかった。

「ですが同じ見習い修道女のフィアルも友人の姿を見ています」

「ではそのシスター・フィアルを呼んでいただく必要があります。今回の件において、彼女の証言がことを左右するといっても過言ではないからです。すぐに彼女を探してきてください」

「承知しました」

「さらに、ほかに証人を務めた人たちの話も聞きたいのですが。ブラザー・ミアッハというかたがおいでては？」

「薬師の、ですか？」

「そのかたです——まさか、彼まで巡礼の旅に出てしまったとでも？」彼女は嫌味たっぷりにつけ加えた。

シスター・エイトロマは皮肉を受け流した。

「彼の施薬所はこの下の階にあります。あなたがそちらにいらしている間に、私はシスター・フィアルを探してまいりますわ」

フィデルマの胸は激しく鼓動を打っていた。ドーリィーとして過ごした歳月においても、訴訟手続きをここまで徹底的に逸脱した例に出合ったことはなかった。今の時点ですでに、再審請求をするための訴えを起こす土台は充分に整っている、と彼女は思った。ラーハンのブレホンがこのような茶番をみずから進めたとは、まったくもって信じがたいことだった。証言について定められた規定を彼が知らぬはずはない。

いうまでもなく、最も厄介なのは、若い見習い修道女、フィアルの目撃証言だった。エイダルフの無罪を勝ち取るべく行動を起こすうえで、これはかならずや大きな障害となってくるだろう。彼女の目撃証言はエイダルフにとっては致命的だ。だがこの事件に関する一連の話にはどこか居心地の悪い奇妙さがあった。

フィアルには訊かねばならないことが山ほどあった。件の友人と真夜中の船着き場で待ち合わせをした理由はなんなのか？　さらにその夜、なぜ真っ暗な中で、友人を殺した犯人の顔を、本人と特定できるほどにはっきりと見わけることができたのか？　その男がサクソン人のよそ者であると誰に聞いたのか？　エイダルフの言葉を信じるならば、彼はフィアルの姿を見たことも言葉を交わしたこともないという。誰かに指示されたのか？　もしそうなら、いったい誰に？

フィデルマは深いため息をついた。彼女がこの訴訟手続きにおける穴を探して異議を訴えている間も、最も重大な事実は変えようがなかった。事件の目撃者がエイダルフを犯人と証言しているのだ。彼の法衣には血痕があり、少女の衣服の切れ端が付着していた。いったいどうすれば、この証言を覆《くつがえ》すことができるというのだろう？

＊

施薬所はひろびろとした石造りの部屋で、木製の扉があり、鎧戸のついた窓は薬草園に面していた。木の梁《はり》からは、薬草や花々をそれぞれ束にして乾燥させたものがぶらさがっており、部屋の隅にある炉では火が燃えていて、その上には大きな黒い鉄の大釜が掛けてあった。鉄釜の中からは鼻の曲がるような臭《にお》いの蒸気があがっていた。周囲の棚には瓶や箱がずらりと並んでいた。

シスター・エイトロマが入っていくと、年配の男が振り向いた。やや猫背で、半白の髪が垂れた顎鬚と繋がっている。瞳は淡い灰色で、生気のない冷めた目をしていた。

「なんだね？」かん高い、気難しげな声だった。

「こちらは〝キャシェルのシスター・フィデルマ〟です、ブラザー・ミアッハ」シスター・エイトロマが告げた。「あなたにいくつか伺いたいことがおありだそうです」そしてフィデルマにいった。「こちらにいらしてください、私はシスター・フィアルを探してまいります」

年配の薬師は、さもうさんくさげにフィデルマを睨みつけた。

「いったいなんの用だね？」彼はきつい口調でいった。「儂《わし》は忙しいんだ」

「それほどお時間は取らせません、ブラザー・ミアッハ」彼女はきっぱりといった。

彼は蔑《さげす》むように鼻を鳴らした。「ではさっさと用向きをいってくれ」

「私はドーリィー、すなわち法廷弁護士としての用向きでまいりました」

男はわずかに目を細めた。「で、儂になんの用だね？」

「ブラザー・エイダルフの裁判についていくつか伺いたい点があります」

「例のサクソン人かね？　あの男がどうしたというのだ？　絞首刑が決まったと聞いているが、もうとっくに処刑されてるかもしれんがね」

「まだ刑は執行されていません」フィデルマはいった。

「それで訊きたいこととはなにかね」年配の男は苛立っていて、不機嫌そうだった。

「あなたが裁判で証言なさったと伺っていますが？」

「当然だ。儂はこの修道院の薬師だ。不審死があった場合には儂に意見が求められる」

「では、あなたの証言したことをここで聞かせてください」

「すでに終わって決着のついたことではないか」

フィデルマはぴしゃりといった。「この件がほんとうに終わって決着がつきましたら、私がそう申しあげます、ブラザー・ミアッハ。私の質問に答えてください」

年配の男は、このような口のききかたをされることに明らかに慣れていないらしく、慌てたようにまばたきをした。

「少女の遺体が儂のもとに運ばれてきた。検分してわかったことをブレホン殿に報告した」

「その内容とは？」

「少女は死亡していた。首の周囲には痣があった。首を絞められたことは間違いなかった。さらに、殺害前に強姦されたことを示す明らかな形跡があった」

「その明らかな形跡とはなんです？」

「少女は処女《おとめ》だった。当然のことだ。まだ十二歳だったと聞いている。性行為により彼女は甚《はなは》だしく出血していた。詳しい医学的知識がなくとも血痕を見ればわかることだ」

「つまり、彼女の衣服に血痕があったということですか？」

「衣服にも、そういう場合に出血が見られる箇所の周辺にも血痕があった。なにが起こったのかは想像に難くない」

「想像？ つまり強姦されたのだとおっしゃるのですね。想像ということは、ほかにも考えられる原因があるということですの？」

「おやおや……ドーリィー殿」老薬師は憐れむような口調でいった。「考えてもみたまえ。少女が性行為ののちに絞殺されたのだ。強姦以外になにが考えられるというのだね？」

「ですがそれではやはり、正しい医学的証拠というよりもむしろ意見に過ぎません」フィデルマはいった。老薬師の返事はなかったので、彼女は次の質問に移った。「その娘のことはご存じでしたか？」

「ガームラという名だった」

「なぜそれを？」

「そう聞いたからだ」

「けれども遺体となってあなたのもとにやってくるまで、修道院内で彼女に会ったことはなかったのですね？」

「向こうが病気にでもかからなければまず会うことはないからの。名前を聞いたのは確かシスター・エイトロマからだったか。考えてみれば、いずれ彼女とは顔を合わせることになっていたかもしれんな、殺されさえしなければ」

「どういうことです？」

「修道女たちの中には、みずからが罪を犯したと感じたさいに、おのれの手でみずからを罰することを好む者たちがいるが、どうやら彼女もそのひとりだったようだ。両手首と片方の足首に傷があった」

「傷？」

「みずからの身に縛《いまし》めを用いた跡だ」

「縛めですって？　強姦や殺害のさいに用いられたのではなく？」

「傷は拘束具によるもので、死亡するしばらく前に用いられていたことは確かだった。ゆえにほかの箇所の傷とはいっさい関係がない」

「鞭《むち》で打たれた跡もあったのですか？」

薬師はかぶりを振った。「修行に嗜虐《しぎやく》性を求める者たちの中には、縛めを用いておのれの罪を痛みで贖《あがな》おうとする者もいる」

「嗜虐性、とおっしゃいますが、かような年端のいかない少女にそのようなものがあるのは妙だとお思いにはならなかったのですか？」

ブラザー・ミアッハは眉ひとつ動かさなかった。「今回などまだよいほうだ。狂信者とは、得てして目を覆うような自虐行動に陥りやすいものだ」

「ブラザー・エイダルフのことも調べましたか？」

「ブラザー・エイダルフ？　ああ、あのサクソン人か。なぜあの男を調べる必要が？」

「発見されたとき、彼の身体には血と、あの少女の衣服の切れ端が付着していたと聞きました。そうした外面的状況と、彼が少女を襲ったという見解との間に一貫性を見いだすためには、彼自身を取り調べるのはごく当然のことと思いますけれど」

薬師はふたたび鼻を鳴らした。「聞いたところによれば、儂の意見などなくともあの男の罪は一目瞭然だそうだ。おっしゃるとおり、あの男からは血痕と、血のついた少女の衣服の切れ端が見つかった。しかもあの男が殺しをおこなっている現場を見ていた目撃者もいる。それで儂になにを調べろというのだね？」

フィデルマはため息を押し殺した。「そうするのが……筋ではないかと」

「筋だと？　馬鹿馬鹿しい！　筋だといわれることをすべてやっていたら、今頃、苦しんでいる患者が百人は死んでいただろう」

「お言葉ですが、それとこれとは話が違います」

「倫理観について議論したいならばほかでやりたまえ、ドーリィー殿。さっさと訊くことを訊いてくれ、儂は忙しいんだ」

フィデルマは短く礼を述べて話を終えると部屋を出た。もう薬師に訊ねることはなにもなかった。シスター・エイトロマが戻ってくる気配もなかった。彼女は施薬所の外でしばらく待っていたが、ふとある考えが頭に浮かんだ。天がフィデルマに与えしもののひとつに、一度来たことのある場所ならばけっして道に迷うことはないという、もはや超人的とすらいえる才能があった。先ほど案内された修道院内部の各所にはどのように行けばよいかは、記憶と直感に頼れば問題なくわかった。そこで、シスター・エイトロマをひたすら待つのをやめて通路をたどり、ファインダー修道院長の部屋へふたたび歩みを進めた。

彼女は扉を開けると、静まり返った中庭をゆっくりと歩いていった。修道士の亡骸はまだ木製の絞首台からぶらさがっていた。名前はなんといったか――ブラザー・イバー？　彼が船員を殺害し金品を奪った日はガームラが強姦され殺害された翌日、しかも現場まで同じ船着き場だったとはどこか妙だ。

四角い中庭の真ん中で、彼女はふいに足を止めた。

エイダルフが到着した夜に彼と言葉を交わした人物はふたり、そのうちのひとりがブラザー・イバーだった。

彼女はくるりと踵《きびす》を返して階段を駆けのぼると、湿っぽい廊下を抜けてエイダルフの独房に向かった。ブラザー・ケイチの姿はなく、かわりに別の修道士が見張りに立っていた。

「なんか用かね？」彼は暗がりからぬっとあらわれ、不躾《ぶしつけ》に訊ねた。

「ひとつ、もうすこし礼儀をわきまえていただきたいものですわね、修道士殿」フィデルマはにべもなくいった。「ふたつ、この独房の扉を開けてください。私は修道院長より権限を与えられています」

人影は、驚いたように暗がりへ一歩あとずさった。

「特に命令されてませんが……」いかにも鬱陶《うっとう》しいという声だ。

「命令なら私がしています、修道士殿。私はドーリイーです。先ほどシスター・エイトロマを伴ってこちらへ来たときには、ブラザー・ケイチは問題なく通してくれました」

「シスター・エイトロマ？　なんにも聞いてませんね。あの人はケイチと一緒に船着き場へ行っちまいましたよ」

修道士が考えこんでいる間、フィデルマはじれったい思いで爆発しそうだった。あくまでも門前払いを喰らわされるのでは、という考えが頭をよぎった。やがて、渋々ながらというようすで、彼は前に出ると閂を外した。

「用が済みましたら声をかけます」フィデルマは安堵して彼に告げると中に入った。

エイダルフが驚いて顔をあげた。

「こんなにすぐ、また顔を見られるとは……」彼が口をひらいた。

「もうすこし訊きたいことがあります。ブラザー・イバーという人物のことを聞かせてください。あなたに会いにこっそりここへ戻ってきたので、あまり時間はないと思います」

エイダルフは肩をすくめた。「お話しするようなことはあまりないですね、フィデルマ。彼とは、私がここに到着した日の夕餉《ゆうげ》の席で隣になったのです。ほんのすこし言葉を交わしただけでした。それからは一度も姿を目にしていませんでした——そう、今朝、あそこで見るまでは」彼は中庭を顎で指し示した。

「彼とはどんな話をしましたか？」

エイダルフは眉をひそめて彼女を見た。

「どこから来たのか、と訊ねられただけでしたよ。だから答えました。彼はこの王国の北部出身で、鍛冶を生業《なりわい》としているといっていました。自分の仕事を誇りに思っているけれども、この修道院では、動物用の枷《かせ》をつくれといわれるだけで存分に腕を振るうことができず、虚しいばかりだともいっていました。ファインダー修道院長が着任して以来憂鬱《ゆううつ》だ、と。だから、どの修道院でも家畜は必要なのだし、働く者にとってはどんな仕事も価値のあるものだ、というようなことをいってやったんです。そうしたら……」

「ほかにはなにか話していませんでしたか？　そんなたわいのない会話しかしなかったのですか？」フィデルマは、声に落胆があらわれないよう懸命に務めた。

「ああ、そういえば、サクソン人の習慣についても訊ねられましたが、それだけです」

「サクソン人の習慣？　たとえばどのようなものです？」

「サクソン人はなぜ奴隷を使うのか、と。妙な質問だな、と思いましたね」

「ほかには？」

エイダルフはかぶりを振った。「彼は与えられている仕事に不満を抱いているようすでした。最期までそのことで頭がいっぱいだったようです。なにしろ、あの気の毒な人が最期に叫んだ言葉は、『手枷について訊いてくれ』でしたからね。すでに気がふれていたにちがいありません。さぞ恐ろしかったことでしょう、絞首台の縄を目の前にして……」

フィデルマは明らかに落胆したようすで、エイダルフの声が途切れたことにも気づいていなかった。亡きブラザー・イバーが、この奇妙なもつれをほどき、解明する糸口となる言葉をなにか遺しているのではないかと期待していたからだ。彼女はエイダルフに向かって無理やり笑みをつくった。

「わかりました。またすぐにまいります」

彼女は扉を強く叩いた。

無愛想な修道士は外で待ち構えていたらしく、即座に扉が開き、彼女は外に出た。

第六章

シスター・フィデルマがふたたび中庭を横切っているところに、シスター・エイトロマが追いついた。

「施薬所で待っていてくださいと申しあげましたのに」彼女は苛立たしげにたしなめた。「迷ってしまいますよ、この修道院はちいさな田舎の教会とはわけが違うのですから」

フィデルマは、一度教えられた道はかならず憶えている、という特技があることをわざわざ説明するのはやめておいた。また、この修道院がアイルランド五王国じゅうのさまざまな修道院よりも広いことは確かだったが、アーマーやウィトビアやローマにはここよりもずっと大規模な修道院があったということも、とりあえずは黙っておいた。

「あなたは船着き場へ呼ばれていったと伺いましたので」彼女はいった。

執事《ラクテレ》は不意を突かれたようすだった。「誰がそれを?」

もう一度エイダルフに会いに行ったことを白状する気はなかったので、フィデルマは話を続けた。「ファインダー修道院長に会いに行く途中だったのです。まだいくつか伺いたいことがありましたので。見習い修道女のフィアルは見つかりましたか?」

シスター・エイトロマはふと気まずそうな表情を見せた。

「いいえ、見つかりませんでした」

「どういうことです？」フィデルマは憤慨して、いった。

「誰も、しばらく彼女の姿を見ていないのです」

「しばらく、とは、正確にはどのくらいの時間ですか？」

「ここ数日姿が見えないそうです。今もみなで探しています」

フィデルマの瞳がきらりと剣呑《けんのん》な光を帯びた。「院長にお目にかかる前に、来客棟へ案内してほしいのですが——ブラザー・エイダルフが泊まっていた部屋です」

ほどなく、執事に案内されてフィデルマは来客棟へやってきた。来客用の共同寝室はさほど広くはなく、寝台は六台しかなかった。

「ブラザー・エイダルフが使っていた寝台はどれですか？」フィデルマは訊ねた。

シスター・エイトロマは、部屋の隅にある一番奥の寝台を指さした。

フィデルマはそちらへ向かうと、寝台の端に腰をおろした。下を覗いてみる。なにもない。

「当然ですが、あのサクソン人のあとにも何回か使われています」執事が説明した。

「そうでしょうとも。マットレスは替えましたか？」

シスター・エイトロマは戸惑ったようすだった。「マットレスを替えるのは必要なときだけです。あのサクソン人が使ってからは替えていないはずです。なぜそのようなことを？」

フィデルマは毛布をどけ、藁《わら》を詰めたマットレスを丸見えにした。よくある薄い藁のマットレスだった。彼女はそっと手を伸ばし、マットレスのあちこちをつついてみた。

「なにを探しているのです？」執事が問い詰めた。

フィデルマは返事をしなかった。

藁の間にかすかに硬い感触がして、マットレスの脇にある、縫い目をほどいて穴を開けた箇所が目に留《と》まった。フィデルマは笑みを浮かべた。エイダルフのことなら本人以上によくわかっている。彼は用心深い人間だ。ところがこの数週間の騒ぎで、彼は自分がどれだけ用心深い質《たち》だったのかすら失念してしまっていたようだ。

フィデルマはマットレスの内側に手を入れ、細い指で小ぶりの木製の笏杖《しゃくじょう》を探し当てた。そのすぐそばで上質皮紙《ヴェラム》の柔らかい手触りがした。彼女はすぐさまそれらを引き出すと、驚いて見入っていたシスター・エイトロマの目の前に差しあげた。

「私の証人となってください、修道女殿」フィデルマは立ちあがり、いった。「これはブラザー・エイダルフの持ちものであり、彼がキャシェル王の正式な使者であることを示す白い笏杖です。そしてこちらは、先述の王より〝カンタベリーのテオドーレ〟に宛てて王みずから記された親書です。ブラザー・エイダルフはマットレスの内側にこれらを保管していたのです」

シスター・エイトロマはふと興味深げな表情を浮かべたが、それでもまだ半信半疑というようすだった。

「ファインダー修道院長様にご覧いただきましょう」やがて彼女がいった。

フィデルマはかぶりを振り、おもむろにそれらを自分のマルスピウム、すなわち常に腰からさげている革製の小型鞄の中にしまった。

「こちらは私が預かっておきます。私がどこからこれらを回収したかは見ていましたね？あなたには私の目撃証人になっていただきます。ブラザー・エイダルフがファール・タステイルあるいはテクターリィー、すなわち王の使節であり、王室の一部として保護される権利を持っているということはこれで明白です」

「私に法律の話をされましても」シスター・エイトロマが不服を申し立てた。「私はドーリィーではありませんので」

「ご自分が、これらの物品を私がここで発見したということの証人だと自覚していてくださればよいのです」フィデルマは念を押した。「さて……」

扉に向かって歩きだした彼女のあとを、シスター・エイトロマは渋々と追った。

「今度はどこへいらっしゃるおつもりですの、修道女殿？」彼女は訊ねた。「もう一度院長様にお会いになるおつもりですか？」

「院長殿に？　いいえ、それはあとにします」フィデルマは思い直し、答えた。「それよりもまず、そのガームラという少女が襲われて殺害された場所に案内してください」

シスター・エイトロマは不安げな面持ちのまま、フィデルマを伴ってさらにいくつかの廊下を渡り、修道院の反対側の端にあるもうひとつの狭い中庭に向かった。漂う香りから、そこは修道院の厨房《ちゅうぼう》に面しており、おそらく貯蔵室にも続いているのだろうと思われた。狭い中庭の片側に背の高い木製の二枚扉の門があり、シスター・エイトロマは足早にそちらへ向かった。彼女は、門にしっかりとかかっている大きくて重そうな鉄の閂《かんぬき》を外そうとはしなかった。大きな門扉の片方には、人がひとりようやく通れるくらいのちいさな扉がついていたからだ。彼女はその扉を開けると、無言でそこを指さした。

フィデルマが出口を乗り越えると――というのも、扉の下枠を跨《また》がなければならなかったからだ――ひろびろとした川が目の前にあらわれた。門を出たところには、荷馬車が一台通れるくらいの幅のある踏みならされた小径《こみち》が、修道院の壁沿いを走っていた。小径の向こう側には土を固めた堤があり、木でできた船着き場がその上に建てられていた。このあたりでは、川は小径と並行して流れていたからだ。船着き場の傍《かたわ》らには、それなりの大きさのある川船が係留されていた。数人の男が、その船から樽を荷揚げしていた。

「ここが私どもの船着き場です、修道女殿」シスター・エイトロマが説明した。「修道院に必要な物資はここで荷揚げされます。むろんここだけでなく、下流にも上流にも、町の商人たちが取り引きをおこなうための船着き場がいくつかあります」

フィデルマは頬に日射しを浴びながらしばし佇んでいた。微風が吹いてはいるが、日射しはむしろ暑いくらいで、黴臭《かび》くて薄暗い修道院の建物から出たあとでは心地よかった。彼女はふと目を閉じ、深呼吸をして身体の力を抜いた。しばらくしてから周囲を見わたした。執事の話していたとおりだった。川沿いには何隻もの船が船着き場に係留されていた。そういえばファールナは、ラーハンを統べるイー・ケンセリック王朝の王都であるばかりか、交易の中心地でもあった。

「このたびの殺人がおこなわれた現場はどこですか？」

シスター・エイトロマは修道院の船着き場を指さした。「ここです」

修道院の鐘が鳴りだした。フィデルマは驚いて、音のするほうをちらりと見やった。祈りの鐘ではないようだが？　ややあって、修道士のひとりが門からシスター・エイトロマのところへ駆け寄ってきた。

「修道女殿、上流から遣いの者が来ております。川船が一隻、中流で沈没したとのことです。つい先ほど修道院の船着き場を出たばかりの船だといっています」

「ガブローンの船が？」エイトロマが青ざめた。「その者のいっていることは確かなのですか？　みな無事ですか？」

「さあ、わかりません、修道女殿」修道士が答えた。「彼もそれ以上のことは知らないようです」

「では、とにかく向かわなければ」

彼女は修道院へ踵《きびす》を返しかけたが、ふと、あたりを眺めているシスター・フィデルマの存在を思いだして立ち止まった。

「申しわけありません、修道女殿。私どもの修道院と頻繁に取り引きをおこなっている船が沈没したようなのです。私は執事ですので、この件の対処に当たらねばなりません。川というのは危険な場所ですので」

「私も一緒に参りましょうか？」フィデルマは訊ねた。

シスター・エイトロマは心ここにあらずといったようすでかぶりを振った。「では失礼いたします」

そういうと彼女は、すでに壁沿いの小径を足早に歩きだしている修道士を追って行ってしまった。ほうり出されて呆然としながら、フィデルマは彼女の背中を見送った。やがて、男の声に名前を呼ばれてふとわれに返った。フィデルマが振り向くと、修道院の船着き場に向かって川沿いの土手をゆったりと歩いてくる、見覚えのある人影が目に映った。

武人のメルだった。シスター・エイトロマの話を信じるなら、殺害された少女の遺体を発見し、彼女の死をエイダルフに結びつけたのはこの人物だ。まさしくこのときに彼が姿をあらわし、探しに行く手間が省《はぶ》けたのは思いがけない幸運だった。フィデルマが彼に向き直り、ゆっくりと小径を横切って船着き場の端へ向かうと、メルも木製の板の上にあがった。

「またお会いしましたね、姫様」彼はフィデルマの前で立ち止まると、満面に笑みをたたえて挨拶した。

「ええ、そうですわね。お名前はメルとおっしゃるそうですね」

武人はにこやかに頷いた。「わたしがお薦めした姉のラサーの旅籠《はたご》に、あなたとお連れのかたがたがお泊まりになってくださっていると伺いました。確かあなたのほかに三人いらっしゃいませんでしたか？　ラサーの話では、泊まっているのはあなたとほかにおふたりだけだそうですが」

この武人はものがよく見えている。口にするものごとには気をつけねば、とフィデルマは思った。

「ええ、確かに私とともに三人の武人がいました。そのうちのひとりがキャシェルへ戻らねばならなくなったのです」フィデルマはごまかした。

「ともかく、宿を気に入っていただけたならよいのですが。姉のところは食事も美味しいですし、寝床も快適ですから」

「供の者たちにとっても私にとっても、〈黄山亭《イエロー・マウンテン》〉はとても居心地のよい場所ですわ。それよりも、あなたにここでお目にかかれてなによりです」

武人が軽く眉根を寄せた。「それはまたなぜです、姫様？」

「ちょうど今、修道院のかたがたと、近頃起こった若い修道女見習い殺害の件について話していたところなのです」フィデルマは答えた。「そこであなたが、ブラザー・エイダルフの裁判において重要な証人だったと伺いました」

武人は申しわけなさそうな身振りをした。「じつは、わたしが重要な証人だったというわけではないのです。まさしくこの船着き場で、殺人事件が起こった夜に夜警団の団長を務めていたのがわたしだったというだけです」

「そのときのことを正確に話していただけますか？　私がなぜこの件に関心を抱いているのかはおそらくすでにご存じですね？」

武人は一瞬ばつの悪そうなようすだったが、やがて頷いた。

「この町では、噂はあっという間にひろがりますもので、姫様。あなたのご身分も、ここにいらっしゃる理由も存じております」

「事件の夜、あなたはなぜ船着き場にいたのですか？」

「単純な理由です。先ほどもお話ししたとおり、ここで監視に当たっていたのです。あの夜、このあたりを見まわっていた夜警はわたしを含め四名おりました」彼は、ファールナの町を支えている木製の船着き場全体を示すように、大きく片手を伸ばした。

「そうした監視が必要とされるほど、このあたりには犯罪が多いのですか？」フィデルマは訊ねた。

メルは豪快な笑い声をあげた。

「犯罪などめったに起こりませんよ――なにせ夜警団が監視しているのですからね。歴代のラーハン王の王都でもあるこの町は、上流地域における交易の要所なのです。船や積み荷が安全に守られていると思えば、交易人たちも安心して休めますのでね」

彼はそこでふと黙ったが、彼女は話を続けるよう促した。

「それで、申しあげたとおり、あの夜巡回に当たっていたのはわれわれ四名でした。団長はわたしでした。それぞれに船着き場の各所が割り当てられていました。確か真夜中をだいぶ過ぎた頃だったと思いますが、わたしがあちらから歩いてくると……」彼は向き直り、修道院からかなり離れたちいさな船着き場を指さした。「団員のひとりがあのあたりを監視していました。もうひとりがさらに先のほうを見張っていました。わたしは団員のそれぞれを確認し、あの場所から船着き場に沿って巡回していたのです」

「その夜はどのようなようすでしたか?」

「雨は降っていませんでした」彼は思い返して、いった。「しかし、曇っていたので暗い夜でしたね。じっさい、わたしたちはたいまつを持っていました」彼はいい添えた。

「ですが、視界はよくなかったのではありませんか?」フィデルマはさらに問い詰めた。

「たいまつではそれほど遠くまでは見えないはずです」

「確かに」彼は同意した。「そのせいで例の少女の死体に危うく躓《つまず》きそうになって、それで気づいたのですから」

フィデルマははっと眉をあげた。「躓きそうになった？　では死体をじっさいに発見したのはあなただったということですか？　今回の殺人事件には目撃者がいたはずでは？」

　メルは戸惑ったようすを見せた。「ええ、確かにいました。そこが少々ややこしいことになっておりまして、尼僧様」

「ややこしい？　では、そのことをできるかぎりわかりやすく話してください」

「わたしはたいまつを高く掲げて歩いていました。先ほどもお話ししたとおり、とても暗い夜でした。わたしはこの川沿いの道を歩いてきて、この船着き場を横切るところでした」

「船着き場に係留されていた船はありましたか？」ふいに思いついて、フィデルマは口を挟んだ。

「ええ、ここによく来ている交易船の一隻が停まっていましたよ。真っ暗でしたし、甲板には誰もいませんでした。午前零時も回ったそのような時間に、甲板に人がいることはまずありません。どうせみな船室で眠っているか、酔っ払って前後不覚になっているかのどちらかでしょう」彼は想像を巡らせ、にやりと笑みを浮かべた。「そうして歩いてきたとき、馬に乗った人影を見かけたのです」

「その人物はどこにいたのです？」フィデルマは問いただした。「そこの道ですか？」

「違います。場所はここでした。船着き場のふもとです」

「その人物はなにをしていましたか？」

「最初に見かけたとき、人影はまったく動きませんでした。あまりにも動く気配がなく、馬が身動きするまで気づかなかったほどです。たいまつも持たずにただじっと佇んでいました。それで死体を発見することとなったのです」

フィデルマは苛立たしげなため息を押し殺した。「説明してくださるかしら——もうすこし詳しく」

「その人影を見て、わたしは誰何《すいか》しようとたいまつを高く掲げたのですが、問いを発する前にわたし自身が身元を問われました。馬上の人はファインダー修道院長様だったのです」

フィデルマが軽く目を見ひらいた。「ファインダー修道院長が？」思わずおうむ返しにいった。「彼女がここで馬に乗り、暗闇の中、死体の傍らにいたというのですか？」

「まさしくそういうことです」メルは頷いた。「わたしが名乗ったとたん、院長様がおっしゃったのです。『メル、ここに死体があります。これは誰なのです？』と。一字一句違《たが》わずこのとおりの言葉でした。わたしは暗闇でつんのめり、足もとを見ました。船荷の陰の暗がりに死体が横たわっていて、それでわたしも危うく躓くところだったというわけです。それが少女のものであり、死んでいるのがすぐにわかりました」

「船荷とは？　正確には死体はどこにあったのですか」

メルは、船着き場の近くの、船荷や箱がいくつも積んである場所を指さした。

「死体はそこに横たわっていました」

フィデルマはその場所をじっくりと調べ、眉根を寄せた。

「この箱や船荷は事件の夜からそのままあるということですか?」

「そういうわけではないのですが。あの夜には、これとは違いますが似たような箱が置いてあり、船荷もそこにありました。ほぼ同じ場所にあったことは確かです」

フィデルマは彼を素早く見やった。「確かといいましたが、そこは暗闇だったのではありませんか?」

「日中にその場所を調べてブレホン殿に報告することとなっておりましたので」

「たいまつの明かりで死体はどのように見えましたか?」

「たいまつを灯したくらいではほとんどなにも見えませんよ。少女は衣服を身につけていましたが、修道女の法衣ではありませんでした」

「なるほど。では、彼女がここの修道院の修道女見習いであるということは、あとからわかったのですね?」

「そうだと思います」

「あなたが死体を検分している間、ファインダー修道院長はなにをしていましたか?」

「わたしが調べ終わるまで待っておられました。あの哀れな娘にしてやれることはなにもなかったので、わたしは立ちあがり、少女は死んでいる、と院長様に申しあげました。院長様はわたしに死体を修道院まで運ぶようお命じになり、薬師《くすし》のブラザー・ミアッハを呼びにやるからとおっしゃいました。そこでわたしは――」

「ちょっと待ってください」フィデルマは遮《さえぎ》った。「ファインダー修道院長はここにいた理由をなにか話していませんでしたか。なぜ暗闇の中で馬に乗り、死体のすぐそばにいたのかを？」

メルはかぶりを振った。「そのときにはなにも。確か、あとから院長様ご自身がブレホンのファルバサッハ司教様に話しておられたようですが、なんでも遠方の礼拝堂からお戻りになって、門を入ろうとした矢先に、死体とおぼしき黒い影を目にして馬を進めたところ、ちょうどそこへわたしがあらわれた、ということのようです」

フィデルマは唇を引き結ぶと、修道院の門からメルが示した場所までの距離を素早く目で測った。

「ですが、たとえたいまつを持っていて、しかもすぐ近くにいたのだとしても、死体は船荷の陰になっていてまず見えなかったのでは？　修道院長殿にはもうすこしお話を伺わねばなりませんわね」彼女は小声で呟《つぶや》いた。「いいでしょう、続けてください。殺害を目撃していた者がいるというのが、どうしても腑に落ちないのですが」

「確かに目撃者はいました。これからお話ししようと思っていたのです」メルは続けた。「院長様が修道院へ戻られたあと、これは手助けが必要だと気づきました。団員たちにわたしの居どころを知らせる必要もありました。そこでわたしが持っていたたいまつを振り、隣の船着き場で監視に当たっていた団員に向かって合図をすると、彼がこちらへやってきました。するとそのとき船荷の後ろで物音がしたのです。わたしは大声で呼びかけ、たいまつを掲げました。明かりの中に、船荷の陰で立っている若い娘がいました」

「それまで彼女に気づかなかったのですか?」

「暗くてまったく気づきませんでした。院長様も気づいておられませんでした。おまえは誰だ、とわたしは娘を問い詰めましたが、娘はすっかり震えあがっていて、話ができるような状態ではありませんでした。彼女の名前がフィアルで、亡くなったのが彼女の友人のガームラという少女だとわかるまでにはしばらくかかりました。自分たちはここの修道院の修道女見習いなのだ、と彼女はいっていました。どうやら彼女は船着き場で友人と待ち合わせ、来てみたところガームラが男と揉み合っているのを目撃したようです。彼女が恐怖のあまりにその場に立ちすくんでいると、そのとき友人に覆い被さっていた男が立ちあがり、修道院の方角へ逃げ去っていったというのです。男は修道院に滞在しているサクソン人だった、と娘はいっていました」

「なぜその娘は気づかれなかったのでしょう?」

「申しあげたとおり、暗かったからですよ」

「あなたはたいまつを持っていたうえ、この船着き場にしばらくいたではありませんか」

「たいまつではたいした明かりにはなりません」

「馬上の修道院長が数メートル離れたところから死体を目にし、そちらへ向かうことができる程度には明るかったということでしたわね。さらにそのフィアルなる娘もその明かりで殺人犯を見わけることができたようではありませんか。しかもどうやら離れた場所から犯人を特定しています。悲鳴をあげたり、友人を助けようと近づいたりはしなかったのか、と誰も彼女に訊ねていないのですか？」

「裁判で訊問されたのではないでしょうか。おそらく恐怖のあまり動くことすらできなかったのでしょう。あり得ることです」

「確かにそうでしょう。ですが、修道院長が騎馬であらわれたときやあなたがその場に到着したさいに、なぜ彼女は近づいてこなかったのでしょう？　どうして大声で夜警に助けを求めなかったのでしょうか？」

問われたメルは考えこんでいたが、やがて肩をすくめて答えた。

「わたしはドーリィーではありませんのでね、姫様。わたしはしがない夜警団の団長で――」

フィデルマは鋭く彼を見やって笑みを浮かべた。「いいえ。今は、あなたは宮殿の親衛隊隊長ではありませんか。どういった経緯《いきさつ》で昇進を賜ったのです？」

メルは落ち着きはらっていた。

「王がわたしの用心深さをお気に召したとのことで、わたしは宮殿の親衛隊隊長を命じられたのです。ファルバサッハ司教様がわたしを推薦してくださいました」

フィデルマはふと黙りこんだ。

「では、そのフィアルという少女はどこからともなく姿をあらわして……」

「船着き場の船荷の陰から、です」メルが正した。

「暗闇の中ですべてを見ていたけれどもなにもしなかった、と証言しているのですね」フィデルマは声に皮肉をにじませ、いった。「彼女は、ファインダー修道院長の話は真実だと認めているのですか?」

メルはぎょっとした顔をした。「修道院長様のおっしゃることに裏づけが必要だとは思いもしませんでした」

「不自然な死に関わるすべてのことには裏づけが必要です。たとえそれが聖人による証言であっても」フィデルマは手短に答えた。彼女は船荷を見やり、そのそばへ歩いていくと、そこから修道院の門を見た。

「じっくりと考えてみましょう」彼女は静かに話しはじめた。「フィアルと亡くなった少女はあの修道院の修道女見習いです。フィアルの話では、彼女はこの船着き場で友人と待ち合わせをしていました。真夜中とは——待ち合わせにしてはずいぶんと妙な時間ですが、その事実はこのさい横に置いておきましょう。

フィアルによれば、この場所に到着した彼女は、友人が男に襲われている現場を目撃しました。その男はブラザー・エイダルフで、彼は修道院へ走り去っていきました。そこまでは合っていますか?」

「わたしがあの娘に聞いた話のとおりです」

「ですが、この積み荷の陰に隠れつづけるためには——あなたのいう、ふたりの位置が正しいと考えるならば——友人が襲われている間に、フィアルはその隣を歩いて通り過ぎねばなりません。ただ、もし彼女が友人よりも先に、あるいは同時に到着していて——ガームラが襲われている間もそこに隠れていたのだとしたら——彼女の話にも信憑性が生まれてきます」

メルは眉根を寄せ、フィアルの話に含まれた意味にこのとき初めて気づいたとでもいうように、フィデルマの示した位置に目を凝らした。

「暗かったですから」彼は思いきって口にした。「暗闇に乗じて、友人と犯人の横を通り過ぎたのでは？」

フィデルマは薄い笑みを浮かべた。その台詞がどれほど根拠のないものであるかを彼にわざわざ告げるまでもなかった。やがて、彼女は明らかな矛盾点に目を向けた。

「殺人がおこなわれ、それを少女が目撃してから彼女が姿をあらわすまでの間に、ひじょうに奇妙な時間経過があるのです。殺人犯は、ファインダー修道院長が到着する前に現場から逃げ去っていたと思われます。ところがその男がこの船着き場から修道院の門へ戻るための唯一の道は、船着き場の端で馬を止めていた修道院長によって塞がれていたはずです。違いますか？」

筋道を立てて追いながら、メルは無言で頷いた。

「フィアルはその船荷の陰で長い時間待っていました。そして彼女の証言によれば、そこで殺人がおこなわれ、犯人は現場をあとにして――修道院へ駆け戻っていきました。そしてファインダー修道院長がやってきました。さらにあなたがあらわれて、死体の検分がおこなわれました。修道院長が修道院へ戻り、あなたが団員を呼びにやる間、彼女はじっと待っていました。そのときになってようやく、彼女は姿をあらわしたのです。なぜそんなに長い間暗闇の中で立ったまま待っていたのか、誰も彼女に訊ねた者はいないのですか？」

「そのときは思いつきもしませんでした」メルはいった。「わたしは死体を修道院へ運び、団員がフィアルを連れてきました。薬師と執事のシスター・エイトロマがファインダー修道院長様に起こされて来ていました。わたしがフィアルに訊問したさいにはふたりもその場にいました。友人を襲って殺した男があのサクソン人修道士だったと彼女が話したのはこのときです。フィアルは修道女のひとりに預けられ、わたしどもは――」

「わたしども、とは？」フィデルマが訊ねた。

「修道院長様と、シスター・エイトロマと、ケイチという修道士と、わたしと団員の……」

「その団員の名前を教えていただけます？」

「ダグという名でした」

「〝でした〟？」フィデルマは声の変化に気づいた。

「彼は、このたびの事件から数日後にこの川で溺死したのです」

「この事件の証人はみな姿を消すか亡くなるかしてしまうようですわね」フィデルマはそっけなくいった。

「わたしどもはシスター・エイトロマに案内され、来客棟へ向かいました。サクソン人修道士はそこにおり、眠ったふりをしていました」

「眠ったふり、ですって？」彼女は鋭い声で訊ねた。「なぜ彼が眠ったふりをしていたと決めつけるのです？」

「人殺しをして船着き場から戻ってきたばかりなのですから、眠ったふりをしている以外になにがあり得るというのです？」

「たとえ万が一、彼が人殺しをして船着き場から戻ってきたばかりだったとしても」フィデルマは最初のひとことをじっくりと強調したうえで彼の言葉を繰り返し、いった。「じつは彼は殺人など犯しておらず、単に眠っていただけということもあり得るのでは？」

「ですがフィアルが見たといっているのです！」

「かなり多くの点についてこのフィアルの目撃情報を頼っているようですね？　つまり、サクソン人は来客棟の寝床の中にいたということですか？」

「そうです。ブラザー・ケイチが彼を起こしました。彼の法衣には血痕があり、身体にも布の切れ端が付着しているのがランプの明かりで見えました。あとからわかったことですが、布はガームラの衣服のものでした。これにもやはり血がついていたのです」メルの表情が明るくなった。「つまり彼女の友人であるフィアルの話が真実だったということです。でなければ、ほかにどうやって、サクソン人の法衣が血まみれになり、少女の衣服の切れ端が身体に付着したというのです?」

「ほんとうに、ほかにどうやってそうなったというのでしょうね?」フィデルマは言葉をまるごと借り、呟いた。「ブラザー・エイダルフには訊問したのですか?」

メルはかぶりを振った。「この件は修道院に関わる問題なのでご自分が引き受ける、とファインダー修道院長様がおっしゃったのです。院長様はわたしに、ブラザー・ケイチに手を貸して、あのサクソン人を修道院の独房へ連行するよう命じられました。それが完了し、ブレホンのファルバサッハ司教様が呼びにやられました。わたしが知っているのはこれがすべてです。むろんこのあと裁判に呼ばれ、今のことを証言するよう求められましたが」

「あなたはその裁判には満足でしたか?」

「おっしゃっている意味がわかりません」

「あなたの話しているできごとは矛盾しており、疑問点が生じるとは思いませんか?」

この質問に、メルはしばらく考えこんでいた。

「上のかたが引き受けられた以上、もはやわたしの出る幕ではありません」ようやく彼がいった。「問うべき疑問点があるならば、その疑問を呈し、誤った点を指摘するのはブレホンであるファルバサッハ司教様のお仕事です」

「けれどもファルバサッハは疑問を呈することはなかったのですね?」

メルは口をひらきかけたがふいに眉根を寄せ、フィデルマの肩の向こうに視線を向けた。素早く振り向き、彼がなにに目を留めたのか見ようとしたところ、すぐさまファインダー修道院長の姿が目に入った。修道院の門を出てきたばかりとみえ、裾の長い黒の法衣というでたちで、頑丈そうな馬の背に乗り、修道院の壁沿いの小径を緩い駆け足で遠ざかっていった。

フィデルマは苛立たしげに顔をしかめた。

「あのかたにひとこと申しあげておきたかったのですけれど。まったく腹立たしいことですわ! とにかく時間は貴重ですのに。それよりも、どうやらあのかたは沈没船に向かっているようですわね」

メルが視線をあげて太陽の位置を見やった。

「ファインダー修道院長様はいつもこのくらいの時間になると遠乗りにいらっしゃるのです」

彼がいった。やがて彼のおもざしに戸惑いの表情がよぎった。「沈没船? 沈没船とは?」

フィデルマは一瞬考えごとをしていて、彼のいうことを聞いていなかった。院長が遠乗りをして自分の修道院を日がな空けるとは妙だ、と思ったからだ。修道士や修道女は通常、あえて馬を使うことは避ける。とりわけ移動に関しては、赤貧の誓いを重んじ、ある程度社会的地位のある者を除いて、馬を用いることはまずない。アンルーの資格を持つドーリィーという地位にあるフィデルマには、一介の修道女であればけっして認められない、騎馬で旅をする特権が与えられている。

「このような時間に、院長は毎日、いったいどこへ出かけるのです?」彼女は訊ねた。

メルは彼女の質問などまるで聞いていなかった。

「沈没船?」彼がふたたび訊ねた。「どういうことです?」

フィデルマは、シスター・エイトロマがことづてを受け、なにか手助けはできないものかと慌ててそちらへ向かったときのようすを彼に話して聞かせた。

メルが深刻な表情を浮かべ、急いで暇を告げたので、フィデルマはすこし驚いた。

「申しわけありません、尼僧様。わたしはそちらへ向かい、いかなる問題が起こったのか見きわめねばなりません。そうしたものごとの詳細を把握するのもわが任務の一部なのです。川が塞がれ、ほかの船の通行が妨げられることは避けねばなりませんので。では失礼をば」

彼は踵を返すと、シスター・エイトロマとその連れと、さらにファインダー修道院長がこぞって向かった方角へ、慌ただしく土手を遠ざかっていった。

フィデルマは、彼らの心配ごとをともに抱えて時間を無駄にするようなことはせず、そのかわりに、船着き場に立ち、周囲を見わたすと、事件現場に注意深くじっくりと目を凝らし、やがて憂鬱《ゆううつ》なため息をついた。これ以上この場所にいても新たな解決の鍵が見つかるとは思えなかった。彼女は旅籠への道を戻りはじめた。

第七章

〈黄山亭《イエロー・マウンテン》〉に戻ると、フィデルマはデゴとエンダの姿を探した。彼らは町の探索から戻ってきていたが、収穫はあまりなかった。人々の間では意見が割れていることがわかった。もはや『懺悔規定書《ペニテンシャル》』を、単に一部の修道院だけが用いる、生活を律するための規則としては扱わず、法律として全国民に適用する、という王の布令《ふれ》に対して明らかに衝撃を受けている者たちもいれば、新しい信仰を熱狂的に仰ぎ、『懺悔規定書』の極端な刑罰を支持する者たちもいた。慎重にことを進める必要があったため、デゴとエンダも、市場で交易人や商人らと交わした数少ない会話の中からとりあえず判断するよりほかなかった。それでも、フィデルマの来訪とその目的についての噂は明らかに町じゅうにひろまっていた。古い諺《ことわざ》にもあるではないか、〝噂を運ぶに馬はいらぬ〟と。

フィデルマはそのかわりに、これまでに見いだしたことを整理してまとめた。エイダルフに対する証言について話すと、デゴとエンダは啞然とした顔になった。

「私は修道院に戻り、ファインダー修道院長と話をしてまいります」彼女はいった。「所在のしれないシスター・フィアルの問題もあります。彼女の証言は私には到底信じがたいしろものです。ですがファインダーが気になります。フィアルの動機がなんであれ、法律をねじ曲げようとする修道院長のおこないはあまりに性急です。彼女はとてもいやな感じがします」

「ですが、姫様」エンダが考えつつ、いった。「シスター・フィアルの証言がございます。エイダルフが彼女の友人を強姦し殺害するのをじっさいにその目で見ていた、と彼女は証言しているのです。いかなる法に照らそうとそれは明らかです」

デゴも渋い顔で仲間に同意した。「彼女の証言を崩せるとお思いで?」彼は訊ねた。

「ここまでの話を聞いたところでは、けっして不可能ではないでしょう。ですがそれは彼女と話ができてからのことです。それにしても、ずいぶんと都合よく姿を消したものです」

デゴとエンダがちらりと目を見交わした。

「彼女が行方をくらませているのは何者かの企みだ、と?」

「私は、シスター・フィアルが偶然にも姿を消している、といったまでです」フィデルマはふと黙り、考えを巡らせた。「とはいえ、こちらから疑問を提示するだけのことがらは充分にありますから、あくまでも公平な審理を要求してこうした刑罰の立法化を阻止しながら、その間にさらに詳しい調査を進めることはできるでしょう。もう一度修道院長に会いに行ったその足で、フィーナマル王に前言どおり私の根拠に基づいた訴えを聞いていただきます。一週間だけ時間稼ぎができればよいのです。できれば、ファルバサッハ司教の息のかかったラーハンのブレホンよりも、ボラーンの前で答弁をおこなうことができればなおよいのですが」

「その間、われわれはなにを？」デゴが訊ねた。

「頼みたいことがあります」フィデルマはおもむろにいった。「ファインダー修道院長がなにやら午後になると騎馬で修道院を離れ、毎日のようにどこかへ向かっているらしいのです。しかも帰りがたいへん遅いときもあるようです。彼女がどこへ行って誰に会っているのかを知りたいのです」

「院長殿がなんらかの形でこの事件に関わっているとお考えですか？」エンダが迫った。

「あり得ることです。今のところ、この場所には謎があまりにも多すぎて、一度にひとつずつ解きほぐしていかねばならないようです。重要なことではないかもしれませんし、そうではないかもしれません。ともかく、院長が殺害された少女の遺体の傍《かたわ》らにいる姿を見られたのは、真夜中過ぎにそうした外出から戻った帰りだったのです。ただの偶然でしょうか？」

「ではエンダとわたしで、かの修道院長殿の動向とその訪問先を注視しておきましょう」とデゴが笑みを浮かべた。「この件はわれわれにお任せください」

メルが旅籠《はたご》に戻ってくるまでにはしばらく待たされた。フィデルマは昼食を終え、修道院へ戻る支度をした。デゴとエンダはふたたび任務に出ていた。ファインダー修道院長が修道院に戻ってくるか、あるいはシスター・エイトロマがシスター・フィアルを見つけてくるまではなにもできないということに気づき、フィデルマは苛立ちを募らせた。時間がみるみる過ぎていき、エイダルフに残された時間があとわずかしかないことを実感して、気がはやり居ても立ってもいられなかった。ともかく旅籠の広間で暖炉の前に腰をおろし、増していく不安をやり過ごそうとした。するべきことは山ほどあるのにじっと座っているなどというのは彼女の性分には合わなかった。恩師であるブレホンのモラン師にもらった言葉が心をいくらか鎮めてくれた。〝忍耐力を持たぬ者は知恵を持たぬ者である〟と。

平常心を保とうと、〈デルカッド〔瞑想〕〉の行《ぎょう》もおこなった。これは、外界から入りこむ雑念や苛立つ心を抑えるために、幾星霜《いくせいそう》の昔より、アイルランドの幾世代もの神秘家《ミスティック》たちが、シーハーン、すなわち〝心の静謐〟の境地を求めて極めてきた瞑想法であった。アーマーの大司教オルトーンのように、キリスト教の聖職者たちの中には、このならわしは〈新しい信仰〉の伝来以前にドゥルイドによりおこなわれてきた異教の術であるとして非難する者もいたが、フィデルマは心理的圧迫を感じたときには、このいにしえの行をたびたび実践していた。聖パトリックは、二世紀前にアイルランド五王国にキリスト教という〈新しい信仰〉を確立したことで名高いブリトン人であるが、その彼ですら、瞑想の行という自己啓発のいくつかについては明白に否定していた。だが多方面で疎まれてはきたものの、〈デルカッド〉は禁止されるまでには至らなかった。〈デルカッド〉は悩める心の内に巣くう緊張をほぐし、心の乱れを鎮めるための手段であった。フィデルマにとっては日常のことだった。

しばらく経ち、ようやくメルが旅籠に戻ってきた物音がした。彼女はすぐさま瞑想を解き、入ってきた彼に声をかけた。

「ひどい事故だったのですか?」彼女は率直に訊ねた。

暖炉脇の、薄暗い片隅にフィデルマが座っていたことに気づいていなかった彼は、びくりと身をすくめた。やがて質問の意味を理解すると、彼はかぶりを振った。

「川船の事故のことですか? ありがたいことに、死者はいませんでした」

「沈んだのはガブローンの船ですか?」

その問いは、メルにかなりの衝撃を与えたようだった。彼は飛び退かんばかりに驚いた。

「なぜそう思われるのです?」彼は問いただした。

「沈没したのは彼の船かもしれないといわれたとき、シスター・エイトロマが、彼は修道院との取り引き相手だからと案じていたからです」

「ほう?」メルはそのことについてふと思いを巡らすかのように黙りこんだが、やがてかぶりを振った。「沈んだのは、とっくに焚きつけにされていておかしくないような古い艀船《はしけぶね》でした。肋材が腐っていたのです。二、三時間もあれば、残骸を川岸へ引きあげて通り道を開けられるでしょう」

「ではシスター・エイトロマの懸念は根拠のないものだったのですか?」

「先ほども申しあげましたとおり、川での交易に関わっている者にとっては、川が通行不可能になるおそれがあるというのは常に心配なものです」

「なるほど」
メルは話を続けようとしたが、彼女はそれを遮《さえぎ》った。
「差し支えなければ、ほかに二、三、伺いたいことがあるのですが。お時間は取らせません
わ」
メルは彼女の前に腰をおろした。「喜んでお手伝いいたしましょう、姫様」彼はにこりと
微笑《ほほえ》んだ。「ご質問をどうぞ」
「団員のかたが溺死したのはどのような状況においてだったのですか？――ガームラが殺害
された夜に、あなたと行動をともにしていた人物です」
メルはその質問に驚いたようすだった。
「ダグのことですか？　ある夜、彼はいつもどおりに船着き場で監視に当たっていたのです
が、木の表面が濡れていたのか、渡し板の上で足を滑らせ、なにかで頭を打ったようです。
おそらく木の支柱が当たったのでしょう。彼は気を失って水中に落ち、誰にも気づかれぬま
ま溺死してしまったのです。翌日になって遺体が発見されました」
フィデルマは今の話についてしばらく考えこんでいた。
「では彼の死は――ダグ、といいましたか？――つまりダグの死は不幸な事故だったという
ことなのですね。不審な点はなかったのですか？」
「確かに事故でしたし、まさしく不幸な事故でした。ダグは有能な団員で、この川のことを

自分の掌《てのひら》のごとく知りつくしていたからです。彼はここの川船の上で育ったのです。ですがもしガームラの殺害と関わりがあると思っていらっしゃるならば、断じてそれはあり得ません」

「わかりました」彼女は唐突に立ちあがった。「シスター・エイトロマが修道院に戻っているかどうかご存じですか？」

「戻っておられるはずです」武人も彼女にならい、ゆっくりと立ちあがった。

「ファインダー修道院長は？　彼女も戻っていますか？」

メルは肩をすくめた。「さあ――どうでしょうか。外出されるさい、院長様はたいていしばらくはお戻りになりませんので」

「沈没船を見に行ったのでしょうか？」

「あの場所にはおいでになりませんでした。予定にないことでしょうから。院長様はいつも午後になるとおひとりで遠乗りにいらっしゃるのです。おそらく丘陵のほうへのぼられているのでしょう」

「ありがとうございました、メル。たいへん参考になりました」

修道院に戻ると、門のところでシスター・エイトロマに声をかけられた。

「さて、修道女殿」フィデルマはいった。「例の行方不明の娘、シスター・フィアルについてなにかわかったことはありますか？」

シスター・エイトロマはぴくりとも表情を変えなかった。

「私もたった今修道院に戻ってきたところなのです。あとでもうすこし聞いてまわってみます。院内をくまなく探すよう、別の者にもいいつけておきました」

「ファインダー修道院長はお戻りですか？　あのかたに加えてお伺いしたいことがいくつかあるのですけれど」

シスター・エイトロマは怪訝《けげん》な顔をした。「お戻り、とは？」

フィデルマは辛抱《しんぼう》強く頷いた。「どこなのかは存じませんが、午後になると院長殿が馬で出かける場所からです。その場所がどこなのか、あなたはご存じではありませんよね？」

修道院の執事《ラクテレ》はにべもなかった。

「私とて、院長様の個人的な習慣まで知りつくしているわけではありません。ついていらしてください。院長様はお部屋においでのはずです」

彼女は今一度フィデルマの先に立ち、修道院の薄暗い廊下を渡って院長室へ向かった。院長室へ行くには、礼拝堂の裏手にある、屋根つきの狭い回廊を抜けねばならなかった。

回廊の奥からいい争うような声が聞こえた。声のひとつは修道院長のもので、耳障りな声が、声を荒らげてとげとげしく彼女に詰め寄る男の声を遮ろうとしていた。フィデルマの傍らでシスター・エイトロマが足を止め、落ち着かないようすで咳払いをした。

「院長様はお忙しいようです。もうすこし……お手すきのときに出直したほうがよろしいのでは」彼女は小声でいった。

フィデルマは歩みを止めず、大股に歩いていった。

「待ってなどいられません」彼女はきっぱりというと、院長室の扉めざして、屋根のある回廊を歩いていった。あとからシスター・エイトロマが小走りに追いかけた。フィデルマは立ち止まり、ノックをした。扉はすこし開いていたが、ノックの音などまったく聞こえていないのか、話し声が低くなるようすはまるでなかった。

「いわせてもらうが、ファインダー修道院長殿、これは法に背く行為ですぞ！」声の主は年配の男で、身なりからして、それなりの地位と権力を持った人物であることが見て取れた。雪のように白い髪を肩まで伸ばし、額には銀の飾り輪をはめている。緑色の織布の長いマントを身にまとい、腰には笏杖《しやくじよう》をさげていた。

ファインダー修道院長は、声をかん高く張りあげながらも、おもざしには笑みを浮かべていた。よく見ればそれは仮面に過ぎず、彼女の顔じゅうの筋肉は一分の隙もなく張り詰めていた。そうしておのれの優位を相手に思い知らせようとしているのだ。

「法に背く行為？　いったい誰に向かって話しているつもりですか、コバ。そもそも私のおこないは、王をはじめ、そのブレホンと、信仰上の顧問官の裁可を得ています。彼らよりもご自分のほうが、ものごとを裁くにふさわしいとでもおっしゃるの？」

「そうだとも」年配の男は怖じ気づくことなく答えた。「彼らがわが国の法の定めを蔑《ないがし》ろにするのならばなおさらだ」

「わが国の法？」修道院長はせせら笑った。「この修道院において法とみなされるのは、それをよりどころとする教会を律する法のことです。それ以外は法とは認めておりません。王国のここ以外の場所については、そう――もはやこれ以上無知をさらけ出すのは忍びないでしょう。ローマ・カトリック教会より賜ったキリスト教の法への転換を図らなければ、私どもの先には永遠の災禍が待ち受けています」

　コバと呼ばれた男はまるで凄みをきかせるかのように、修道院長の大机に一歩近づいた。彼は怒りの形相で身を乗り出したが、ファインダーはたじろぎもしなかった。

「あんたほどの博学な女性、しかも地位のあるかたから、かような言葉を聞くとはなんとも奇妙ですな。〝ダルソスのパウロ(1)〟がローマ人に向けた言葉を憶えておられぬのかね？〝律法《おきて》を有《も》たぬ異邦人、もし本性《うまれつき》のまま律法《おきて》に載せたる所をおこなふ時は、律法《おきて》を有《も》たずともおのづから己《おの》が律法《おきて》たるなり。即《すなは》ち律法《おきて》の命ずる所のその心に録《しる》されたるを顕《あらは》し〟（『ローマ人への書』第二章十四～十五節）とある。〝ダルソスのパウロ〟はあんたなどよりもよほど、法たるものに対して思いやりを持っていた」

　ファインダー修道院長のまなざしが怒りを帯びて険しくなった。

「厚かましくも、この私に聖書について講釈なさるおつもり？　宗教上あなたよりも高位にある修道女に、聖書の解釈を説こうと？　ご自分の立場をお忘れのようですわね、コバ。あなたには、キリスト教においてあなたを御するよう任じられた私どもに従う義務があります。疑問など抱かず、ただ私に従っていればよろしいのです」

　年配の男は憐れむように彼女を見おろした。

「どこの誰が、儂《わし》を御するようあんたに任じたというのかね？　少なくとも儂ではない」

「私の権威はキリストより与えられたものです」

「ペテロはキリストによって任じられた宗教上の指導者だったが、やはり聖書の『ペテロの前の書』にはこう記されている。〝汝《なんぢ》らの中《うち》にある神の群羊《むれ》を牧《か》へ。止むを得ずして為さず、神に従ひて心より為し、利を貪るために為さず、悦びてなし、委ねられたる者の主《しゅ》とならず、群羊《むれ》の模範となれ〟（第五章二～三節）と。疑問など抱かずにただ従えなどという前に、その言葉を思いだすべきではないのかね？」

　ファインダー修道院長は鬱憤《うつぷん》のあまりに息も絶え絶えだった。

「あなたには遠慮というものがないのですか？」荒らげた声は怒りに割れていた。

コバは冷ややかな笑い声をたてた。「あるとも。無遠慮に振る舞う時と場合くらいは心得ておる」

　そこでふと修道院長がフィデルマの姿に気づいた。戸口に立ち、面白がるような興味深げな表情を浮かべてふたりの口論のようすを眺めている。ファインダー修道院長のおもざしが見る間に冷たい仮面に覆われた。院長は年配の男に向き直った。

「刑罰の件に関しては王とブレホンが同意しているのです。刑は執行されるでしょう。もう話すことはありません。さがって結構です」彼女はふたたびフィデルマを見やり、冷ややかな声でいった。「さて、あなたはなんのご用です、修道女殿？」

年配の男はフィデルマの存在に気づくと、すぐさま踵《きびす》を返して扉へ向かった。ただし、彼は修道院長のにべもない退去命令に唯々諾々とは従おうとしなかった。

「ご忠告さしあげておこう、ファインダー修道院長殿」修道院長に対する答えを口にしようとしたフィデルマを目で制し、彼はいった。「この件をこのままにはさせませんぞ。あんたはすでにひとりの若い修道士の命を奪い、さらにあのサクソン人をも殺《あや》めようとしている。これはわれわれの法のなすところではない」

彼に話しかけたのは修道院長ではなくフィデルマだった。

「つまりあなたがここへいらしたのは、このたびの死刑に抗議なさるためですのね？」彼女は年配の男をしげしげと眺めながら訊ねた。

コバと呼ばれた男はよそよそしかった。

「そうだ。仮にも修道女を名乗るならば、あんたもそうすべきだろう」

「私はすでに抗議を表明しております」フィデルマは彼に向かってきっぱりといった。「あなたはどちら様ですの？」

面倒そうに口を挟んだのはファインダー修道院長だった。

「こちらは〝カム・オーリンのコバ〟、カム・オーリンのボー・アーラ(2)ですが、法律に関しても宗教に関してもオラヴの位にはありません」悪意をにじませつつ彼女はいい添えた。ボー・アーラとは地方代官の一種であり、領地は持たぬものの、財産と認められるだけの頭数の牝牛を所有している族長のことをいい、〝牝牛持ちの族長〟の意味を持つ。「コバ、こちらはキャシェルよりおいでのシスター・フィデルマです」

　年配の男は向き直ると目をすがめ、探るようなまなざしでフィデルマを眺めた。

「キャシェルの修道女殿がファールナでなにをしておいでだね？　単にこちらの修道院長殿に抗議に来ただけなのか、それとも別の用件があってのことかね？」彼は問いただした。

「修道院長殿が先ほどいい忘れておいでなのですが、私はアンルーの資格を持つドーリィーです」彼女は答えた。「また、死の危機に瀕《ひん》しているかのサクソン人の友人でもあります。私がここへまいったのは、彼の弁護の後ろ盾となり、彼に対するあらゆる不当な扱いを退けるためです」

　年配の族長からやや肩の力が抜けた。

「なるほど。だがそちらはまだ、院長殿を説得してその邪《よこしま》なる意図を挫くまでには至っておらぬようにお見受けするが？」

「王とそのブレホンにより裁可された刑罰の変更をお認めいただくことはいまだできておりません」フィデルマは認め、言葉に配慮しつつ答えた。

「ではいかにすればよいとお考えかね？　今朝ひとりの男が殺され、明日にはまたもうひとりが命を奪われようとしている。われわれの取るべき道は復讐ではない」

ファインダー修道院長は言葉にならないなにごとかを呟《つぶや》いたが、フィデルマは聞こえなかったふりをした。

「復讐は私どもの取るべき道ではありません」彼女は認めた。「私も同意見です。ですが不当行為と闘うには、法の道に正しく倣《なら》うよりほかありません。私は、上訴の根拠となることがらの有無を調査する許可を得ております」

年配の男は吐き捨てんばかりにいった。「上訴だと！　馬鹿馬鹿しい！　あのサクソン人の命は明日奪われてしまうのだぞ。釈放を要求するのだ。法的な手続きをこまごまとやっている時間などない」

ファインダー修道院長が目をすがめた。「忠告しておきます、コバ、その要求は抵抗とみなされます。法の執行を妨げようなどとすれば……」

「法だと？　ただの蛮行ではないか！　かような裁判によって人命を奪うやりかたを支持する者たちは人殺しと同等であり、文明人とは到底呼べぬ」

「忠告します、コバ、それらの見解は王のご不興を買うことになりましょう」

「王？　このたびの件ではすっかり他人に惑わされている、あの不満だらけの若造のことかね」

フィデルマが初老の男の腕に片手を置いた。

「不満だらけの若造かもしれませんが、権力があります」彼女は優しくいさめた。やや口が過ぎ、このままでは族長のためにならないと思えたからだ。

懸念する彼女に向かって、コバは乾いた笑い声をあげた。「儂はあまりにも長生きしすぎて、酸いも甘いも嚙みわけてしまったものだから、相手が誰であろうと、権力者など恐ろしくもなんともないのだ。そして儂はな、お若いかた、その長い人生の間ずっと、わが国の法と文化と哲学とを守ってきた。連中がいかなる新たな蛮行によって、儂の信条を揺るがそうとしようとも、儂の抗議の声を聞かずにはすまされまい」

「お気持ちはわかります、コバ」フィデルマは認めた。「私も同じ意見です。ですがあなたは地方代官という立場として、異議を訴え状況を変えるには、法という手段を通じておこなわねばならないことをご承知いただかなくてはなりません」

コバは深くくぼんだ黒いまなざしで、ほんの一瞬彼女をまじまじと見据えた。

「あんたの信仰する偉大なるキリストの師たる〝タルソスのパウロ〟はかつて、法律とは教師である、といっていた。彼はいかなる意味でそう述べたのだと思うかね？」

「どの法律のことをいっていたのでしょうね？」ファインダー修道院長が鋭く口を挟んだ。

「それは、異教の法律ではなくキリスト教のもたらした法律のことです」

コバは彼女を相手にせず、フィデルマに直接話しかけた。「わが国の法律の最たる特徴は、善と悪をそれぞれ別のものとして立証あるいは矯正するという手順を取る点だ。いかなる犯罪であろうとも、犯罪というものがもたらす最も目に見える効果とは、何者かが他人に害を及ぼし、その結果として罪を犯した者に当然の報いが与えられることだ。加害者が被害者に対して賠償をおこなうのが、法の整った社会の理《ことわり》というものであろう」

「それが〈ブレホン法〉です」フィデルマは同意した。「制度についてたいへんよく学ばれていらっしゃいますのね」

コバは遠い目をして頷いた。「アイルランド五王国には〈名誉の代価《オナー・プライス》〉の制度があり、被害者にいかなる害が及ぼされたのか、そしてその者がいかなる地位にあるのかを鑑《かんが》み、償いの内容と罰金額が定められることとなる。ブレホンの哲学とは法律を教師と見立て、罪を犯した者は、その者自身が被害者に負わせた損失と同等の負債を科せられるということを、犯罪者に学ばせるのが目的なのだ」

ファインダー修道院長がふたたび割って入った。

「〝目には目を〟というローマ・カトリック式の刑罰による賠償こそ罪に対する抑止力であり、人間の生まれ持った本能に即したものです。殺人に対しておこなわれる報復は当然、その罪を犯した者の命によって贖《あがな》われるべきです。子どもどうしの喧嘩と同じことではなくて？　相手を殴れば自分も殴り返されるのですよ」

年配の族長は片手を振って彼女の議論を一蹴した。

「それは恐怖を盾に取った制度ではないかね。犯罪に対する報復を暴力によっておこなえば深い怨恨《えんこん》を残し、犯罪者に復讐というさらなる暴力を決意させるものとなりかねぬ。そして報復が報復を呼び、さらに多くの恐怖と暴力を生むこととなろう」

みずからの戴く権威に対して異論を唱えられ、ファインダー修道院長は怒りで顔を真っ赤にした。

「私どものそもそもの始まりは太古の未開な人類です。そこからいまだ脱していない者とているでしょう。犯罪を防ぎたければ、野蛮な原始人の頭でも理解できる手段を用いるべきなのです。〝鞭《むち》を惜しめば子どもが駄目になる〟(かわいい子には旅をさせよ、の意味)といいますが、大人にも同じことがいえるでしょう。刑罰として死が与えられるといったん理解させれば、罪を犯そうなどとはしないはずです」

白熱した議論にそろそろ口を挟む頃合いか、とフィデルマは思った。

「こうした議論はたいへん興味深いものですが、結論にたどり着くことはけっしてありません。いくつかお伺いしたいことがあってまいりました、ファインダー修道院長殿。お許しをいただけるのでしたら、コバには席を外していただき、ふたりだけでお話をさせていただきたく存じます」

コバは気を悪くしたようすはなかった。

「儂の用事は済んだ。執事と話をさせていただきたいのだがね、ファインダー修道院長殿」

彼は踵を返すと、フィデルマに向かって軽く微笑んだ。「ご幸運を、シスター・フィデルマ。この野蛮きわまりない『懺悔規定書』を法と定めることに対して訴えを起こすさいに誰か加勢が必要であれば、儂が味方になるぞ。二言はない」

フィデルマは感謝のしるしに頭を傾けた。

コバが退室したあと、フィデルマは単刀直入にいった。

「殺害された少女の遺体を発見したのはあなた自身であったことを黙っておいででしたね」

ファインダー修道院長は表情を変えなかった。

「訊かれませんでしたから」彼女は平然と答えた。「そもそも、正確にいえば真実ではありませんし」

「では真実を話してください」

ファインダー修道院長は思い返すように椅子に深く座り、フィデルマから見るとどこか独特な置きかたで、両の掌を伏せた。

「あの事件の夜、私が修道院へ戻ろうとしていたところ……」

「修道院長がご自分の修道院へ戻っていらっしゃるような時刻ではなかったようにお見受けしますけれど。真夜中を過ぎていたそうですね」

相手は肩をすくめた。「修道院長は自分の修道院を離れてはいけない、などという決まりは聞いたことがありません」

「行き先は?」

ファインダー修道院長は一瞬不愉快そうに目をすがめたが、やがて表情を緩めてふたたび笑みを浮かべた。

「あなたには関係のないことです」彼女はてらいなくいった。「このたびの件とはいっさい関係がないとだけ申しあげておきましょう」

もうすこし情報がないことには、これ以上相手を問いただすことはできそうにないとフィデルマは悟った。

「あなたは馬に乗っていたと伺いました」

「私は馬で、修道院用の船着き場に面している門に向かって川岸を戻る途中でした。私どもの厩《うまや》がちょうどそこにありますので」

「その場所はすでに拝見しました」フィデルマはいった。

「小径《こみち》で馬を進めておりましたところ……」

「月明かりはありましたか?」

修道院長はふと眉根を寄せた。「なかったと思います。ええ、雲が出ていて暗い夜でした。門の中へ入ろうとしたところ、ふと注意を惹かれたのです」

「なににです?」口を閉ざした彼女に、フィデルマは迫った。

「思い返せば、あの日に到着した交易船のうちの一隻から荷揚げされた船荷や箱を積みあげたあたりで、なにか音がしたような気がしたのです」

「音？」

「正確にはわかりません。ですがなにかに注意を惹かれ、私は船荷の近くで馬の足を緩めました。そのとき、蹲《うずくま》るように倒れている人の姿が見えたのです」

「ですが曇っていて暗かったのでしょう。あなたはたいまつも持っていなかった。ご自身が目にしたのが、そのような状態の人間であるとなぜわかったのです？」

「よく憶えていません。どこからか明かりが差していたのでしょう。とにかくなにかが蹲るように倒れていて、それが人間だと気づいたのです。おそらくほんの一瞬、雲間から月が顔を出しでもしたのでしょう」

「それから？」

「私が馬に乗ったままでいますと、夜警団の団長であるメルが暗がりから姿をあらわしました。初めは誰なのか見わけがつきませんでしたから、呼びかけて名を訊ねました。相手が夜警団団長のメルだとわかったので、その倒れている人物を調べるよう彼に申しつけました。彼はそのとおりにし、倒れているのは少女だと答えました。彼女は死んでいました。私はメルに、遺体を修道院に運ぶようにいいつけて、わが修道院の薬師《くすし》であるブラザー・ミアッハを起こしに行きました」

「わかりました。遺体はメルが運んできたのですね？」

「そうです」

「メルがひとりで運んできたのですか?」

「いいえ、メルともうひとりの団員が一緒でした」

「彼の名前を憶えていますか?」

「ダグという男でした」彼女は簡潔に答えた。

「運びこまれた遺体を見て、それがあなたの修道院に属する若い修道女見習いのひとりだとお気づきになったはずですね?」

「まったく気づきませんでした。一度も会ったことはありませんでしたので。身元を確かめたのはともに連れてこられたフィアルという少女でした。あなたのご友人のサクソン人が彼女を襲うところを目撃した娘です」修道院長は棘《とげ》のある口調でいった。

「事件の夜まで、あなたはふたりの少女のどちらとも会ったことがなかった。それは不自然ではありませんか?」

「以前も申しあげましたけれど、私は修道女見習いをいちいち出迎えるわけではありませんので、とりわけなんの不思議もございません」

「そこで、友人が強姦され殺害されるのを目撃した、とフィアルから聞いたのですね?」

「そのときにはすでにシスター・エイトロマもその場にいて、私どもは彼女とともに、寝たふりをしているサクソン人のもとへまいりました。寝台から引きずりおろされた彼の法衣には血がついており、亡くなった少女の衣服の端布が彼の周辺から見つかりました」

フィデルマは細い指で鼻の脇を撫でながら眉根を寄せた。

「妙だとはお思いにならなかったのですか?」

「なぜです?」修道院長が喰ってかかった。

「そのような罪を犯したあとで、加害者が被害者の衣服を引き裂いて寝床まで持ちこむなどという、みずからの不利となるような証拠を残すような真似をするでしょうか? しかも法衣についた血を拭おうとすらしていない——なんとも妙では?」

ファインダー修道院長は肩をすくめた。「心を病んだ者の動機を掘りさげるのは私の仕事ではありません。人間というのは妙な行動をするものだと心得ておくのですね。あなたのサクソン人のご友人は、騒ぎになっていることに気づいて慌てたのだ、ということで説明がつくでしょう。見つからなければ御の字だと思っていたのでしょうけれど」

「あなたのおっしゃることにも一理あることは認めますが、心を病んだ者の動機を掘りさげるのは私どもの仕事ではない、という点には承服しかねますわ。私どもがここにいるのはそのためではございませんか、修道院長殿、病める者や悩める者に理解を示すことで、彼らに慰めを与え、救いの手を差し伸べるためでは」

「私どもがここにいるのは、理由をこじつけて邪な者を庇《かば》うためではありません、修道女殿。〝人の播《ま》く所は、その刈る所とならん〟(第六章七節)——パウロの『ガラテヤ人への書』は当然ご存じですわね？」

「原因を探り出そうとすることと、理由をこじつけることにはほんのわずかな違いしかございませんものね」フィデルマはくるりと踵を返して扉に向かうとふと立ち止まり、ちらりと振り向いた。「それからお断りしておこうと思ってこちらへまいったのです。ファインダー修道院長殿、私はこれまでに聞きこみをして得た証拠に基づき、上訴するつもりです」

一瞬、ファインダー修道院長は愕然とした表情を浮かべた。

「あのサクソン人を弁護すべく、異議申し立てをおこなうだけの根拠があるとでも？」彼女は詰め寄った。

まさにそのとき、勢いよく扉がひらき、コバがノックすらせずふたたび部屋に入ってきた。ファインダー修道院長は怒りをみなぎらせて椅子から立ちあがった。「ノックもなしにいきなり私の部屋に入ってくるとは、とうとう礼儀すら忘れましたか」彼女は冷ややかにいい放った。「私は……」

「ご忠告さしあげにまいった」彼はとぼけた調子で口を挟んだ。

「忠告？」ファインダー修道院長は驚いたようすだった。

「王が修道院に向かっていらっしゃる」ボー・アーラは彼女にいった。「ブレホンのファルバサッハ司教殿もご一緒だ」

「でしたら王城に向かう手間が省《はぶ》けますわね」フィデルマが微笑んだ。「ブラザー・エイダルフを弁護すべく、異議申し立てをおこなうことといたします」

「こいつはありがたい知らせだ」コバが興奮したように声をあげた。「われわれの王国を蝕《むしば》みはじめたこの狂気の沙汰をあんたが止めなさってくれたらなおありがたい。この『懺悔規定書』がわが国の制度のすべてを浸食してしまう前に、われわれの手で一掃せねばなるまい」

修道院長はふいに肩の力を抜いて座り直し、呼び鈴に手を伸ばして執事を呼んだ。

「ではフィーナマルがここへおいでになるのですね？　ならばあのかたがファルバサッハとともにこの戯言《たわごと》を終わらせてくださいましょう。それでなくとも、私どもの修道院の日課にはすでに支障が出ております。礼拝堂にて王とそのブレホンを正式にお迎えすることといたしましょう」彼女はぎろりとフィデルマを睨《ね》めつけた。「あなたの訴えがどこまで聞き入れられるのか、じっくりと拝見させていただこうじゃありませんか、修道女殿」

修道院長に向かって声を発したのはコバだった。

「ここまでことが進んでいようと、あんたが慈悲深き声をあげれば聞き入れられるだろう。この国の法律に立ち戻るのだ！」

「今までに聞いた話をすべて鑑みましても、このたびの特殊な事件に関して、またさらに広い意味での、刑罰というものに対する見解について、私は考えを変えるつもりはありません」修道院長は気色ばんだ。

「儂との議論を経ても、道徳的社会をつくりあげるためには恐怖をなすりつけるより、〈賠償〉と社会復帰を図るという手段のほうが有効である、と考えを改める気にはまったくならんと？」

「私どもがつくりあげるべきは従順な社会です」ファインダー修道院長がいい放った。「え え、私の考えは揺らぎすらいたしません。子どもが盗みをはたらいたならばその子どもは罰を受け、罰を与えられるという恐怖が、その子どもを従順に育てあげるのです」

コバはみずからの見解を必死にいいあらわそうと喰いさがった。

「ではその子どもに喩《たと》えてみようではないか。子どもが盗みをはたらいた、という話をこれまでどれだけ聞かされてきたかね？〝子どもには盗みはいけないことだといい聞かせ、殴ってやったんだが、盗みをやめる気配すらない。どうしてかね？〟答えはその子どもによりけりだ。痛い目を見ておとなしくなる子どもや、罰に怯えていうことを聞くようになる子どももいるが、全員がそうなるわけではない。じっさい、身体的な罰が権威ある人物や、その人物の率いる社会への復讐を強く決意させる要因となることも少なくない。身体的な罰は暴力を減らすどころか、倍増させていく可能性すらあるのだ」

「なにも手を打たなければ暴力は増えていくばかりです」修道院長がせせら笑った。「愚かな老いぼれの戯言ですわね、コバ」

「われわれの法律が追い求めているのは、悪事に手を染めた者たちの心構えの問題の解決だ。子どもを更生させるためには、その子どもが盗みをはたらくたびに、その子の所有するなんらかのものを取りあげ、盗むという行為が他人に苦痛を与えていると理解させることが最善の策なのだ。平手打ちといった肉体的苦痛を与えるよりも、こうしたほうがたいていの子どもはいうことを聞く。かように、手に負えない悪童ですら学ぶことのできる法体制がわれわれにはあるのだ。彼らに他人を思いやる心がすこしでもあれば、やがてみずからが他人に与えてしまった痛みに気づき、いずれはそうしたやりかたを改めることもあろう」

「かようなくだらない議論を続けるのはうんざりです、コバ。あなたのいう法律とその罰則は失敗だったのです。でなければ今頃、私どもは犯罪のいっさいない社会に暮らしていたはずです」

フィデルマはたまらずふたたび議論に口を挟んだ。

「法律違反行為とは事実上、他人に対する侵害行為のことであり、みずからが他人の権利を侵害したと気づくことができれば、その者の魂は救われるのです。そこまで更生することができたならば、その者はそののちも有意義な人生を送ることができるにちがいありません。かように法律とは、治癒力のある罰則という側面と、〈賠償〉と予防のための罰則という側面を併せ持つことで、道徳教育としての働きを持つのです」

彼女の解釈に、コバは賛同をあらわして頷いた。

ファインダー修道院長は冷笑を浮かべてふたりに向き直った。

「どれだけ能書きを垂れようと私の気は変わりませんよ。あのサクソン人はすでに裁判にかけられ、明日にはみずからの犯した罪によって絞首刑に処されるのです。さあ、王にご挨拶に向かわなくては」

第八章

ラーハン王フィーナマルの城の大広間で上訴法廷がようやく招集されたのは午後も遅くなってからのことだった。修道院の礼拝堂で顔を合わせたさい、フィーナマルと彼のブレホンであるファルバサッハ司教に発言の機会を認めさせるまで、フィデルマとしてはかなり粘った。ファルバサッハ司教とファインダー修道院長はいかなる形での聴聞にも猛反対したが、フィデルマは若き王より言質《げんち》を得ていることを指摘した。『懺悔規定書《ペニテンシャル》』に基づく罰則に対する異議以外のことで、裁判の遂行に対して法に適う反論の根拠を見いだすことができたならば、その点についての審理をおこなうよう計らう、と。異議とはなんなのか、とファルバサッハ司教がすぐさま彼女に詰め寄ったが、フィデルマは、正式な聴聞がおこなわれるまではみずからの反論の内容を明かすつもりはない、ときっぱりといい放った。

フィーナマルは不本意そうであったが、自分の口から出た約束を守らぬわけにはいかなかった。数人の書記官や官吏を招集して上訴をおこなう場所としては、修道院は明らかに不向きだった。今回のように急を要する場合、王城の大広間のほかにふさわしい場所がなかった。

鉄製の台に支えられたたいまつの揺らめく炎が大広間を照らし、中央にある暖炉が室内を暖めていた。フィーナマルは高座の中央に鎮座し、彫刻を施したオーク材の玉座に腰をおろしていた。右側にはラーハンのブレホンであるファルバサッハ司教が座っていた。ファインダー修道院長も同席しており、補佐役として執事《ラクテレ》のシスター・エイトロマと、不思議なことに——と、少なくともフィデルマは感じた——人相の悪い、あのブラザー・ケイチの姿もあった。ブラザー・ミアッハも来ていた。修道士が数名と、書記官たち、そして王家の使用人らと、メルを含む武人たちも列席していた。着席している人々の中に、『懺悔規定書』を採用することに真っ向から反対している地方代官、コバの姿があるのをフィデルマは認めた。デゴとエンダは部屋の後方に腰をおろし、なりゆきを見守っていた。

これは刑の執行延期を求める訴えであり、その意味では正式な法廷ではないので、被告の出廷はかならずしも必須ではなく、通常ならば召喚される原告も証人もいなかった。さきの裁判において証言のあった証拠の齟齬《そご》を指摘し、あるいは刑罰の不適切な残酷性についての問題を提起することにより、刑の執行延期を求める議論をいかに進めるかということは、ドーリィーの腕しだいだった。

フィデルマは高座の前にある座席に腰をおろした。ファルバサッハ司教が立ちあがり、集まった人々に静粛を呼びかけると、室内は静まり返った。

「これより、キャシェルよりまいられたドーリィー殿の訴えに対する聴聞をおこなう。始めたまえ」彼はフィデルマに命じると、ふたたび席に戻った。

フィデルマは重い腰をあげて立ちあがった。ファルバサッハが明らかにこの場を仕切ろうとしているのを目にし、彼女は当惑をおぼえずにはいられなかった。

「ファルバサッハ、あなたがこの聴聞会の判事を務めるというのですか?」彼女は問いただした。

ファルバサッハ司教は、かねてよりの敵手を冷ややかに見据えた。彼が執念深い男であり、当惑する彼女のようすを見て楽しんでいるらしきことはいやでもわかった。

「それが訴えを起こす最初の口上かね、フィデルマ。さような質問に答える必要があると?」

「あなたはさきのブラザー・エイダルフの裁判において判事を務められたのですから、当然ながら、ご自身が遂行された裁判について裁定をくだす場からは除外されるはずです」

「わが王国において、誰がファルバサッハ司教以上に偉大な法的権威を持つというのだ?」フィーナマルが苛立たしげに口を挟んだ。「下位の判事では、彼に対する批判を口にする権限がないのだ。そなたとて承知しておろう」

それが真実であり、自分がその点を見落としていたことをフィデルマは認めざるを得なかった。別の判事による判決を覆《くつがえ》せるのは、その者よりも高位あるいは同等の地位を持つ判事のみなのだ。だがファルバサッハにこの件の裁定を任せるというのは、明らかに公平性を欠いている。

「ファルバサッハは第三者の判事に助言を仰ぐものと私は期待しておりました。拝見したところ、ファルバサッハのみがこの場に在席しており、彼とともに証拠を裁くべきドーリイーの資格を持った者すら見当たりません。はたして判事に、おのれがくだした判決をみずから裁くことなどできるでしょうか？」

「記録に残しておいてほしければ、その異存については記載させておこう、フィデルマよ」ファルバサッハ司教は勝ち誇った笑みを浮かべた。「だがラーハンのブレホンとして申しあげるが、本法廷の判事を務める権限を持つ者はほかにおらぬ。わたしがこの場から退出すれば、この件に関して偏《かたよ》った判断をくだしたとみずから認めたのだといわれかねぬ。かような異議は却下する。ではあなたの訴えを聞こうではないか」

フィデルマは唇を真一文字に結ぶと、座ったまま困惑した顔で見守っているデゴのほうをちらりと見やった。目が合うと彼は表情を歪め、ちいさく励ますような身振りをした。訴えを起こす前よりも、自分に対する偏見を彼女はひしひしと感じた。精一杯前に進むよりほかにどうしようもなかった。

「ラーハンのブレホン殿、私は、しかるべき取り調べがおこなわれ、再審の場が設けられるまで、サクソン人のブラザー・エイダルフの死刑執行を延期してくださるよう、正式に上訴いたします」

ファルバサッハはあいかわらず苦々しげな表情を浮かべて彼女を眺めていた。まさに見くだすような態度だった。

「上訴をおこなうには、初審において見過ごせぬ不審な点が存在したという、裏づけに基づいた証拠が必要であるぞ、〝キャシェルのフィデルマ〟」ファルバサッハは冷ややかに告げた。「あなたの訴えの理由はなんだね？」

「裁判における証拠提出において、不審な点がいくつかございます」

苦虫を噛み潰したようなファルバサッハの表情が、さらに険しくなった。

「不審な点だと？　つまりあなたは、かような不審な点が生まれたのは、さきの裁判において判事を務めたわたしにその責任があると申すのだな？」

「あなたがさきの裁判で判事を務められたことはよく存じております、ファルバサッハ。あなたがご自身のなさりようをみずから裁くことに対しては、すでに異議を申しあげました」

「ではわたしに対してなにを糾弾《きゅうだん》しているのだ？　正確に述べてはどうか？」冷えきった、凄みのある声だった。

「あなたを糾弾しているのではありません、ファルバサッハ。あなたは法律を熟知しておいでなのですから、まさか私の言葉を誤解なさるはずがありませんでしょう」フィデルマはぴしゃりといった。「訴えを起こすとは単に、法廷において事実を羅列《られつ》し疑問を提示することであり、その答えを追求するのが法廷の役割です」

フィデルマの手厳しい切り返しに、ファルバサッハ司教は目をすがめた。

「ではあなたのいう事実とやらを聞かせてもらおう、そして問いを発するがよい、ドーリィー殿。わたしとて公平さに欠くといわれるのは心外だ」

フィデルマは、まるで花崗岩《かこうがん》の硬い壁を叩いているような気分になり、肚《はら》を据えようと心を引き締めた。

「法律における不審点をいくつか指摘させていただきます。具体的に申しますと次のとおりです。

まず第一に、ブラザー・エイダルフは〝キャシェルのコルグー王〟と〝カンタベリーのテオドーレ大司教〟との間に遣わされた使者です。ゆえにそれ相応の地位に基づいた保護と特権を有します。さきの訴訟においてこの地位は考慮されておりませんでした。彼は、法的訴訟を免れる立場である使者である証拠に、親書およびオラヴの白い笏杖《しゃくじょう》を携帯しておりました」

「笏杖？　それに親書だと？」ファルバサッハ司教はさも面白いといった口ぶりだった。

「そのようなものは証拠として提出されておらぬ」

「ブラザー・エイダルフはその機会を与えられなかったのです。私が今ここで提出いたします……」フィデルマは振り向き、席に置いてあったそれらの品々を手に取り、よく見えるように差しあげた。

「遡及《そきゅう》的証拠は証拠とはいえぬ」ファルバサッハ司教は笑みを浮かべた。「それは証拠としては認められぬ。わざわざキャシェルからそのようなものを持ってくるとは……」

「私がこれを見つけたのは修道院の来客棟です。ブラザー・エイダルフが置いていったのです」話を流そうとするファルバサッハの思惑に腹を立て、フィデルマは切り返した。

「証拠は？」

「これらの品々が寝台のマットレスの内側にあるのを私が見つけたとき、シスター・エイトロマもその場にいました。ブラザー・エイダルフがその寝台を使っていたと彼女にも確認済みです」

ファルバサッハ司教は、シスター・エイトロマの席にじろりと目を向けた。

「修道女殿、前へ。それはまことかね？」

シスター・エイトロマは見るからにファルバサッハ司教を恐れているだけでなく、立ちあがるさいに、修道院長にも怯えたまなざしをちらりと向けた。

「私は、そちらの修道女殿と一緒に来客棟へまいりました。マットレスに屈みこんだあと、そのかたがそれらの品々を手にしていました」

「じっさいに見つける瞬間を見たのかね？」ブレホンが詰め寄った。

「初め、彼女は私に背を向けていましたが、そのあとそれらの品々を私に見せるために、寝台から向き直りました」

「では、それらの品々は初めから彼女が持っていたもので、ただ見つけたふりをしただけ、という可能性もあるのだな？」ファルバサッハ司教が満足げな口調で水を向けた。「では証拠としては認めるわけにはいかぬ」

フィデルマは震えるほどの怒りをおぼえた。

「抗議します！　私はドーリィーとして法律の遵守を誓った身です。あなたの誘導訊問は、私の名誉を毀損しています！」

「わたしはブレホンとして同じく法律の遵守を誓った身だ、ところがあなたはぬけぬけと、わたしの判決にもの申すというのかね！」ファルバサッハがぴしゃりといった。「〝鵞鳥《がちょう》のためのソースは雁《がん》のためのソースともなる〟（いっぽうに当てはまることは他方にも当てはまる、の意味）。陳述を続けたまえ」

フィデルマはぐっと唾を飲み、湧きあがる激情を懸命に抑えた。ここで癇癪《かんしゃく》を起こしても誰の得にもならない。とりわけエイダルフにとっては。

「第二に、ブラザー・エイダルフは眠っているところを起こされて暴行を受け、自分がなにに対して告発されているのか知らされることすらなく独房に連行されました。食事も水も与えられず、二日間にもわたり独房に留置されたのです。ファルバサッハの来訪を受け、自分がいかなる罪状で告発されているのかを聞かされて初めて、彼は自分が拘禁されている理由を知ることとなりました。彼の弁護に当たる弁護人、あるいはドーリィーが呼ばれることもなく、証言に異議を唱えることすら許されませんでした。ただ罪を認めるよう求められただけだったのです」

「無罪だというならば、みずから証拠を提示するべきだったのだ」ファルバサッハ司教が不満げに呟いた。「ともかくあなたの話は、単にかのサクソン人の言葉をなぞっただけだ。それらの主張は否認されている。続けるがよい」

フィデルマは怯むことなく続けた。

「では、証人の陳述における不審点を述べさせていただきます。シスター・エイトロマが亡くなった少女の身元を確認しました。遺体と対面するまで一度も会ったことがなかったというのに、彼女にはなぜその少女だと見わけがついたのでしょうか？　その娘がみずからの修道院の修道女見習いであることは彼女も聞いていました。ですが直接知る機会はありませんでした」

「修道女見習いの世話役から聞いていたのであろう」

「その修道女は巡礼に旅立ったあとでした。法律はご存じでしょう、ファルバサッハ、たとえその者から聞いていたのだとしても、彼女がその少女と個人的に知り合う機会はなかったのです。法廷の規律に則《のっと》り、エイトロマの証言は無効となります」

「それは判事が決めることだ」ファルバサッハ司教がきつい声で答えた。「身元確認の問題は重要ではないとわたしが判断した。少女の身元が判明したならば、それが誰によってなされようとかまわぬ」

「私どもは法の規律の話をしているのです」フィデルマは答えた。「ですが、次の証人に移ることとしましょう――遺体を検分した薬師《くすし》のブラザー・ミアッハです。少女は強姦されていた、と彼は証言しました。確かに、彼女は処女《おとめ》でしたが、死の直前に性的交渉を持っていました。薬師である彼はその点を証言すべきでした。ところが私どもの薬師は、証言としてみずからの意見を述べたのです。つまり、少女は強姦されていた、と。それが誤りである、とまでは申しませんが、意見というものは証拠たりえず、証拠として受理されるべきものではありません。この証言は、少女の死の直前にいかなる種類の性的交渉がおこなわれたのかを示すものではけっしてないのです。フォルカー、すなわち力ずくでのことだったのか、それともスレー、すなわち説き伏せられたうえでのことだったのか？　この点に注目し考察する必要があります。

そこで重要な証人……つまり目撃者であるシスター・フィアルの証言です。自分は死亡した少女の友人だったと話しています。ふたりは同時期に修道女見習いとなりました。ともに〈選択の年齢〉には達していませんでした。シスター・フィアルの話では、真夜中過ぎに、死亡した少女と修道院の外の船着き場で待ち合わせをしていたといいます。さきの裁判で、その理由あるいは目的を訊ねた者は誰もいませんでした。十二、三歳の修道女見習いがそのような時間に修道院の外をうろついているなどというのは妙ではありませんか？　これらの重要な疑問は取りあげられましたか？　いいえ。

次にフィアルは、真っ暗な船着き場で友人が男に襲われ、首を絞められて殺される場面を目撃したといっています。つまり彼女は襲撃現場の一メートル以内にいたということです。

その光景を見て彼女はなにをしましたか？　ただ船荷の傍《かたわ》らに立ったまま、友人が襲われ絞殺されるのを見ていたというのです。男が修道院のほうへ走って逃げていき、中に入っていくのを見た、と。真っ暗な中で、です。彼女はどうしてよいかわからずに立ちすくんでいたそうです――その間がどのくらいの時間だったのかは、私どもは聞いておりません。しかもどうやらシスター・フィアルは修道院から姿を消してしまったようで、彼女に直接確認することすらできません。彼女は友人のもとへ駆けつけるでもなく立ちつくしていました。するとそこへ修道院長があらわれ、やがてメルが遺体を検分する間も、彼女はじっと物陰に隠れていたそうです。つまり彼女が姿をあらわして一部始終を話すまでに、ずいぶんと長い時間が経っているわけです」

彼女は言葉を切った。室内は静まり返っていた。

「さらに、夜警団団長であるメルの証言が得られています。船着き場にやってきた彼は、ファインダー修道院長が馬の背から遺体を見おろしていたのを見たといっています。ところが、院長殿がこの件に関して証言を求められることはありませんでした。彼女はメルに向かって遺体を指し示しました。その場を任され、目撃者である件《くだん》の行方不明の少女フィアルの口から、犯人は修道院に滞在しているサクソン人修道士だったことをようやく聞いたのは、メルと団員のダグでした。

エイダルフは寝床にいるところを発見されました。出来過ぎたことに、彼の寝床の中には、殺害された少女の血のついた衣服の切れ端があり、彼はそれを隠そうとすらしていませんでした」

ファルバサッハはにやりと暗い笑みを浮かべた。

「自分の口で自分の首を絞めているようにお見受けするが、ドーリィー殿。かのサクソン人の寝床の中にそのような血のついた衣服があったということは、犯人は紛れもなく彼だという確固たる証拠を示しているではないか」

「私は、さきの不審な点にはその証拠を上回る重要性があり、血痕の問題はさておいても、そうした不審点の数々をまず明確にしておくべきだと考えます。再三申しあげますが、法律にそぐわない形で彼が留置されている状況については先ほどもお話しいたしました。彼は修道院内に拘禁されています。すでに答えは出ています。謎なのは、行方の知れぬ目撃者のフィアルが、なぜ犯人がサクソン人修道士だと見わけられたのかという点です。じっさいブラザー・エイダルフは、修道院を訪ねたさい、その少女のことは一度も見かけなかったと話しているにもかかわらず、なぜフィアルは彼がサクソン人修道士だと知っていたのでしょうか。彼が言葉を交わした相手は数人しかいませんでした――修道院長と、シスター・エイトロマと、イバーという修道士です。彼は流暢《りゅうちょう》なアイルランド語を話すので、サクソン人であることを知っていたのはこの三人だけでした。暗闇の中でなぜそのサクソン人だと見わけがついたのか、という問いかけをかの少女に向けた者は誰もいませんでした。今回の事件においては多くの質問がいまだ問われておらず、むろんその答えも得られていないのです」

　フィデルマはひと息つくように、ふと口を閉ざした。

「これらの理由から、ラーハンのブレホン殿、ただちに私は、この件について厳正かつ妥当な取り調べがおこなわれ、公正かつ適切な裁判がひらかれるまで、ブラザー・エイダルフに対する判決の保留を求め、そのように訴えを起こします」

　ファルバサッハ司教は、続く言葉を待つかのようにすこし黙っていたが、やがて鋭い声で訊ねた。「ほかにわたしの前で申しておきたいことはあるかね、キャシェルのドーリイー殿？」

　フィデルマはかぶりを振った。「お許しいただいた時間内では、これが私の申しあげられるすべてです。少なくとも数週間ほど、刑の執行をご猶予いただけましたら充分でございます」

　ファルバサッハ司教は振り返り、フィーナマルと小声で素早く言葉を交わした。フィデルマは辛抱《しんぼう》強く待った。司教はふたたび彼女に向き直った。

「沙汰は明朝に伝える。とはいえ」彼は苦々しげにフィーナマルをちらりと見やった。「わたしの判断をいわせてもらえば、この訴えは却下だ」

　普段は自制心を失うことなどないフィデルマが、まるで突き飛ばされたかのように一歩あとずさった。ほんとうのところをいえば、ファルバサッハ司教が当初の判決をあくまでも覆すつもりなどないことは、彼女にも初めからわかっていた。だが体裁上、せめて数日は刑の執行を延期してくれるのではないかと期待していた。ファルバサッハよりも、フィーナマルのほうがまだ、上辺だけでも正義をなすべきだ、と考えているようだ。ここまで露骨な差別に直面するとは、フィデルマも予想すらしていなかった。

「ご自身ならば私の訴えを却下する、とおっしゃるのはなぜですか、ファルバサッハ?」ようやく声が出るようになると、フィデルマは問いかけた。「その論拠をお聞かせ願いたいのですが。私の訴えがいかなる理由のもとに却下されるのか、博学なる判事殿のご教授をぜひ賜れないものでしょうか?」

彼女の口調は穏やかで、淡々としていた。

ファルバサッハ司教はそれを、敗北を受け入れたしるしと勘違いした。彼は勝ち誇ったような表情を浮かべた。

「沙汰は明日伝える、とは申した。だが第一に、かのサクソン人の裁判において判事を務めたのはわたしだ。彼に対してはあらゆる敬意を尽くし便宜を図った。だが本人の主張によれば、そうではなかったという。あなたが支持しているのは、この地においてはよそ者であり、わたしに抗おうという者の言葉だ。わたしはラーハンのブレホンだ。誰の言葉が受け入れられるかは自明の理だ」

フィデルマは怒りに目をすがめた。むかむかと腹が立った。

「ご自身が初審で判事を務めたからといって、私の訴えを却下するとおっしゃるのですか？この場において判決をくだしてくれとは申しておりません。結局あなたは、単にご自身の利益を守りたいだけ……」

「〝キャシェルのフィデルマ〟！」遮《さえぎ》ったのはフィーナマルだった。「そなたが話しているのは予のブレホンだ。たとえそなたがモアン王と関わりの深い者であろうと、わが宮廷の官吏を侮辱する権利はない」

思わず冷静さを失ってしまったことに気づき、フィデルマは唇を嚙んだ。

「先ほどの言葉は撤回いたします。ですが私はそもそもの初めから、判事がみずからについて裁くことを……異例のことだと感じておりました。ただそれだけです。私はぜひ知りたく存じます。判事殿が、みずからが誤りを犯したかもしれない、とはけっして認めようとなさらないのは承知いたしましたが、それ以外の、この訴えを却下する理由とはなんなのです？」

ファルバサッハ司教は身を乗り出した。

「棄却の理由はあなたの陳述に事実がないからだ。単に巧みな質問を矢継ぎ早に投げかけているだけではないか」

「今の時点では答えの得られない質問です」フィデルマは嚙みつくようにいった。「それこそが、それらの質問に答えが出るまで判決を保留にしていただきたいという、私の申し立ての根拠です」

「答弁が不可能な質問は、裁判における決定になんら影響を及ぼさぬ。かのサクソン人は使者だと申したが、では彼の地位を示す白い笏杖はいずこかね？　あなたは奇術師さながらにそれを取り出してみせるつもりであろうが、あなたの唯一の目撃者は、あなたがみずからのいう場所からその笏杖を取り出すところをはっきりと見たとはいえないと申しておる」

「笏杖だけでなく――」

「あなたの提示するいかなるものも」ファルバサッハ司教が遮った。「証拠とは認められぬ。あなた自身でここへ持ちこんでおらぬとは誰にもいえぬからだ。かのサクソン人が持ち運んでいたものであるかどうかもわれわれには判断がつきかねるゆえ、証拠品とはみなされぬ。証人たちに関しても、あなたは彼らの知識と誠実さを疑うというのだな」

「そうではありません！」フィデルマは抗った。

「ほう」ファルバサッハ司教は勝ち誇った笑みを浮かべた。「では彼らについての陳述を撤回するかね？」

フィデルマはかぶりを振った。「いいえ」

「では宣誓のもとに語られた彼らの証言を疑わねばなるまい」

「そうではありません。私のおこなった数々の質問は、本来であれば裁判において訊ねられるべきものでした」

「彼らの証言はさきの裁判において聞いた。反対訊問の必要はなかった」ファルバサッハはきっぱりと告げた。「証人たちはいずれも高潔な者ばかりで、われわれが判断するに、真実を語っていた。目撃者であるシスター・フィアルは、かのサクソン人の姿をはっきりと見ているのだ。あの男の不埒《ふらち》な犯罪を目撃していたのだよ。ところがあなたはよりによって、十三歳の子どもの、しかも自分よりもさらに幼い友人が強姦され殺害される場面を目の当たりにしたばかりの少女の話の信憑性を疑うというのかね？　そこに存在する正義とはいかなるものぞ、〝キャシェルのフィデルマ〟よ？　あなたは鋭い才知と機微に富んだ法律の知識で聴衆たちを楽しませているそうだが、ここラーハンでは、キャシェルの法廷とはまるで価値観が違うのだ。この国における真実とは、〈木の智《フィシエル》〉の駒を指すように法律を操れば見いだせるというものではない」

〈木の智〉とは木製の盤上でおこなう知の技を競うゲームで、フィデルマはひじょうにこれが得意だった。

フィーナマルがファルバサッハ司教の腕に片手を置き、彼の耳もとで慌ただしくなにごとかささやいた。ブレホンは苦々しげに顔をしかめ、頷いた。若き王がふいに立ちあがった。

「本聴聞会は閉会とする。公正を期すべく、わがブレホンたるファルバサッハ司教より、われわれがいかなる判断をくだそうとも、それが極めて公正な結果となるよう、この件について予と討議したいとの提案を受けている。本件の裁定は明朝の夜明けに通達する。これにて審議を終了とする」

フィデルマは絶望のあまりに一瞬目の前が暗くなり、がくりと椅子に座りこんだ。

「ラーハンの法廷は闇に落ちたか！」かん高い、かすれた男の声が響きわたった。老ボー・アーラのコバだ、とフィデルマはぼんやりと思った。彼は立ちあがると、凄まじい勢いで大広間を出ていった。

彼のその態度にフィーナマルは怒りをおぼえたとみえ、不愉快そうな顔つきをふと浮かべたが、しばらくすると、素早く退室していった。ファルバサッハ司教は一瞬戸惑い、立ちつくしていたが、やがてそこへ修道院長が近づいていった。彼はそちらを振り向くと相好を崩して勝ち誇った表情を浮かべ、ふたりは連れ立って部屋を出ていった。それ以外の者たちも三々五々散っていく中、デゴが立ちあがり、大広間の前方へやってくると、フィデルマをなんとか元気づけようと、その肩にぎごちなく片手を置いた。

「姫様は最善を尽くされました」彼は呟《つぶや》いた。「あの者たちはなんとしてもブラザー・エイダルフを亡き者としたいようです」

フィデルマは、みずからの目に涙が光っていることも厭《いと》わず、顔をあげた。

「デゴ、私には、合法的に彼を救うにはいったいほかにどうすればよいのかわかりません。もはや一刻を争うのです」

「ですが明日まで沙汰は告げられないとのことです。あなた様の訴えを認める裁定がくだされる可能性とてまだ皆無ではありませぬ」だが説得力はなかった。

「ブレホンのファルバサッハが私に対してどれだけ辛辣《しんらつ》だったか聞いていたでしょう。いいえ。彼にはみずからのくだした判決を動かすつもりはありません」

デゴも渋々ながら同意した。「おっしゃるとおりです、姫様。あのファルバサッハ司教という御仁は明らかに偏っております。ご覧になりましたでしょう、彼がファインダー修道院長殿と微笑《ほほえ》み合いながら、手に手を取って連れ立って出ていくようすを？　この件に関してはなんらかの企みが蠢《うごめ》いております」

「残る唯一の希望は、アイルランドの大ブレホンたるボラーンご本人がこの地へいらして、この卑劣きわまりない不当行為をやめさせてくださることですけれど」

デゴがつらそうにかぶりを振った。「では希望は潰えました、姫様。若きエイダンがボラーン殿の所在を突き止めてここへお連れするまでに少なくとも三日はかかります。一週間は覚悟せねばならぬかもしれません。それも運がよければの話ですが」

フィデルマは立ちあがり、なんとか平静を取り戻そうと努めた。

「私は修道院へ戻り、最悪の事態に備えるようエイダルフに伝えてまいります」

「明朝、正式に沙汰が告げられるまでお待ちになったほうがよろしいのでは？」

「私には自分自身をごまかすことも、エイダルフをごまかすこともできません、デゴ」

「お供いたしましょうか？」

「ありがとう、ですが結構です、デゴ。今は私ひとりのほうがよいでしょう。このたびの恐ろしい仕打ちが遂行される明日には、エイダルフも見知った顔を見たいでしょう。少なくとも敵ばかりでなく、味方である仲間に囲まれて死んでいけるのですから。裁定がくだりしだい、立ち会いの許可を求めます。あなたとエンダもともに立ち会いますか？」

デゴはためらわず、いった。

「わたしどももまいりましょう。あなた様の申し立てを却下しようとするあの者たちを、神よ赦《ゆる》したまえ。わたしは戦《いくさ》で勇猛に死んでいく者たちを大勢見てまいりました。この手でも大勢の命を奪ってきました。だが熱く血をたぎらせ、激しい戦闘に身を任せるときにも、戦う者は剣や槍を手にし、おのれの身を守ることが許されております。かくして一対一で向かい合い、対等に戦うのです。しかしこれは……じつに卑劣きわまりない。人間を、死を待つだけの獣に貶めんばかりのやり口ではないですか。恥を残すやりかたです」

「私どもとは刑罰に対する考えかたが違うのです」フィデルマは認めざるを得なかった。やがて彼女は深くため息をついた。「人を殺《あや》め、他者に苦痛と死を与えた者に同情は無用だ、という理屈が通るのでしょう、けれど……」

「人殺し、あるいは淡々とことを進め、殺人をこちらになすりつけようとする者たちと同じところまで墜ちていってやる義理はありません」デゴが口を挟んだ。「むろん、ブラザー・エイダルフがこのたびの罪の犯人だとお認めになる、などとはおっしゃいませんな？」

フィデルマはこみあげる感情を必死に抑え、激しくかぶりを振った。目がひどく潤んでいなければよいが、と思った。

「エイダルフが犯人なのかどうか、今の私にはまだわかりません。私は彼の潔白を信じています。彼の言葉を信じます。ですが法律においては、言葉だけでは足りないのです。私の知るかぎりでいえることは、答えが求められるべき疑問点がまだあまりにも多すぎますが……もはや時遅しのようです。エンダとともに旅籠《はたご》へ戻っていてください、デゴ。私もすぐにまいります」

彼女は暗澹《あんたん》たる思いに押し潰されそうになりながら、ゆっくりと町の中を歩いていき、修道院へ向かった。エイダルフにどう切り出すべきかわからなかった。事実を告げるしかないだろう。自分はなにも彼の役に立てなかった。フィーナマルは駆け引きをおこなおうとしていたようだが、おそらくファルバサッハ司教が訴えを却下するであろうことは目に見えていた。彼女の質問という質問をすべて潰していくあの攻撃的なやりかたは、彼が、残酷きわまりないこれらの新たな刑罰を法律として定めたいというファインダー修道院長の要求をあくまでも通そうとしているしるしにちがいなかった。

私にもうすこし時間があったなら！　証言において真実とは思いがたい面があまりにも多すぎる。だがファルバサッハ司教はそれらの追求に興味はないようだ。時間！　とにもかくにも時間が足りない。明日、太陽が天頂に到達するとともに、彼女のよき友人であり相棒である彼の命の火は消えてしまう。彼女が失敗したばかりに。

修道院の門が近づいたとき、彼女は自信を喪失していることを誰にも悟られまいと決意した。ともかくなにか、ほんの些細《ささい》なきっかけさえあれば、ことを遅らすことはできるかもしれない。弱みを見せまいと、彼女はぐっと顎をあげた。

門にあらわれたシスター・エイトロマは妙に不安げなようすだった。彼女はファルバサッハ司教がみずからの見解をいい終えた直後に王の間をあとにし、慌ただしく修道院へ戻っていったのだ。

「お許しください、修道女殿。ほんとうのことを答えるしかなかったのです。例の品々を見つけたときには、ほんとうにあなたは私に背を向けておられたので、隠し場所から取り出したところを見ていた、とまでは断言できませんでした。ファルバサッハ司教様に厳しく問い詰められたので、私は……」

フィデルマは不安がる執事をなだめるように片手をあげた。彼女を責めるつもりはなかった。彼女がフィデルマに有利な証言をすれば、ファルバサッハ司教は間違いなく別の手でこの証人を問い詰めただろう。

「あなたのせいではありません、修道女殿。なんにせよ、決定はまだなにも知らされていません」できるだけなにげないふうを装いながら、フィデルマは答えた。

それでもシスター・エイトロマはひどく動揺しているようすだった。

「ですが結果は決まっているのでしょう?」彼女は詰め寄った。「ファルバサッハ司教様がそのようにおっしゃっていました」

　フィデルマは気丈なふりをした。

「結果がどうなるかは王とその助言者たちしだいです。

訊ねられるべき質問がいくつも存在し、またそれらの質問が答えを得ないかぎり、公正な判事たる者はいたずらに人の命を奪うべきではない、ということには変わりありません」

　シスター・エイトロマはうなだれた。「そうですね。あなたは、あのサクソン人の処刑が延期されるかもしれないなどとほんとうに信じていらっしゃるの?」

　フィデルマは喉を詰まらせた。彼女は慎重に言葉を選んだ。

「希望は捨てていませんが、判事殿の裁定について予想を述べるつもりはありません」

「そうですか」修道院執事が呟いた。「ここはすっかり居心地のよい場所ではなくなってしまいました。いつかこの修道院のしがらみから抜け出して、マナナン・マク・リールの島（現在の[1]マン島）へ行くことができる日が待ち遠しいです。それよりも、あのサクソン人に面会をお求めですよね?」

「ええ」

　彼女は踵を返すとふたたび修道院の奥へ進み、広い中庭に入っていった。すでに日はとっぷりと暮れ、修道院は闇に包まれていた。とはいえ、おびただしい数のたいまつが中庭を照らしていた。

　修道士ひとりを含むふたりの男が見守る中、さらにふたりの男が、縄を切ってブラザー・イバーの遺体を木製の絞首台からおろしている最中だった。その男たちが見るもおぞましい作業から顔をあげ、そのうちのひとりがエイトロマに向かってにっと笑みを浮かべた。

「明日のために場所を空けてんでさ」彼が呼びかけた。作業衣をまとった鮫肌の男だった。その傍らの、中庭の敷石の上には、遺体を収めるための麻袋がひろげてあった。ブラザー・イバーのために木製の棺は用意されず、遺体は粗布の袋に収められ、おそらく川辺の湿地のどこかに掘った急ごしらえの穴にほうりこまれて終わりなのだろう。黒衣を身にまとい作業に勤しんでいるふたりの男の姿は、弔《とむら》いのために亡骸《なきがら》を整えている葬儀屋というよりはむしろ、餌食となった者の骨をついばむ鴉《からす》を思わせた。

フィデルマはふと歩む足を止め、監督の役割をしている修道士の顔を凝視した。大柄で、いかにも獰猛《どうもう》そうな見た目のブラザー・ケイチだった。ケイチが欠けて黒ずんだ歯を剝き、彼女をじっと斜に睨んだ。ここまで獣じみた男はこれまで見たことがなかった。彼女は思わず身震いをした。ケイチの隣には小柄で痩せているが筋肉質の男がおり、そのいでたちから、船頭であることが見て取れた。革のズボンに胴着《ジャーキン》、それに亜麻布のスカーフという恰好は、川船の船頭の典型的な服装だった。この男はフィデルマらが中庭を横切っていっても顔をあげようとすらしなかった。

「サクソン人の独房に行ってきます、ケイチ」通りすがりにシスター・エイトロマが声をかけた。

大柄な男は唸るような声を漏らした。おそらく了解したというしるしだったのだろうが、いかなる意味にも取れる唸り声だった。執事はそれを了承の意味と取ったようでそのまま通り過ぎ、フィデルマも慌ててあとを追った。

階段をのぼって独房へ向かうと、扉の外の、揺らめくたいまつの炎の下にさらにもうひとり修道士がいた。木製の腰掛け椅子に座り、十字架を握りしめた両手を膝の上に置いて黙想にふけっている。ふたりが近づいていき、そのひとりがシスター・エイトロマだとわかると、彼は慌てて立ちあがった。彼は無言で、独房の扉の閂《かんぬき》を外した。

シスター・エイトロマがフィデルマを振り向いた。「終わったら声をかけてください。私はほかの用事がありますので戻らねばなりません」

フィデルマは独房に足を踏み入れた。エイダルフが立ちあがって彼女を迎えた。その表情は険しかった。

「エイダルフ……」彼女は口をひらきかけた。

彼は素早くかぶりを振った。「いわなくてよいのですよ、フィデルマ。あなたがもうひとりの修道女殿とともに中庭をいらっしゃるのをこの独房の窓から見ていましたから、結果は想像がついています。訴えが受け入れられたならば、あなたとともにファルバサッハ司教殿がおいでになっているでしょうし、そんな憂鬱《ゆううつ》そうな顔のあなたをここへ寄越すはずがありません」

「まだ確定したわけではありません」フィデルマは力なくいった。「訴えに対する返答は明日の朝、ファルバサッハから告げられることになっています。まだ希望はあります」

エイダルフは窓に顔を向けた。「どうでしょう。何度も申しあげていますが、この場所には、なんとしても私を亡き者にしようという邪悪な力がはたらいているようです」

「馬鹿げています！」フィデルマは怒鳴りつけた。「諦めてはいけません」

エイダルフは肩越しにちらりと振り向くと、寂しげな笑みを浮かべた。

「あなたとはこれだけつき合いが長いのです、フィデルマ、私に隠しごとをしても無駄ですよ。目を見ればわかります。あなたはすでに私の死を嘆いてくださっている」

彼女は素早く片手を伸ばし、彼の手に触れた。「そんなことをいわないで！」

声が割れ、今にも泣きだしそうなフィデルマの姿など、知り合ってから一度も見たことはなかった。

「すみません」気まずさをおぼえ、彼は呟いた。「馬鹿なことをいいました」来《きた》る試練と向き合うために、彼女も自分と同じくらい支えを必要としているのだ。彼はみずからのことで感情的になる質《たち》ではなかった。「では、ファルバサッハ司教殿からあなたの訴えに対する裁決が知らされるのは明朝ということですね？」

言葉にする自信がなく、彼女はただ頷いた。

「わかりました。ではそれを待ちましょう。その間に、石鹸と水を持ってきてもらえるようシスター・エイトロマに念を押しておいていただけますか？　どのような朝が来るにせよ、最もよい見た目で迎えたいですから」

涙で目が沁みた。ふいにエイダルフが手を伸ばしてフィデルマの身体を引き寄せ、腕を回して力強く抱きしめた。そして乱暴とすらいえるほどの勢いでふたたび彼女を引き剝がした。

「さあ！　行ってください、フィデルマ。瞑想に入りますのでひとりにしてください。明朝またお会いしましょう」

彼女もそこで思いきることにした。これ以上ここにいても別れがたさが増すばかりだ。あとほんの数秒一緒にいたら、おそらくふたりとも感情の歯止めがきかなくなる。彼女はくるりと背を向け、かすれた声で修道士を呼んだ。ややあって、閂の軋《きし》む音がし、扉が勢いよくひらいた。彼女は振り向きもせず、独房をあとにした。

「では明日、エイダルフ」彼女は呟いた。

ブラザー・エイダルフはそれには答えず、彼女の背後で独房の扉が音をたてて閉まった。

フィデルマはすぐに旅籠には向かわず、しばらく川岸をとぼとぼと歩き、船着き場の端の、ひとけのない一角まで来ると、物陰にあった丸太に腰かけた。月が白く輝き、川面《かわも》に不気味な光が躍っていた。彼女は熱い涙に頰を濡らしながら、ただ座りこんでいた。少女のとき以来、声をあげて泣いたことなどなかった。**デルカッド**、すなわち瞑想をおこなって、暴れまわる感情を鎮めようという気にすらならなかった。エイダルフの身に危険が降りかかったと知らされて以来、つとめて感情をおもてに出すまいとしていた。悲嘆に暮れているだけでは彼を救うことはできない。強くあらねば。論理的にものごとを考えられるよう、感情は切り離さねばならない。

それでもやはり、凄まじいまでの絶望と、爆発せんばかりの激しい怒りの狭間《はざま》で胸は張り裂けそうだった。エイダルフと知り合ってからというもの、彼に対しても、自分自身に対してさえも、みずからの想いを隠して過ごしてきた。信仰への、法律への、アイルランド五王国と王である兄への義務感にひたすら縛られて生きてきた。ようやくみずからの想いを否定するのをやめ、エイダルフがどれだけ自分にとって大切な人であるかを認めることができたというのに、彼は絶体絶命の危機にあり、彼女のもとから永遠に奪い去られてしまうかもしれないのだ。あまりにも……ひどすぎる。陳腐ないいまわしなのはわかっていたが、古代の哲学者たちの言葉を余さず読んできた彼女ですら、ほかにどういいあらわせばよいのかわからなかった。いにしえの哲学者たちならば、このような理不尽な運命を、神々の思し召しだとして片づけてしまうのだろう。到底受け入れがたかった。ウェルギリウスは記していた。〝ファータ・ウィアム・インヴェニエント〟――〝運命が道を見いだす〟。道を見いださねばならなかった。なんとしても。

第九章

　フィデルマはうなされていた。

　夢を見ていた。木製の絞首台から吊された修道士の亡骸《なきがら》が、ぴんと張った縄の先で揺れている。その亡骸の後ろで、頭巾《カウル》をかぶった一団が、寄ってたかって死者を笑いものにし、野次を飛ばしている。吊された人影に向かって両手を伸ばそうとしても、なにかが身体を引き戻す。誰かの手が彼女を捕まえていた。相手を見ようと振り向くと、指導教官でもあった恩師の——ブレホンのモラン師の——顔が背後にあった。

「なぜです？」彼女は師に向かって金切り声をあげた。「なぜなのです？」

「人の眼《まなこ》は、おのれが見たくないものを映そうとしないものだ」老師は謎めいた笑みを浮かべた。

　その手を振りほどき、振り向いて吊された男の姿を見た。

　凄まじい物音がした。絞首台が壊れ、木が割れて木片がちらばる音だと最初は思った。

　やがて自分は目が覚めており、凄まじい物音は現実に部屋の外でしているものだと気づいた。複数の重い足音が、〈黄　山　亭《イエロー・マウンテン》〉の階段をのぼってくる。彼女が寝台に起きあがる暇もなく、扉がいきなり乱暴にひらかれた。

ファルバサッハ司教が角灯《ランタン》を手につかつかと入ってきた。背後には抜き身の剣を手にした五、六人の兵士を従えており、その中には、見覚えのある大柄で屈強な身体つきをした男の姿もあった。ブラザー・ケイチだ。

彼女がまだはっきりと目も覚めぬうちに、ファルバサッハ司教は角灯を高く掲げて狭い室内を捜索しはじめ、両膝をついて彼女の寝台の下を覗きこんだ。

兵士のひとりが剣の切っ先を彼女の胸もとに無言で突きつけた。

フィデルマは呆然とした。初めのうちは戸惑いの表情で兵士たちを見つめていたが、しだいに怒りがこみあげてきた。

「いったいなにごとです？」彼女は口をひらいた。

さらにそれを遮《さえぎ》るように、扉の外で争う物音がした。兵士たちのうちの何人かが振り向いて後ろの仲間たちに手を貸し、やがてデゴとエンダが、両手を後ろ手に摑まれて室内へ押しやられてきた。どうやらふたりは物音を聞きつけ、剣を手に駆けつけてきたようだったが、多勢に無勢で武器を奪われたあげく、両腕を容赦なく背中で高くねじあげられ、身体をほぼ半分に折り曲げた状態で、ファルバサッハの連れてきた兵士たちに取り囲まれていた。

「これはいかなる狼藉《ろうぜき》です、ファルバサッハ？」フィデルマは冷たく問いただした。氷のように冷たい声の奥には、煮えくり返るような怒りがたぎっていた。彼女は突きつけられた剣にもかまわず、いった。「気でも狂ったのですか?」

部屋の隅々を調べていた司教が、角灯を手にしたまま、彼女のほうを振り向いた。その顔には敵意に満ちた険しい表情が貼りついていた。

「奴はどこだ?」彼が凄んだ。

フィデルマは同じくらいの嫌悪を浮かべて相手を睨み返した。

「なんのことです? このように許しもなくずかずかと人の部屋に押し入ってくるとは、ぜひ理由をご説明いただきましょうか、ラーハンのブレホン殿。ご自分がなにをなさっているのかおわかりになっていますの? あなたは法を犯しています――」

「黙れ、女!」彼女の胸もとに剣を突きつけていた兵士がいい、さらに脅しをきかせて剣先を軽く突いた。

ちくりと痛みが走った。フィデルマは兵士を見やりもせず、ファルバサッハを睨みつづけた。

「威勢のいいあなたの兵士殿に、私が誰なのかを教えてやりなさい、ファルバサッハ、そしてむろんあなたにも思いだしていただきますわ。コルグー王の王妹であり、法廷において弁護士を務めるドーリィーである私の血が流れれば、血で血を償うこととなりましょう。法律はご承知のはずです。容認できることとできないことがあるのですよ。私はもう我慢の限界です」

ファルバサッハ司教は、彼女の声ににじむ氷のごとく冷たい怒りに思わず口ごもった。だが苛立ちは収まらぬようで、長いこと立ちつくした末、ようやくふたたび口をひらいた。

「剣をおろせ」彼は短く命令をくだした。そしてフィデルマを振り返った。「もう一度訊く、奴はどこだ？」

フィデルマは、居丈高な態度を取るラーハンのブレホンの姿を、冷めた好奇心とともに見やった。

「では私ももう一度伺いますが、あなたはいったい誰の話をしているのです？」

「当然おわかりだろう、あのサクソン人のことだ」

彼の質問の意味を悟り、フィデルマは思わず驚いて目をしばたたいたが、なんとか感情を表に出すまいと努めた。

ファルバサッハ司教は苛立たしげに顔を歪めた。

「ブラザー・エイダルフの逃亡についてなにも知らぬとはいわせまいぞ」

フィデルマは目をそらさずにいった。

「ほんとうに知りません。なにをおっしゃっているのかまるでわかりませんわ」

司教は兵士の一団を振り向いた。

「おまえたちはここに残れ」フィデルマの供の者たちを捕らえている兵士たちに向けて手で示す。「そのふたりを逃がすな。あとの者はこの旅籠《はたご》の中を徹底的に捜索せよ。離れもだ。

いなくなっている馬がないかどうか確かめよ」

兵士たちの後ろから、ラサーが怯えたようすで覗いているのが見えた。大丈夫だ、といってやりたかった。だがフィデルマの心臓は早鐘を打っていた。この場の主導権をファルバサッハに握らせるわけにはいかなかった。

そこへ、酔って呂律《ろれつ》が回っていない、か細くてかん高い男の声が、喧噪の中に響きわたった。

「いったいなんの騒ぎだい？　ここは旅籠だぞ、こちとら寝心地のいい布団でぐっすり寝ようと思って金を払ってんだ」

戸口から、小柄な男が群がる人々をかきわけてあらわれた。見るからに、しこたま飲んでそのまま寝たところを起こされたらしく、髪はぼさぼさ、服も申しわけ程度にマントを身体に巻きつけているだけだった。

邪魔立てされたのがいかにも気に入らないというようすで、ファルバサッハ司教が振り返った。

「おまえには関係のないことだ、ガブローン。とっとと自分の部屋に戻れ！」

小柄な男は、まるで猟犬に立ち向かおうとする小型犬さながらに、ぐっと一歩踏み出した。そして目をすがめて司教を睨みかけたが、そこで相手が誰であるかに気づいた。とたんに彼はなにやら口の中で謝罪の言葉をもぐもぐと呟《つぶや》きはじめ、うろたえてあとずさった。ファルバサッハは今一度フィデルマに向き直った。

「つまりあなたは、かのサクソン人はここにはいないといい張るのですな？」

「私はなにごともいい張ってなどおりません。彼はここにはいないという事実を申しあげているだけです。どうやら彼に逃げられたようですね？」

その質問に、ファルバサッハ司教は冷笑で返した。「知らなかったとでもいう口ぶりですな」

「知りませんでしたもの」

「修道院の独房が空《から》だった。奴は脱走し、ここにいるブラザー・ケイチが、あの男の逃亡を手引きした者たちに殴られて気絶していた」

推論どおりのことを彼がいったので、フィデルマは思わずはっと息を呑んだ。突如としてわずかな希望の光が差した。彼女はファルバサッハに棘《とげ》のある視線を向けた。

「私が彼の逃亡を手助けしたとおっしゃるのですか？　私はドーリィーであり、アイルランド五王国の司法が定める法律の制約を受ける身です。なんの理由があって、こんな真夜中に力ずくで私の部屋に押し入り、私と供の者たちに対して脅すような態度をとるのです？」

「理由は明らかだ。かのサクソン人はあなたがこの地へ来るまで逃亡など図らなかった。奴がみずからの思いつきで脱走を試みたわけがない」

「ドーリィーとして誓いますが、ファルバサッハ、私はこの件にはいっさい関わっておりません。仰々しく入っていらして必要のない暴力を振るわずとも、私に訊ねてくだされればそのくらいのことはおわかりになったはずです。私の供の者たちに手をかける必要もないでしょう」

ファルバサッハ司教は、いまだ兵士たちに押さえつけられ、身体を折って痛みに顔を歪めているデゴとエンダのほうを振り向いた。

「放してやれ」しかたなく彼は命じた。

キャシェルの武人ふたりを捕らえていた兵士たちが手を緩めた。ファルバサッハは、彼らの息が整うまで一瞬の間を与えてやった。

「さて、あなたがご自身はこの件にいっさい関わりがないとおっしゃるなら、おのれの手の者におこなわせたという可能性もある。どうだ、貴様！」彼は唐突にデゴを指さした。

武人は目をすがめた。もし傍《かたわ》らに筋骨逞《たくま》しいブラザー・ケイチが控えていなかったら、間違いなくこの尊大なブレホンに飛びかかっていただろう。

「このたびの逃亡についてはわたしはいっさいなにも存じません、ラーハンのブレホン殿」

彼は落ち着いた口調で答えたが、その声には、本来ブレホンの地位にある者が相手であれば当然払ってしかるべき敬意はいっさい感じられなかった。

ファルバサッハ司教のおもざしにみるみる怒りがあらわれた。

「貴様はどうだ？」彼はエンダを振り返り、問いただした。

「わたしは床についておりましたが、あなた様のお連れになった兵士たちがわが王の妹君に狼藉をはたらこうとしましたため、それで叩き起こされたしだいであります」彼はぬけぬけと答えた。「わたしはあなたがたの狼藉から姫様をお守りすべく駆けつけました。かような暴力行為に関しましてはのちのちご責任を問わせていただくこととなるかと存じます」

「どうやらわれわれの手で思いださせてやらねばならぬようだな」司教が不快な笑みを浮かべた。

「これは法に反する行為です、ファルバサッハ！」彼のほのめかしに背筋が寒くなり、フィデルマは思わず声をあげた。「供の者たちに手出しはさせません。お忘れですか、彼らはキャシェルの王たるわが兄の信を得た武人たちなのです」

「あんたをやるわけにはいかなくても、こいつらはいいってことだ、女」ブラザー・ケイチがぶっきらぼうに口を挟んだ。

「この件を放置すれば、キャシェルとファールナの間には血が流れることとなりますよ、ファルバサッハ司教殿！」フィデルマは厳しい声でいいわたした。「その乱暴な兵士たちが知らずとも、あなたご自身はご存じでしょうに」

「この二名の武人が、今夜この旅籠からは出ていないことは確かであります、司教様」

その言葉とともに、部屋の外に立っていた男が、ほかの者たちの間をかきわけて入ってきた。

親衛隊隊長のメルだった。

ファルバサッハ司教は驚いて顔をあげ、彼を見た。

「なにゆえにそういいきれるのだ、メル？」彼は問いただした。

「ご存じのとおり、ここはわたしの姉が経営する旅籠でございまして、今夜はわたしもここに泊まっておりました。わたしの寝床は彼らの泊まっている部屋の隣にあるのです。わたしは眠りが浅いもので、あなた様の配下の者たちがこの旅籠に押し入ってくるまで、彼らふたりがかたりとも音をたてなかったのは間違いありません」

「それにしては報告に来るのが遅くないかね」ファルバサッハがいった。「それほど眠りが浅いのならば、なぜ私を訪ねるまでにこれほど時間がかかったのだね？」

「あなた様のお連れになった兵士たちが姉の旅籠を血眼で捜索しはじめたため、それが行き過ぎて彼らが姉の持ちものを損なうことのないよう、わたしも彼らと行動をともにすべきだと考えたからであります」

司教はどう続けたものかと迷ったようすで立ちつくしていた。ラーハンの武人からの予想だにしない助け船のおかげで、彼が次の手を失ったことは確かだった。すると決めかねたまま立っている彼のもとへ、兵士のひとりが慌てて戻ってきた。

「母屋も離れもすべて捜索しましたが、かのサクソン人は見当たりませんでした。それらしき気配もありません」

「確かか？　くまなく徹底的に探したのか？」

「隅々まで捜索いたしました、ファルバサッハ様」兵士が答えた。「かのサクソン人は小舟を盗んでロッホ・ガーマンへ向かい、そこから船で自国に戻るつもりではないでしょうか？」

ファルバサッハ司教は怒りに唇を真一文字にし、フィデルマを振り向いた。彼女はこれを機会と畳みかけた。

「今回の不法侵入に対して、私の供の者たち、そして私はあなたの謝罪を受け入れましょう、ファルバサッハ。ですが、あなたは〈歓待の法〉をすでに逸脱しています。あなたが追い詰められていらっしゃるようすなのはわかりましたので、しかたがありませんが、謝罪は受け入れてさしあげます」

ファルバサッハ司教の顔が一瞬怒りで暗く翳《かげ》り、ふたたび暴言がその口から飛び出すかと思われた。だが彼は口ごもり、やがて合図をして兵士たちを去らせた。怒りの炎を宿した瞳は、フィデルマの氷のごとく冷たいまなざしを睨みつけたままだった。

「警告しておきますぞ、〝キャシェルのフィデルマ〟」彼は、考えを言葉にあらわすのがひどく難しいとでもいうように、ゆっくりと口にした。「このたびのサクソン人の逃亡はゆゆしき事態だ。あなたが彼の友人であることは誰もが知っている。あなたは彼を弁護するためにこの地へいらした、そして今になって彼が逃亡したという事実は、あながち偶然とは思えぬ。供の者たちと組んでわれわれを出し抜き、じつにうまく彼の身柄を隠したものですな。初めから、われわれがまずここを訪れるものと踏んでいらしたのだろう。警告しておきますぞ、フィデルマ、いずれ墓穴を掘ることになると。おのれの手で法を弄《もてあそ》べば、二度と法律を生業《なりわい》とすることはかなわなくなるでありましょうぞ」彼は短く笑った。「さらに面白い話があるのでよくお考えになるとよい、フィデルマ。フィーナマル王のお言葉を鑑《かんが》み、私はかのサクソン人の死刑執行を一週間延期し、あなたが示された鋭い疑問の数々に対する答えを模索するつもりでいた。だが逃亡したということは、かのサクソン人がみずから罪を認めたということにほかならぬ。ふたたび捕らえしだい、即座に絞首刑に処する。もはや訴えはいっさい受け入れぬ」

フィデルマは、暗い炎をたたえたファルバサッハ司教の視線をそらさずに受け止めた。

「ブラザー・エイダルフの逃亡に加担したかどで私を告発するのはまったくの見当違いです、ファルバサッハ。私は、この王国の一部のかたがたとは異なり、アイルランド五王国の法律を厳格に遵守しつづけ、それらに対する忠誠心をかなぐり捨ててほかの法律に走るようなこともけっしていたしておりません。そのことをお忘れなきよう、ファルバサッハ。さらに、逃亡したからといって彼がみずからの罪を認めたとは私はみなしておりません。無実の者にはみずからの身を守る権利があります。このたびのことは司法による殺人から身を守るための逃亡であった、と容易に解釈できます」

司教は答えようとしたもののやはり思い直し、ひとことも発せずに部屋を出ていった。

デゴが気遣うような表情を浮かべて近づいてきた。

「ご無事ですか、姫様？　お怪我は？」

フィデルマはかぶりを振り、兵士の剣の切っ先が当たった肩口のあたりに片手で触れた。

「ほんのかすり傷です。私の法衣を取ってくださるかしら、エンダ」彼女は静かな声で命じ、若者がそのとおりにすると、寝台からぱっと立ちあがった。そしてふたりの若い武人たちをじっと見据えた。

「もうここには私たち以外に誰もいませんから、さあ話してください、ほんとうのことを。あなたがたの中に、エイダルフの逃亡に手を貸した者がいるのですか？」彼女はすぐさま、はやる思いでその質問を投げかけた。

デゴが即座に身振りで否定を示した。「神に誓ってもかまいません、姫様」そしてひねくれた笑みを浮かべた。「とはいえ、もしそのことを思いついていたら、わたしも本気でそうしようと考えたかもしれません」

エンダがもったいぶったように同意してみせた。「本音を申しあげればそのとおりですな、姫様。われわれは思いつきもしませんでしたが、どこかの誰かがそれを実行したとなると、なにやらいたたまれない気すらいたします」

フィデルマは咎《とが》めるように唇を尖らせた。本心では彼らと同じ意見だったが、理性がそれを否定していた。

「法に背けば、いやでもそのような思いをすることになります」彼女はたしなめた。

「法に背くわけではありません、姫様」エンダがいい募った。「法に触れない範囲で、ブレホンのボラーン殿が到着されるまでの時間稼ぎをするだけです」

ラサーと、その後ろからメルが部屋に入ってきたので、フィデルマは顔をあげた。ファルバサッハ司教と彼の率いる兵士たちを旅籠から追い返せたのは、明らかに彼らのおかげだった。

「困りましたよ、尼僧様」ラサーが不満げにいった。「近頃じゃ旅籠をやってくだけでたいへんなのに、ブレホンでもある司教様と、修道院長様と、王様のご機嫌までいっぺんに損ねてしまっちゃあ、これ以上旅籠を続けられるかどうか。お先真っ暗ですよ」

メルが力づけるように、姉の肩に腕を回した。

「困りました、姫様」彼はいいにくそうに繰り返した。「単刀直入に伺いますが、これにはあなたがたも一枚嚙んでいるのですか」

「いいえ」フィデルマは断言した。「出ていけとおっしゃるの?」

「失礼なものいいをお許しください、姫様。姉はすっかり気が動転しているのです。証拠もないのにあなたがたを旅籠から追い出すなどという理不尽なことはいたしません」

ラサーが鼻をすすり、肩掛けの端で目尻をそっと拭った。

「ぜひともいていただきたいんですよ。ただあたしは……」

「ご自身のお立場を考えて当然です」フィデルマはきっぱりと遮った。「私たちがここに滞在することであなたの暮らしが危うくなるのならば、むろん出ていきましょう。ですがいても構わないとおっしゃってくださるのならば、このままとどまらせていただきます。ファルバサッハ司教殿は私たちを疑っているようですが、私たちは、この国の法律という点から見ても、いっさい誤ったことはいたしておりません。それだけは断言します」

「信じますよ、尼僧様」

「では、朝までどれだけの時間が残されているのかわかりませんが、ほかに私たちにできるのは、それまでにすこしでも眠っておくことだけですわね」

ラサーは弟と連れ立って部屋を出ていったが、フィデルマはデゴとエンダを引き止めた。

「私たちの誰も関わっていないとなると、ある意味これは問題です」彼女は声をひそめ、穏やかにいった。

デゴが同意のしるしに首を傾けてみせた。

「エイダルフの逃亡を手引きしたのがわれわれではないなら、では誰が、なんの目的でそうしたのでしょう?」彼が訊ねた。

「目的はなんだ?」エンダも戸惑ったようすで繰り返した。

フィデルマは若き武人に向かって優しく微笑《ほほえ》んだ。

「デゴは的を射ています。この一連のできごとにおいて、関わった人物のうちの幾人かが行方をくらましています――いずれも修道院における重要な目撃証人たちです。ひょっとするとエイダルフも同様に、〝行方をくらます〟べく誰かにはたらきかけられた可能性もあるのでは？」

その可能性を思うと不安がよぎったが、避けて通るわけにはいかなかった。一見、突飛な解釈にも思えるが、そのじつよく考えてみると、この事件を取り巻くほかのいくつかの謎に比べれば、さほど突飛ともいえなかった。三人が三人ともその意味についてしばらく考えこみ、みな黙りこくってしまった。

「しかたありません、こんな真夜中ではたいしてなにもできませんし」フィデルマは認めざるを得なかった。「とりあえず確かなのは、ファルバサッハ司教と彼の兵士たちよりも先にエイダルフを見つけなければならない、ということです」

あらためてひとりになってみると、フィデルマは、エイダルフが絞首台から逃れたという知らせを受けた最初の瞬間に感じたとおりに手放しで大喜びしてよいのか、それとも頭から離れようとしない憂鬱《ゆううつ》な思いに――彼が悪いほうの運命に逃げこんでしまったのではないかという不安に――身を任せてしまってよいのか、まるでわからなくなってきた。寝直すのは到底無理だった。おそらくそこまで悪い事態ではないのでは？　朝になったらエイダルフは死に向かわねばならぬものと思っていた。ところが彼は逃亡した。ものごとがうまくいっているように見える場合には、なにかしら見落としていると考えるべきだ、とかつてブレホンのモラン師に助言を受けたことがあるが、そこまでは穿《うが》ち過ぎだろうか？　自分はなにか見落としているのだろうか？

デルカッドの行《ぎょう》をおこなってみてもやはり眠れず、それでいて頭の中はエイダルフへの新たな不安でもやもやと渦巻いていた。ようやく疲れきってまどろんだのは夜明けだった。目覚めたときには夢の内容までは憶えていなかったが、けっして幸先のよい夢ではなかった。

その夜、エイダルフは床にはつかなかった。どうやら今宵はこの世での最後の夜なので、さすがにそれを眠って過ごしてしまうのはどうかと思ったからだ。彼は座り心地のよい唯一の場所である寝台に腰かけ、独房の窓の格子越しに、ちいさく切り取られた夜空を見つめていた。追い詰められたがゆえにあれこれと浮かんだ脈絡のない考えを、ひと筋の思考の流れに乗せてみようとはするものの、まとめようとすればするほど頭の中が混乱した。賢人たちの言葉に、死に直面した者ほど頭脳は明晰となる、というのがあるが、あれは嘘だ。頭の中では考えが右往左往していた。幼い頃のことや、ウィトビアでフィデルマと初めて出逢い、その後ローマで再会し、そしてモアン王国へ渡ったときのこと。とりとめもなく、思い出が心の中を渦巻いた。ほろ苦い思い出の数々が。

かすかな物音がした。唸り声がし、なにかがどさりと倒れる音がした。彼が立ちあがり、扉のほうを見やると、閂《かんぬき》を外す音がした。

黒い人影が戸口に立っていた。頭巾のついた長衣をまとっている。

「まだ……そんな時間ではないはずだ」恐ろしい考えに至り、エイダルフは抗った。「夜が明けてすらいないじゃないか」

人影が暗がりの中から手招きをした。「来るのだ」相手は差し迫ったようすでささやいた。

「どういうことだ？」エイダルフは抗議の声をあげた。

「黙ってついてくるがよい」人影が強く迫った。

エイダルフは渋々ながら、独房の扉を抜けた。

「けっして口をきいてはならない。ただわれわれについてきたまえ」頭巾姿の者が命じた。

「あんたを助けに来た」

廊下にほかに男がふたりいることに彼は気づいた。そのうちのひとりは蠟燭を手にしていた。もうひとりが伸びているブラザー・ケイチの身体を引きずり、空の独房にほうりこんだ。目の前の光景に、エイダルフの心臓が早鐘を打ちはじめた。

彼は慌てて男たちのあとを追った。ためらいは消えていた。独房の扉が閉ざされ、閂がかけられた。

「頭巾を深くかぶれ、修道士殿」男たちのひとりが小声でいった。「頭を屈めるんだ」

すぐさま彼は従った。

一行は素早く廊下を歩いていくと階段をおりていき、エイダルフも素直についていった。

まるで迷路のような廊下を次々と抜けていくと、いっさいなににも妨げられることなく、気づくとそこは修道院の壁の外側の、川岸近くの門の外だった。そこではもうひとりが数頭の馬の手綱を握って立っていた。束ね役と思われる男は、無言でエイダルフが馬に乗るのに手を貸し、その間に残りの者たちはそれぞれの馬の鞍にひらりと跨《また》がった。そして一行は、月に照らされて銀色に輝く川面《かわも》の横を速歩《はやあし》で駆けていき、みるみる修道院の門から遠ざかっていった。

やがてちいさな木立のある場所までたどり着くと、束ね役の男が耳を澄ますかのように顔をあげ、みなに止まるよう指示した。

「追っ手の気配はないようだ」男が呟いた。「だが油断はならぬ。ここからさらに馬を飛ばすぞ」

「あなたは誰なのです?」エイダルフは訊ねた。「フィデルマの仲間ですか?」

「フィデルマ? キャシェルから来たドーリィー殿のことかね?」男は穏やかな笑い声をたてた。「質問はしばらくお待ちいただこう、サクソン殿。全速力で馬を飛ばすがついてこられるかね?」

「なんとか」彼らがフィデルマの寄越した者でないのならばいったい何者なのだろう、と戸惑いつつも、エイダルフはぎごちなく答えた。

「では行くぞ!」

束ね役の男がみずからの馬の脇腹を踵《かかと》で強く蹴ると、馬は勢いよく駆けだした。ほかの馬たちもすぐさまそれにならった。エイダルフは冷たい夜風の爽《さわ》やかな息吹が頬に、髪に当たるのを感じた。頭巾が頭から外れ、風が髪をかき乱す。このように昂揚した、胸躍る気分になったのは数週間ぶりだった。彼は自由であり、今や彼の身体を縛り触れていくものは自然の息吹《いぶき》のみだった。

騎馬の一団が川沿いの道を走り抜けて森の中に入り、木々の茂みと空き地とを行き来しながら、くねくねと続く狭い小径《こみち》を駆けあがり、沼地を横切り、低い山々をいくつも越えるうち、いったいどのくらいの時間が経ったのか、彼にはわからなくなってきた。目が回り頭がくらくらするような山道を駆けのぼり、ひらけた場所を抜けて頂にたどり着くと、そこには土を盛った古い砦《とりで》が聳《そび》えていた。濠《ほり》と塁壁《るいへき》はいにしえの時代に掘られたものであろう。塁壁の上には丸太を積んだ巨大な防壁が築かれていた。門はひらいており、騎馬の一団はそのまま馬を止めずに、塁壁に向かって延びている木製の橋を渡って中へ駆け入った。

馬を急停止させたため、何頭かが不機嫌そうに棒立ちになり前脚を蹴りあげた。男たちがそれぞれの馬からするりとおりると、たいまつを手にした者たちがたちまち駆け寄ってきて、泡汗まみれの馬たちを引き受け、厩舎《きゅうしゃ》へ連れていった。

エイダルフはしばらく立ったまま、息を切らしながら、自分を連れてきた者たちを眺めていた。

彼らはすでに頭から頭巾を外しており、たいまつとランプも灯されていたため、エイダルフにも、彼らの中に誰ひとり修道士がいないことがわかった。男たちはみな武人のいでたちをしていた。

「あなたがたはキャシェルの武人ですか？」息が整うと、彼は訊ねた。これには笑い声が起こり、武人たちはひとりまたひとりと暗闇の中へ消えていって、あとにはエイダルフと、束ね役の男だけが残された。

すぐそばで燃えさかるたいまつの明かりが、年配の男の姿を照らしていた。銀色の髪を長く垂らしている。男は笑みを浮かべて前に踏み出し、かぶりを振った。

「われわれはキャシェルの者ではない、サクソン殿。ラーハンの者だ」

エイダルフはいよいよ混乱して眉をひそめた。「よくわからないのですが。なぜあなたは私をここへ連れてきたのです？　そもそも、ここはいったいどこですか？　これは〝キャシェルのフィデルマ〟の指示したことではないのですか？」

年配の男はくくっと笑った。「ドーリィー殿が法に背いてまで、ぱっくりと開いた地獄の口からあんたを間一髪でさらってくるなどと思うかね、サクソン殿？」彼は面白がるように訊ねた。

「ではあなたはフィデルマの命を受けたわけではないのですね？　どういうことでしょう……あなたが私を解放して、母国へ戻らせてくださるというのですか？」

年配の男は進み出ると、砦の壁を指し示した。エイダルフが連れてこられたのはまさしく砦だった。

「これらの壁があんたの新たな監獄の境界線だ、サクソン殿。命で命を償うという考えには同意できぬ。われわれの古来の法律こそ守られるべきなのだ。ローマ・カトリック教会派の『懺悔規定書《ペニテンシャル》』に従う気はない。われわれは〈ブレホン法〉を支持する」

エイダルフはますます困惑した。「つまりあなたはいったいどなたで、ここはどういった場所なのです?」

「儂《わし》の名はコバという。カム・オーリンのボー・アーラだ。壁が見えるであろう? あれがわが砦の壁だ。ここは今からあんたのマイン・ジアナ〔〈聖域権〉〕[1]の境界となる」

その言葉は初耳だったので、エイダルフはそのようにいった。

「マイン・ジアナ、すなわち〈聖域権〉とは、法律によって認められた聖域権を行使できる場所のことだ。この壁の内側では、たとえ異国の者であろうとも、不当な刑罰や逮捕宣告から逃れたいと望む者には、儂が庇護を与える権利を有している。つまり儂が事実上、暴力的な手段に出ようという告発者どもからあんたを救い出したというわけだ」

エイダルフは深く息をついた。「わかったと思います」

老人は鋭いまなざしで彼を見やった。「理解してもらえればなによりだ。儂は単に、あんたが首席判事から出頭命令を受け、わが国本来の法律によって裁かれるときが来るまで、この〈聖域〉を提供しているだけに過ぎん。よくいっておくが、この〈聖域権〉は不可侵ではない。わが国の法律において有罪とみなされれば、その裁きを逃れることはできぬ。ふたたび裁判を受ける前にここから逃亡した場合には、儂自身の手であんたに罰をくだすこととなる。儂は暴力の行使を避ける権限を与えられてはいるが、判決には逆らえぬ。改めての法的審判に臨む前にここを立ち去ろうとすれば、壁の外であんたを待っているのは死のみだ」

「ならば感謝せねばなりません」エイダルフはため息をついた。「私はほんとうに無実ですし、それが証明されるよう心から望んでおりますので」

「無実かどうかなど、儂にとってはどうでもよいのだ、サクソン殿」老人は厳しくいいわたした。「儂はただわが国の法律を信じ、とにかくあんたにわが国の法律において責任を果たしてもらうしかないのだ。あんたに逃げられると、儂は法律の制約を受けることとなり、〈聖域権〉を与えた者として、あんたが犯したとされるさきの罪に対して責任を問われ、儂の手であんたに罰をくださねばならなくなる。ゆえに、法を逃れることは許さぬ。儂のいっていることがわかるかね、サクソン殿？」

「はい」エイダルフは静かな声で答えた。「たいへんよくわかりました」

「では神に感謝しようではないか。本日の夜明けが」老人は赤く染まりはじめた東の空を指し示した。「あんたにとって最後の夜明けではなく、残りの人生の一日めの始まりにすぎないものとなったことを」

第十章

「あんた、ラーハンのブレホンのファルバサッハ司教様と揉めてた女かい？」

かん高くか細い声にはかすかに聞きおぼえがあった。

フィデルマが朝食から顔をあげると、痩せた男が彼女のほうに身を乗り出していた。彼女は早めの朝食をとるために階下におりてきていたので、旅籠《はたご》の食堂にはほかに誰もいなかった。

男のなりを見てあまりよい印象を抱かず、フィデルマは眉をひそめた。彼は船頭のいでたちをしていた。ややあってフィデルマは気づいた。ファルバサッハがこの旅籠に乗りこんできたときに、眠りを妨げられたと苦情を垂れに来た酔っ払いの小男だ。だが、これほど船頭らしくない船頭を見たのは初めてだった。痩せぎすで骨張っており、貧相な褐色の髪を長く伸ばしている。鷲鼻だが唇は赤く、黒い瞳は深い淵のようで、若かりし頃にはさぞ美男子だったろうと思われた。だが今の日灼けした顔は、加齢のせいというよりも、不摂生な生活を重ねてきたせいで、もはやすっかり別物となってしまったようだった。

「ご覧のとおり、揉めてなどいませんよ」フィデルマはそっけなく答え、朝食の皿にふたたび向き直った。

船頭は、よそよそしい返事をされたことなど気にも留《と》めぬかのように、図々しくも椅子に腰をおろした。

「おやおや」彼は鼻で笑った。「俺は昨夜《ゆうべ》、この目で見てたんだぜ。なにか理由がなけりゃ、ブレホン様が夜の夜中に五人も六人も武人たちを引き連れてやってきたりするものかね。あんた、いったいなにをやらかしたんだい？」彼は黒ずんだ歯を見せてにやにやと笑った。

「いいじゃねえか、教えてくれよ。話によっちゃ、手助けしてやってもいいんだぜ。ファールナにはいろいろとつてがあるんでね――俺は顔が利くんだ――損はさせねえよ……」

船頭が突然鋭い悲鳴をあげ、次の瞬間、まるで片側に首をかしげたまま、彼の身体が勝手に椅子から持ちあがったように見えた。デゴが彼の耳を摑み、その手でがっちりと摑んでぶらさげていた。

「こちらのご婦人は迷惑なさっているようだが」デゴの声は穏やかだが凄みがあった。「とっとと消え失せてはどうかね？」

男は身をよじり、もがいて逃れようとしたが、相手が若く逞《たくま》しい武人だということに気づいて諦めた。彼はかん高い声で泣き落としにかかった。

「別にいやな気分にさせてやろうと思ったわけじゃねえ。ただ手伝ってやろうかって――」

フィデルマは軽く片手を振った。

「放してやりなさい、デゴ」彼女はため息をつき、船頭に向かってきっぱりとつけ加えた。「手助けなどいりません。そもそも、たとえどのようなものであれ、あなたの手を借りる気はありません。さあ、私の供の者の忠告に従ってさっさと出ていくことですね」

デゴが手を離すと、船頭は耳を押さえ、よろよろと一、二歩あとずさった。

「憶えてろよ」男はデゴの手の届かないところまで逃れると、情けない声をあげた。「俺には後ろ盾がついてんだ。この借りはかならず返させてもらうぞ。俺に勝てると思うなよ？これまでも、思いあがった連中ほど痛い目見せてやったんだからな」

なにか用向きはないかと食堂に入ってきたラサーが、不満げな男の声を聞きとがめた。

「どうかしましたかね？」彼女が問いただした。

デゴは邪気のある笑みを浮かべ、つい先ほどまで船頭が座っていた椅子に腰をおろした。

「いや、わたしが勘違いをしましてね」彼はラサーに向かってにこやかに告げた。「てっきりこの小男が」と船頭をぐいと親指で示す。「シスター・フィデルマにいらぬちょっかいを出しているのだと思ったもので。たった今、思い違いを詫びていたところです」

男は立ったまま耳をさすっていたが、その名を聞いてぴたりと手を止めた。明らかに彼女の名を知っているようだ。なぜそれを、とフィデルマは思った。

「この者はあなたの謝罪を受け入れるはずです、デゴ、それにこれ以上揉めごとを起こすことも望んでいないでしょう」フィデルマはきっぱりといった。

船頭はふとためらい、やがて首をぐいと傾けた。

「人間ってやつは間違いを犯すもんだ。違うかい？」彼はもごもごといった。

フィデルマはふとなにかを思いだし、目をすがめた。

「あなたをどこかで見たことがある気がするのですが？」

小男は顔をしかめた。「まさか！」

「思いだしました！　あなたは修道院の中庭で、ブラザー・イバーの遺体がおろされるのを見ていましたね」

「修道院にいちゃいけないかい？　あそことはしょっちゅう取り引きがあるんでね」

「あなたにはもともと猟奇的な趣味があるのですか、それともブラザー・イバーの運命にとりわけ興味があったのですか？」フィデルマは、理屈でなくむしろ直感でそう訊ねた。

傍《かたわ》らに立っていたラサーが、そのやりとりを見かねたように口を挟んだ。

「ガブローンがせっせと川で交易をやってるのはほんとですよ。ねえ？」

男はどちらの質問にも答えることなく、ただ踵《きびす》を返して旅籠を出ていった。ラサーがすまなそうに笑みを浮かべた。

「さっきのであの男は機嫌を損なっちまったのかもしれませんねえ。一応話しときますけど、尼僧様、ブラザー・イバーに殺されて持ちものを奪われたのは、ガブローンのとこの船員だったんですよ」

デゴが渋い顔でフィデルマを見た。「割って入ったのはまずかったですかね？」

彼女はかぶりを振ると、焼きあがったばかりのパンをテーブルに運んできたラサーに向き直った。

「それらしい服装はしていましたが、私にはあまり船頭らしくも、川で働く男のようにも見えませんでした」

大柄な女は肩をすくめた。「でも彼はれっきとした船頭ですよ、尼僧様。〈黒丸鴉号《カーグ》〉っていう船を持ってて、それで商いをしながら川を行き来してるんです。酔っ払って船までの帰り道がわからなくなると、ときどきこの旅籠に泊まってくんですよ。船員が殺された夜にもここに泊まってましたっけね」

「〈黒丸鴉号〉？　船の名前にしては変わっていますね？」

船名の意味になどラサーは関心がないようだった。「好みは人それぞれですからねえ」

フィデルマはそっけない笑みを浮かべた。「いい得て妙ですわね。その、彼の仲間が殺された件についてあなたが知っていることは？」

「直接にはなんにも」

「けれども噂は耳にした、ということですね」フィデルマは迫った。

「噂なんて、かならずしも真実じゃないでしょうよ」女が答えた。

「そのとおりです。ですがときおり、偏《かたよ》った知識が真実を見いだすのにたいへん役立つこともあります。あなたはなにを聞いたのですか？」

「あたしが知らされたのは、例の娘があのサクソン人に殺された次の日に、その船員が船着き場で死んでるのが見つかったってことだけですよ。そしたらその翌日、ブラザー・イバーがその船員の持ちものを持ってたところを捕まって、それで裁判にかけられて有罪の判決を受けたっていうんですから」

「その事件の裁きをおこなったのは誰ですか？」

「もちろんブレホンのファルバサッハ司教様ですとも」

「ブラザー・イバーがみずからの罪を認めていたかどうか知っていますか？」

「裁判でも認めてませんでしたし、そのあともずっと認めなかったって聞いてます」

「彼がその船員の持ちものを持っていたことが証拠となったのですか？」

「そういうことをお確かめになりたいんなら、誰か裁判に立ち会ってた人に訊いてもらえませんかね。あたしは仕事があるんで」

「あとすこしだけ！　弟さんのメルがイバーの逮捕に関わっていたということは？　彼は確か夜警団の団長でしたね？」

驚いたことに、ラサーはかぶりを振った。

「メルはイバーの事件には関わってませんよ。捕まえたのは夜警団のほかの団員です。名前はダグといいましたかね」

フィデルマはこの事実について無言のままじっと考えこんでいたが、やがて静かにいった。

「あの修道院脇の船着き場ではずいぶんと多くの人死にが起こっているようですね。なにやら不幸で暗い場所に見えます」

ラサーは皿をさげながら顔をしかめた。「確かにそうかもしれませんねえ。シスター・エイトロマと、少々頭の足りないその兄さんとはもう会いなさったかね？」

「ケイチのことですか？　ええ、会いました。あのふたりとこのことになにか関係が？」

「そういうわけじゃないんだけどね。不幸っていえば、って話ですよ。なんでもシスター・エイトロマはラーハンの王家の血筋の、イー・ケンセリック家の末裔なんだとか」

それを聞いてなぜ自分が驚いていないのか、フィデルマは懸命に心当たりを探した。確か、すでにどこかで一度耳にしたはずだ。

ラサーはしだいにささやき声になっていた。「エイトロマがまだ子どもの時分に、ウラー王国のイー・ネール王家がこの王国に攻め入ってきて、あの兄妹は人質に取られたんだそうです。そのときに受けた傷のせいでケイチは頭が鈍くなっちまったんだとか。気の毒な話ですよ」

「確かに気の毒ですが、よくある話です」

「そうかもしれませんけど、ここからが違うんですよ。エイトロマは王家の血筋だったのに、当時国を治めてたクリヴァン王は身代金の支払いを嫌がって、ふたりの子どもたちをお優しいイー・ネールの連中の手に預けたんだそうです。エイトロマの縁者も貧乏すぎて身代金なんて払えなかったんだとか」

「それで?」フィデルマは興味をそそられ、訊ねた。

「その一年後、エイトロマとケイチの兄妹は北の地から逃げ出してこの国へ戻ってきたんだそうです。さぞつらい目に遭ったんだろうねえ。それでふたりして修道院に身を寄せたってわけです。尼僧様のおっしゃるとおり、こんな悲劇は珍しいことじゃないですけどねえ」

ラサーは皿を集めて食堂を出ていった。フィデルマはしばらくの間座ったまま考えこんでいたが、やがてようやく立ちあがった。デゴが問いかけるように顔をあげた。

「次はどちらへ、姫様?」彼が訊ねた。

「私は修道院へ戻り、もうすこし詳しい情報が手に入らないか探ってみます」彼女はいった。

「ファルバサッハ司教殿が話していたように、ブラザー・エイダルフの逃亡に手を貸した者がいるとお思いですか?」デゴが訊ねた。

「外からの手助けがなければ、彼の閉じこめられていた独房から抜け出すのはまず無理だと思います」彼女は認めた。「けれどもそれが誰で、なぜそうしたのかということは、私たちが解明しなければならない謎です。彼を助けたであろう人物にひとり心当たりがあります。コバという族長です。彼はファインダー修道院長がお気に入りの『懺悔規定書《ペニテンシャル》』ではなく、〈フェナハスの法〉を支持するとはっきりと公言していました。ですが見当違いかもしれませんから、彼に直接近づくのはやめておいたほうがよいでしょう。私が修道院へ戻っている間、あなたはコバに関する情報をできるだけ集めてください。あくまでも目立たぬように」

デゴは同意のしるしに首をかしげてみせた。「エイダルフは危ない橋を渡ったものですね、姫様。彼はわれわれと連絡を取ろうとしてくるでしょうか?」

「そう願います」フィデルマは熱のこもった声でいった。「彼には汚名をそそぐために、なんとしてもボラーンの前に立ってもらわねばなりません。逃亡したということは罪を認めたのだと受け取られてもしかたがない、という点では、ファルバサッハ司教は正しいのです」

「ですが逃げていなければ、彼は死んでいたかもしれません」そっけない口調で、デゴが指摘した。

一瞬フィデルマはむっとした。

「どれだけ法律を知っていようと、エイダルフを救うには自分はまるで無力だったことを、私が忘れているとでも思うのですか?」彼女は武人に向かって嚙みつくようにいった。「すでにどこかの誰かに先を越されてしまったけれど、むしろ私自身の手でそうしておくべきだったかもしれません」

「姫様」デゴが即座にいった。「あなた様をお咎《とが》めしているのではございません」

フィデルマは片手を伸ばして彼の腕に置いた。

「かっとなってごめんなさい。私が悪かったわ、デゴ」彼女はすまなそうにいった。

「あと数日エイダルフが逃げきれさえすれば、それまでにエイダンがブレホンのボラーン殿を連れて戻ってくるはずです」デゴが元気づけるようにいった。「そうなれば、あなた様がお望みのとおり、再審をおこなうことができます」

「けれど自由の身となった今、彼はどこに向かおうとするでしょう?」フィデルマがふと呟《つぶや》いた。「船でサクソン人の国へ渡り、自国へ戻ろうとするかもしれません」

「あなた様になにも告げずにこの国を離れる、と? 姫様、あなた様がファールナにいらっしゃると知っている以上、彼はけっしてそのようなことはしないはずです」

それはフィデルマにとってなんの慰めにもならなかった。

「もはや選んでなどいられぬのかもしれませんが、私を理由にためらってなどほしくありません。むしろほとぼりが冷めるまで、山か森の中あたりで身をひそめていてくれればよいのですが」彼女は不愉快そうに言葉を切った。ドーリイーたる者が、法を逃れるにはいかにすれば得策か、などと考えているとは。「ところで、エンダはどこです?」

「彼は朝早くに出かけました。確か、あなた様からの任務があるといっていたように思いますが?」

エンダにどこかへ向かうよう指示したおぼえはなかったが、彼女は肩をすくめると、いった。「では、それまでに会うことがなかったら、私は正午過ぎ頃にこの旅籠へ戻りますので、あなたとはそのときにでも落ち合いましょう」

朝食を取るデゴをあとに残し、彼女は確かな足取りで、修道院へ続く街路を歩いていった。

エイダルフが逃亡したという知らせは、明らかに町じゅうにひろまっているようだった。道すがら、すれ違う人々があからさまに彼女をちらちらと見やり、わざわざ立ち止まってこそこそと耳打ちし合う者たちまでいたからだ。彼らの表情は、敵意剝き出しのものから単に好奇心を浮かべているだけのものまでとさまざまだった。彼女が手引きしたのだろう、と罵声を浴びせてくる者たちにも一、二度遭遇した。彼女が誰なのか、そして正午に縛り首にされることとなっているサクソン人と彼女にどんな関わりがあるのか、それらを知らぬ者はもはやここファールナにはひとりもいないのではないかとさえ思われた。

フィデルマの胸中ではいまだに、今の状況に対するさまざまな感情が激しく入り乱れていた。今はなにかしらの成果があったとしても、それらの感情は常に抑えておかねばならない。意志の力を振り絞り、感情的な思いはすべて頭の中から追い出さねばならなかった。エイダルフは単に彼女の助力と経験をすぐにでも必要としている相手にすぎない、とでも考えていなければ、平静を装ってはいても、そのすぐ内側で沸き立つ苦しみに、今にも気が狂いそうだった。

修道院の門では、シスター・エイトロマが訝《いぶか》しげな表情で彼女を迎えた。

「まさかあなたがお見えになるとは思いませんでした」彼女は遠慮もせずにそういった。

「あら？　なぜです？」渋々ながら彼女を門に通した執事《ラクテレ》に、フィデルマは悪びれもせずにいった。

「てっきり喜び勇んでキャシェルへ戻られるのだろうと思っておりましたわ。サクソン人は逃亡しました。願ったり叶ったりではありませんの？」

フィデルマは真顔で彼女を見やった。

「私が願っていたのは」彼女は語気を強めた。「ブラザー・エイダルフが裁判を受け、かけられた嫌疑を晴らすことです。喜び勇んでキャシェルへ戻るのだろうとおっしゃいましたけれど、私は、ブラザー・エイダルフの身になにが起こったのかを解明し、彼の汚名をそそぐまでは、けっしてこの地を離れるつもりはありません。逃亡したとて、なんぴとたりとも法の前から逃れることはできないのです」

「死ぬよりはましでしょう」まるで先ほどのデゴの言葉を繰り返すように、修道院執事《ラクテレ》が指摘した。

「一理ありますが、私としては、彼には逃亡者になるよりも汚名をそそいでほしいのです。追われる身となってしまえば、彼は法を顧《かえり》みぬ者であり、そのような行動を取る者として扱われてしまいます」

「修道院の人々はみな、あなたが脱走に手を貸したと思っていますよ。そうなのですか？」

「あなたは率直なかたね、シスター・エイトロマ。いいえ、私はエイダルフの逃亡には加担していません」

「みなを納得させるのは難しいでしょうね」

「難しかろうとなんだろうと、それが真実です。それにみなを納得させるためにわざわざ時間を費やそうとも思いません」

「ここでは嘘をつけばやっていけますけれど、真実など憎しみを生むだけですよ」

「憎しみという言葉が出たので申しあげますが、あなたはファインダー修道院長のことをあまり好ましく思っていないようですね？」

「執事だからといって、自分の仕える修道院長を好きである必要はないでしょう」

「院長殿の、この修道院における運営方法をあなたはどう思っていますか？　私が申しあげているのは、『懺悔規定書』にまつわる一連のものごとについてです」

「修道院の規律は明確に示されています。私にはそれに従う義務があります。ですがあなたが話をどこへ持っていくおつもりなのかはわかっていますわ、修道女殿。私に、院長様やファルバサッハ司教様の振る舞いを咎めさせようなどとお思いにならないことです。刑罰が『懺悔規定書』に記されたものであろうと、〈フェナハスの法〉に記されたものであろうと、あのサクソン人が強姦と殺人によって有罪になったことには変わりありません。その罪は、法に基づいて罰せられなければならないのです──それがたとえいかなる法律であろうと。さあ、私は暇ではないんです。今日はしなければならないことが山ほどありますので。それでご用事は？」

「まず院長殿にお目にかかりたいのですが」

「まずご無理だと思いますけれど」

「お願いするだけしてみましょう」

ファインダー修道院長はフィデルマの面会を許可した。例によって机の向こう側に座り、いかめしい顔つきをして、黒い目は疑念に満ちていた。

「シスター・エイトロマから聞きましたが、あなたはあのサクソン人の逃亡についていっさいなにも知らないといっているそうですね、シスター・フィデルマ。私が信じるとお思いですの？」開口一番の厳しい言葉がそれだった。

フィデルマは穏やかな笑みを浮かべ、椅子を勧められる前にみずから腰をおろした。ファインダー修道院長が一瞬不快な顔をしたのには彼女も気づいたが、院長も今回はわざわざ文句を口にするようなことはしなかった。

「あなたになにか信じていただこうなどとは思っておりませんわ、修道院長殿」フィデルマは平然と答えた。

「けれどもあなたは、なにも知らないと私に懇願するために来たのではないのですか？」修道院長はせせら笑った。

「あなたに対して懇願することなどなにもございませんわ」フィデルマはいった。「この修道院のかたがたに引きつづき聞きこみをおこなうご許可をいただくためにまいっただけです」

ファインダー修道院長は驚きの表情を浮かべて腰を浮かせかけた。

「なんのためにです?」彼女は問いただした。「あなたはすでに訊くべき質問をすべて訊ね終え、公《おおやけ》の場で訴えを述べたではありませんか。あのサクソン人が独房から逃亡した時点で、真実はみなの知るところとなったのです」

「昨日は、ブラザー・エイダルフにかけられた嫌疑に関して、私の訊きたかった質問をすべて訊き終える時間がありませんでした。ですから本日ふたたび始めたいと思ったしだいです」

このとき初めてファインダー修道院長がうろたえたようすを見せた。

「時間の無駄です。ともかく、私の聞き及ぶかぎりでは、ファルバサッハが、サクソン人逃亡へのあなたの関与を徹底的に調査するそうです。私は、このたびの逃亡があの男の有罪を示すなによりの証拠であると見ています。捕らえしだい、しかるべく処すこととなるでしょう。逃亡を幇助《ほうじょ》した者も同様に処罰されます。よく憶えておくことですね、シスター・フィデルマ」

「法律上の手続きのことならば、私はすべて熟知しております、修道院長殿。さらにブラザー・エイダルフがふたたび捕らえられるまでは、私にはみずからの務めにふたたび取りかかる時間が与えられています。それともなにか、私に暴かれたくないことでもおありなのですか」

ファインダー修道院長が青ざめ、なにかいい返そうとしたそのとき戸口で音がし、院長が咎める暇もなく扉がひらいた。

　フィデルマはとっさに振り向いた。

　驚いたことに、戸口に立っていたのは、ガブローンという名のひょろりと瘦せたあの船頭だった。彼はふと足を止め、彼女の姿を認めると気まずそうな顔をした。

「これは失礼、院長様」彼は修道院長に向かってもごもごと呟いた。「お話し中とは思わなかったもんで。俺にご用事があるって執事殿から伺いましてね。またあとで来まさあ」

　彼はまるでフィデルマになど気づかなかったかのように、部屋を出ていくと扉を閉めた。

　フィデルマはすこし面白がるような表情を浮かべ、ファインダー修道院長に向き直った。

「これはまた、とても興味深いですわね。一介の船頭が修道院をわがもの顔でうろつきまわっているうえ、ノックもなしに修道院長の私室に出入りできるとは、ついぞ見たことがありませんわ」

　ファインダー修道院長はばつが悪そうだった。「礼儀知らずな男です。図々しくもこの部屋に足を踏み入れてよいなどとは認めておりません」口ごもったのち、彼女はいった。だが説得力はなかった。「そもそも、なぜそのようなことで私が責められねばならないのです?」

　シスター・フィデルマは穏やかな笑みを浮かべたが、返事はしなかった。

　ファインダー修道院長はしばらく待ったが、やがて肩をすくめた。

「あの男はこの修道院の取り引き相手なのです。それだけのことです」むきになっているように聞こえた。フィデルマはなにもいわずに座ったまま、ファインダー修道院長の話の続きを待つそぶりをした。

「ファルバサッハ司教殿が昨夜あなたを訪ねていらっしゃいました」修道院長が話しはじめた。「あのサクソン人が逃亡した――というよりも――何者かに手引きされて逃亡した、と発覚してすぐに、私が司教殿にご連絡さしあげたのです。あのサクソン人の行方はあなたがかならず知っているものと司教殿は思っておいででした。お目にかかれずお困りだったようですよ」

「お目にかかりましたとも」フィデルマは答えた。「彼は真夜中に眠っている私を叩き起こしてまでブラザー・エイダルフの捜索をおこないましたが、まったくの無駄足でした」

ファインダー修道院長が目を剝いた。ファルバサッハが真夜中に彼女のもとを訪れたことは明らかに聞いていなかったようだ。

「あなたの部屋を捜索してもなにも出なかったというのですか?」彼女は訝しげに眉根を寄せた。

「驚かれましたか。ええ、ブラザー・エイダルフは私の寝台の下になど隠れていませんでしたよ、あなたがおっしゃりたいのがそのことならば、修道院長殿。よほどの愚か者でもないかぎり、そのようなことをするとは思えません。ファルバサッハ司教殿はなにも発見できませんでした」

「なにも?」ファインダー修道院長は信じられないとばかりにいい、その知らせについて思いを巡らせているのか、座ったままじっと考えこんでいた。やがてその居丈高な態度がふいに崩れた。どうやら意気を削がれてしまったようすだった。「わかりました。まだ訊くことがおありだというのなら、どうぞ好きなだけ聞きこみをなさるとよいでしょう。この修道院の者たちはみな、あのサクソン人の逃亡に手を貸したのは誰なのか、薄々感づいているはずですから」

フィデルマはまるで動じることなく立ちあがった。「ご協力に感謝いたします、修道院長殿。この修道院のかたがたがみな、エイダルフの逃亡に手を貸したのが誰なのか薄々気づいている、と知れただけでもありがたいですわ」

ファインダー修道院長の顔に驚きの表情が浮かんだ。彼女は問いたげなまなざしでフィデルマをじっと見据えた。

フィデルマは答えてやることにした。

「いったい誰がブラザー・エイダルフの逃亡に手を貸したのか、そのことについてこの修道院のかたがたがなにかしら知っているならば、その者たちから情報を得て、このたびの謎を早急に解くことができるかもしれないからです。ひょっとするとその者たちは、エイダルフが不当に告発されている、例の少女殺害事件の真犯人すら知っているかもしれません」

ファインダー修道院長はふたたび尊大な態度に戻っていた。

「この期に及んで、あなたはまだ、あのサクソン人は無罪だなどと主張なさるのですか？」

「ええ、無罪ですとも」

修道院長はゆっくりとかぶりを振った。「いわせてもらいますが、シスター・フィデルマ、強情にもほどがありますよ」

「私の性格にお気づきくださってありがとうございます、修道院長殿。さらに私が、真実を見いだすまでけっして諦めない質《たち》であることも、そのうちおわかりいただけますでしょう」

「〝げに真理は大《おほい》にしてすべてのものよりも強し〟（『旧約聖書続編』「エズラ（第一書」第四章三十五節）」ファインダー修道院長が当てこするように口にした。

「素晴らしい文言ですが、かならずしもそうなるとはかぎりません。ですがそれが理想とするところであり、私もそのためにこれまでの人生を捧げてまいりました」彼女はふいに姿勢を正すと、テーブルに身を乗り出した。「せっかくの機会ですので、あなたにも二、三、伺いたいことがあるのですが」

矛先が変わったことに、ファインダー修道院長は面喰らったようすだった。彼女はフィデルマに向かい、質問を述べるよう手で促した。

「シスター・フィアルの行方はまだわからないのですね？」

「彼女の居どころがわかったという知らせはまだ聞いておりません。どうやら彼女は修道院を出る決意をしたようです」

「そのシスター・フィアルという、謎に包まれた若い修道女見習いについて話していただけますか?」

ファインダー修道院長は苛立たしげに顔を歪めた。

「十二歳か十三歳の、ここより北の山間《やまあい》の出身の娘でした。確か、ガームラとはこの修道院に入るために一緒に故郷から来たのだといっていました」

「十二歳か十三歳では、まだ〈選択の年齢〉に達していませんね」フィデルマが指摘した。「みずからの意志で修道院に入るには若干幼すぎる気がします。それとも親に連れられて来たのですか?」

「さあ。シスター・フィアルはかなり感情的な娘でしたが、友人が殺されるところを目撃してしまったのですから無理もないでしょう。あの夜に起こったできごとについて詳しく語ってはいましたが、それ以上のことは話したがりませんでした。ここを出ていったのだとしても私はさほど驚きません。おそらく自分の家にでも戻ったのでしょう」

そのことに思い至り、フィデルマが突然声をあげた。修道院長がぎょっとした顔をした。

「十四歳未満の子どもは法的責任を負わないのです。責任を問うには、相手が〈選択の年齢〉に達していなければなりません」

ファインダー修道院長はじっと聞いていた。フィデルマは苛立たしげにいい募った。

「法律上これが意味するのは、この年齢の子どもは法廷での証言が認められないということです。私の訴えにおいてこのことを申しあげておくべきでした。フィアルの証言はいずれも、じっさいには法廷においてけっして証拠として認められないものです」

修道院長は愉快そうだった。「そこが間違っておいでなのですよ、ドーリィー殿。ファルバサッハ司教殿からご説明いただきました。家庭の中における幼い子どもの証言ならば、容疑者に対して用いることができるのです」

フィデルマは困惑した。「その法の解釈は、私にはわかりかねますわ。いつこのたびの、フィアルなる子どもが家庭の中にいたというのです？」

法律上、成年に達していない子どもによる証言が一定の条件のもとでは認められるという事実はフィデルマも熟知していた——たとえばその子どもが、自分の家の中で起こったできごと、しかもその子が知り得るであろうと思われるものごとについて証言した場合だ。そうした場合にかぎり、子どもによる証言も考慮の対象となるのだ。

ファインダー修道院長はしてやったりとばかりに笑みを浮かべ、答えた。「ファルバサッハはこの修道院を、属する者みなで築く家庭と判断されたのです。件《くだん》の子どもはこの修道院の一員としてここにおりました。ここが彼女の家だったのです」

「馬鹿げています！」フィデルマが嚙みついた。「それは法律の意味をねじ曲げています。彼女は修道女見習いとしてここへ身を寄せ、伺った話では、この修道院へ来てまだほんの数日だったそうではありませんか。その法律の趣旨をいったいどう解釈すれば、この修道院が彼女の家であり、属する場所だったなどということになるのです？」

「ファルバサッハ司教殿がそうご判断なされたからです。あのかたは、私などよりもこの法律について議論するにふさわしいおかたです」

「ファルバサッハ司教！」フィデルマはあまりの腹立たしさに唇をきつく結んだ。あのラーハンの判事はこれまでもさんざん法律をねじ曲げてきた。成年に達していない子どもが証言しているということには、自分も今の今まで思い至らなかった。だがファルバサッハがここまで法律をねじ曲げようというのなら、みずからのくだした判決をけっして変えさせまいとするであろうことは想像に難くない。相手がボラーンだったならば、エイダルフはとうに自由の身になっていただろう、それに……。

フィデルマの小馬鹿にしたような口調に、ファインダー修道院長は顔を紅潮させた。

「ファルバサッハ司教殿は賢く、公正な判事殿です」彼女は庇《かば》い立てするように答えた。「私は、あのかたの知識には全幅の信頼を置いております」

ブレホンを庇う修道院長の声が真剣なものであることに、フィデルマは気づいた。

「この修道院において、あなたはファルバサッハ司教殿のお力をたびたび必要とされているようですわね」フィデルマは静かに告げた。

修道院長の顔が、いかなる理由からか、ますます赤みを増した。

「この数週間のうちに、この修道院では私どもの心の平安を乱すできごとがいくつも起こりました。そうでなくとも、ファルバサッハはブレホンでいらっしゃるばかりか司教でもいらっしゃいますし、この修道院内に住まいを構えておいでです」

「ファルバサッハはこの修道院内に住んでいるのですか？　それは初耳です」フィデルマは即座に答えた。「ともかく、複数の人物が殺害されたうえ、さらに複数の人物が行方をくらましているとは、ここはなんとも異様な場所ですわね。なにか妙だ、と私はかねてより申しあげているはずですが？」

ファインダー修道院長は、フィデルマの声ににじむ皮肉をあえて受け流した。

「おっしゃるとおりですわね、シスター・フィデルマ」彼女は冷ややかに答えた。

「ブラザー・イバーについて話していただけますか」

修道院長が一瞬まなざしを伏せた。「イバーは死にました。彼はあなたがここに到着されたまさしくその日に、公正なる罰を与えられたのです」

「彼が絞首刑にされたことは存じています」フィデルマは認めた。「彼は船員を殺害し、その持ちものを盗んだそうですね？　その事件について詳しくお聞きしたいのですが」

ファインダー修道院長は気乗りがしないようすだった。「それがあなたのサクソン人のご友人の件となんら関わりがあるとは思えませんが」彼女はいった。

「とにかく話してください」フィデルマは促した。「短期間にあの船着き場で三人もの人間が死んでいるというのは、やはりなにか妙です」

ファインダー修道院長は衝撃を受けたようだった。「三人ですって?」

「ガームラという少女と、その船員と、それからダグという名の夜警です」

修道院長は眉根を寄せた。「ダグは事故で亡くなったのです」

修道院長の口もとがかすかに引きつったのを見て、フィデルマはおや、と思った。

「ダグはブラザー・イバーを捕らえた夜警団のひとりであり、のちに彼自身も遺体で発見されています」

「そういうことではまったくありません!」修道院長は鋭い、割れているとすらいえるような声をあげた。

「私は事実を述べたまでですが。ではどういうことだったのです? ぜひ聞かせてください」

修道院長はまたもためらったが、やがてふたたび話しだした。

「この修道院は日頃から、ガブローンという船頭と取り引きをおこなっています。つい先ほどその戸口に顔を見せた男です。亡くなったのは彼の船の者でした。名前までは憶えていません」

「気の毒な話ですわね」フィデルマは冷ややかに指摘した。

「気の毒?」

「彼が亡くなったことによって、あなたの修道院の一員であった者が死刑にまでなったというのに、名前すら憶えていてもらえないとは」

フィデルマが皮肉でそういっているのか、あるいは違うのか、ファインダー修道院長は測りかね、目をしばたたいた。

「それが重要なことだとおっしゃるのなら、シスター・エイトロマでしたら間違いなくその者の名前を知っているはずです。そうしたものごとを取り仕切るのが執事の仕事ですから。彼女を呼びにやりましょうか?」

「結構です」フィデルマは答えた。「彼女と話すのはのちほどでかまいません。話を続けてください」

「聞くに堪えない話ですよ」

「不自然な死というものは、たいてい聞くに堪えないものですわ」

「その船員は酔っていたそうです。〈黄山亭《イエロー・マウンテン》〉で酒を飲んだあと、ガブローンの船に戻る途中だったようです。船は二日前から船着き場に係留されていました。彼は船着き場で、背後から重い材木で殴られ、頭蓋骨は陥没していました。身につけていた所持金と金の首飾りが、犯人によって持ち去られていたそうです」

「彼が襲われたところを目撃していた人はいましたか?」

ファインダー修道院長はかぶりを振った。「じっさいに見ていた者はいません」

「ではなぜブラザー・イバーの名があがったのです?」

「ダグは夜警団団長でした。彼がイバーを捕らえたのです」

「団長？　団長はメルではなかったのですか？」

「このときすでに、メルはフィーナマルの命で親衛隊隊長に昇進していました」

フィデルマはふと考えこんだ。「その船員が殺害されたのはガームラの死の翌日のことだった、と聞いていますが？」

「そうです。メルが迅速な行動を取ったことにフィーナマルはご満足なさり、まさにその日の朝に彼を昇進させたのです」

「ブラザー・エイダルフの裁判がおこなわれるよりも先に、メルを昇進させたのですか？」

フィデルマは呆れて首を横に振った。「それを目撃者に対する便宜ととらえるブレホンもおりましょう」

ファインダー修道院長がふたたび顔を紅潮させた。「ファルバサッハ司教殿はそのようにはとらえておられません。彼を昇進させるよう、司教殿ご自身が王に進言なさったのです。

先ほどからあなたは、ラーハンのブレホン殿の道徳観と振る舞いに対して、幾度となく聞き捨てならぬ言葉を口にしていますね。申しあげておきますが、あのかたはキリスト教の司教殿であり、宗教上も法律上もあなたよりも高位なのです。よいですか――」

フィデルマの瞳がぎらりと光り、緑色の瞳が氷のごとき薄青色に変わったように見えたのを、院長の目がとらえた。

「なんです？」フィデルマは静かに問いかけた。「どうぞ？」

ファインダー修道院長が顎をくいとあげた。「ファルバサッハ司教殿ほどのご立派なかたを攻撃するなど、まったくもって倫理に反した行為です。しかもあなたはこの王国のかたですらないではありませんか」

「〈ブレホン法〉においては、その者がアイルランド五王国のいずれの王国に属するかということはいっさい関係ありません。かつて、千五百年近く昔に、大王《ハイ・キング》オラヴ・フォーラが初めて法の体系化を命じたさい、〈フェナハスの法〉はこの国の隅々にまで適用されるべきものとして定められました。誤った判決がくだされた場合にその間違いを明らかとし、それを正すべく要求するのは、すべての者に課せられた義務です。最も下位のボー・アーラから、アイルランド五王国の大ブレホンに至るまで」

熱弁するフィデルマの声に、ファインダー修道院長の表情がしだいにこわばった。だがあえて口を挟むことはしなかった。

「さて」フィデルマは椅子に深く座り、いった。「メルが昇進し、ダグが船着き場の夜警団の団長になったと先ほどおっしゃいましたね。彼はどのようにしてブラザー・イバーを捕らえたのです？　あなたは〝捕らえた〟という言葉をお遣いになりましたね。つまり察するに、ブラザー・イバーは抵抗していたか、あるいは逃げようとしていたということでしょう」

「そういうことではありません。船員の遺体を発見したさい、ダグはそれがガブローンの船の者であると気づきました。そこで彼はガブローンを呼び、男の身元を確かめさせたのですが、そのとき、その船員がいつも身につけていた金の首飾りと、賃金として渡されたばかりの金銭がなくなっていることにガブローンが気づいたのです。旅籠を出ていくとき、この船員がたんまり金を持っていた、と女将《おかみ》のラサーも証言しています。そもそもガブローンから賃金を受け取った場所がこの旅籠だったようです。酔っ払っていたというのもそれで説明がつきます。

「いいでしょう。強盗事件だったことは明らかです」

「では目撃者がいなかったにもかかわらず、その船員が襲われた事件がブラザー・イバーに繋がったのはどういうわけなのです？」

「イバーが捕らえられたのは翌日のことでした。彼は、件の船員が身につけていた金の首飾りを市場で売ろうとしていたのです。しかもよりによって、売ろうとした相手がガブローンだったので、彼がダグを呼び、イバーは逮捕されて告発され、有罪となって絞首刑に処せられました」

詳細を聞かされ、フィデルマは重い気分になった。

「ほんとうにブラザー・イバーが犯人ならば、じつに愚かな振る舞いとしかいいようがありません」彼女はしみじみといった。「というのも、被害者が身につけていた金の首飾りを、わざわざその被害者の属していた船の船長に売るでしょうか？　ガブローンがこの修道院のなじみの取り引き相手だったというならば、ガブローンがその首飾りを見とがめるであろうことにイバーが気づかぬはずがないのでは？　もうすこし安全な処分方法を模索すべきだったのではないでしょうか」

「イバーの心の内など、私の知ったことではありません」

「おっしゃるように、ガブローンは以前からこの修道院と取り引きをおこなっています。ブラザー・イバーがこの修道院に入ったのはいつですか？」

修道院長は居心地悪そうに椅子の上で身をよじった。

「しばらく前からいたのだと思います。どちらにせよ、私がここへ来る以前のことです」

「では私の指摘はあながち間違っていないということですね。告発に対してブラザー・イバーはなんと答えていましたか？」

「すべてを否認していました。殺人も強盗もです」

「なるほど。首飾りを持っていたことについてはどう説明していましたか？」

「憶えていません」

「なぜブラザー・イバーはそれほどまでにお金を必要としていたのでしょう？——ほんとうに船員を殺害し金品を奪ったのだとすれば、ですが」

修道院長は肩をすくめただけで返事をしなかった。

「では次に、ダグの身にはいったいなにが起こったのですか？　彼はどのようにして亡くなったのです？」

「事故だったと申しあげたはずです。川で溺死したのです」

「川を守る夜警団の団長が、溺死？」

「なにがおっしゃりたいのです？」ファインダー修道院長が問いただした。

「単に意見を述べているだけです。船着き場の夜警団団長を任されるほどの人物が、そのような事故に遭うものでしょうか？」

「暗かったのです。おそらく足を滑らせて船着き場から転落したのでしょう。そのさい、木の杭に頭を打ちつけて気を失い、誰の助けも間に合わずに溺死したのです」

「その事故を目撃していた人はいましたか？」

「私の知るかぎりではおりません」

「では、その詳しい話をあなたは誰から聞いたのです？」

ファインダー修道院長は不愉快そうに眉をひそめた。「ファルバサッハ司教殿です」

「つまりその死亡事件の調査も彼がおこなっていたということですか？　ブラザー・イバーの裁判から、その事故が起こるまでにどのくらいの時間があったのです？」

「どのくらいの時間？　私の記憶のかぎりでは、ダグが亡くなったのは裁判の前です」

フィデルマは一瞬目を閉じた。この修道院でのできごとはなにかにつけて珍妙だったが、それに対していちいち驚くのはもうやめたほうがよさそうだった。

「前だった？　では、その裁判でダグによる証言はなされなかったということですか？」

「証言など必要ありませんでした。ガブローンという証人がいましたので。彼が、殺された船員の身元を確認したのです。所持金が消え失せていることを指摘したのもあの者ですし、イバーが彼に売りつけようとしたという金の首飾りが、船員の身につけていたものだったと証言したのも彼です」

「ずいぶんと都合がよろしいこと。お話を伺うに、船員の殺害事件における盗みの動機を口にしているのは、このガブローンという人物ただひとりということですね。それらの金品が盗まれたと主張しているのは彼だけですし、またこの犯罪とブラザー・イバーを結びつけているのも彼だけです。しかもそのたったひとりの証言だけで、ブラザー・イバーは絞首刑に処せられました。あなたはそれで気が咎めないのですか？」

「なぜそんな必要が？　ファルバサッハ司教殿はとりわけなんの支障もなく、その証言をお認めになりました。そもそも、ただ単にガブローンの証言のみを根拠としているわけではありません。イバーが金の首飾りを売ろうとしていると知ったダグが、この修道院内にあるイバーの私室を調べさせたところ、それらの金品がそこにあったのです。ともかくイバーの件は、かのサクソン人とはいっさい関係のないものです、修道女殿。あなたはいったいなにを導き出そうとしているのです？　ドーリィーとしてのあなたの義務は、私どもに協力し、かのサクソン人をふたたび捕らえることでございましょう」

フィデルマは突然立ちあがった。「ドーリィーとしての私の義務は、この事件の真相を見いだすことです」

「事実をお話ししたまでですし、事実とは数多《あまた》にあるものです」

「偽りが真実に先立つことがままあるのです」恩師であるブレホンのモラン師の言葉を思いだしながら、フィデルマはいった。

遠い鐘の音が響きわたった。正午を告げるアンジェラスの鐘だ。

ファインダー修道院長も同様に立ちあがった。「私は説教に向かわねばなりません」

「あとひとつだけ。ノエー前修道院長の居室に伺うにはどちらへ行けばよろしいですか?」

「ノエーですか?」ファインダー修道院長はその質問に驚いたようだった。「もはやこの場所は前修道院長のおもな住まいではありませんが、今も院内に居室は残しておいでです。現在は王宮内に部屋を構えていらっしゃいますが、そこを訪れたとて会うことは不可能でしょう。というのも、あのかたは昨日の朝、ファールナを出て北方へ向かわれたからです。しばらくはお戻りにならないそうですわ」

「北へ?」フィデルマは落胆した。「彼がどこへ向かったかご存じですか?」

「前院長殿の動向など、私の知るところではございません」

フィデルマは首を傾け、修道院長を残して部屋を出た。狭い内庭まで来たとき、ふとした勘がはたらき、彼女は石壁のくぼみの陰で足を止めた。するとやがて修道院長がふいに自室から姿をあらわし、内庭を足早に横切っていった。彼女は修道士や修道女たちが正午の祈りに集まる礼拝堂の方角ではなく、傍らの通用門から出ていった。

フィデルマは距離を置いてから跡をつけた。木製の通用門が開いている場所まで行ってみると、そこがもうひとつの中庭に続く扉であることがわかった。しかもそこは、まさしくあの船着き場に出られる門のある中庭だった。彼女は慌てて引き返し、扉をすこしだけ開けて門扉の陰に隠れた。馬に跨《また》がった修道院長が中庭の真ん中にいたからだ。周囲には誰もいなかった。修道院長は馬を歩かせ、門を出ていった。フィデルマは呆然とした。アンジェラスの鐘が鳴り響き、祈りを捧げようとここにいるすべての者に呼びかけている最中に、修道院長本人がみずからの修道院をあとにするとは。そこまでして行かねばならない重要な用事とはなんなのだろうか、とフィデルマは訝った。

フィデルマは足早に中庭を横切ると、開いたままになった、船着き場へ続く門に向かった。見わたしてみたが、修道院長の姿も馬の姿もいっさい見当たらなかった。おそらく門を出た直後に、修道院長は馬を駆け足にし、あっという間に走り去ってしまったのだろう。ところが驚いたことに、ここで馬の背に乗ったエンダが、修道院の壁の陰からふいに姿をあらわし、馬を速歩《はやあし》で走らせながら、川岸をゆったりと駆けていった。彼は明らかに修道院長を追っていた。

フィデルマのおもざしに満面の笑みがひろがった。修道院長が馬でどこへ向かっているのかを探ってほしい、とデゴとエンダに頼んでいたことも、その命令を取りさげることもすっかり失念していた。エンダが彼女の跡をつけ、謎を解いてくれることだろう。

訳註

歴史的背景

1　キルデア＝キル・ダラ〔オークの森の教会〕。現在のアイルランドの首都ダブリンの南に位置する地方。アイルランドで聖パトリックに次いで敬慕されている聖女ブリジッドによって、この地に修道院が建てられたという。フィデルマは、尼僧として、一時この修道院で暮らしていた。

2　聖ブリジッド＝聖女ブリギット、ブライドとも。四五三年頃～五二四年頃。アイルランドで聖パトリックに次いで敬慕されている聖職者。若くして宗門に入り、めざましい布教活動をおこなった。キルデアに修道院を設立。アイルランド初期教会史上、重要な聖女。詩、治療術、鍛冶の守護聖人でもある。フィデルマはモアン王国の人間であるが、ラーハン王国のキルデアに建つ聖ブリジッドの修道院に所属して、ここで数年間暮らしていたため、〝キルデアのフィデルマ〟と呼ばれていた（のちにキルデアを去って、〝キャシェルのフィデルマ〟と名乗るようになる）。

3　ドーリイー＝古代アイルランド社会では、女性も、多くの面でほぼ男性と同等の地位や権利を認められていた。女性であろうと、男性とともに最高学府で学ぶことができ、高位の公的地位に就くことさえできた。古代・中世のアイルランド文芸にも、このような女性が高い地位に就いていることをうかがわせる描写がよく出てくる。このシリーズのヒロイン、フィデルマは、このような社会で最高の教育を受け、ドーリイー〔法廷弁護士〕。ときには、裁判官としても活躍することができた〕であるのみならず、アンルー〔上位弁護士・裁判官〕という、ごく高い公的資格も持っている女性で、国内外を舞台に縦横に活躍する。古代アイルランドの学者の社会的地位は、時代や分野によって若干違いがあるようだが、だいたいにおいて七階級に分かれていた。最高学位がオラヴ、第二位がアンルーなのである。フィデルマは、むろん作者が創造した女性ではあるが、けっして空想的なスーパー・ウーマンといった荒唐無稽な存在ではなく、充分な根拠の上に描かれたヒロインである。

4　アイルランド語＝古代ケルト民族のうち、アイルランドやスコットランドに渡来してきた種族が、ゲール人、のちのアイルランド人である。彼らの言語のアイルランド語は、十二世紀半ば以来、七百年続いた英国による支配の歴史の中で使用を禁じられ、アイルランドの日常語は英語となってしまったが、日常生活の中でアイルランド語を使っている地方も、まだわずかながら残っている。著者は、表記を〈アイルランド〉で統一しているが、〈ゲール〉には古い過去の雰囲気や詩的情緒が漂うようで、訳文では、ときにはゲール、ゲール人、ゲール語という表現も用いている。

5　ウラー＝現在のアルスター地方。アイルランド北部を占める。アイルランド五王国のひとつ。

6　コナハト＝アイルランド五王国のひとつ。アイルランドの北西部を占める。古代叙事詩『クーリィーの家畜略奪譚』をはじめ、数々の英雄譚伝説にしばしば登場する地方。現在の西部五県（ゴールウェイ、メイヨー、スライゴー、リートリム、ロスコモン）。

7　モアン＝現在のマンスター地方。モアン王国はアイルランド五王国中最大の王国で、首都はキャシェル。キャシェルは現在のティペラリー州にある古都で、町の後方に聳《そび》える巨大な岩山〈キャシェルの岩〉の頂上に建つキャシェル城は、モアン王の王城でもあり大司教の教会堂でもあって、古代からアイルランドの歴史と深く関わってきた。現在も、この巨大な廃墟は、町の上方に威容を見せている。この物語の主人公フィデルマは、数代前のモアン王ファルバ・フランの娘であり、現王である兄コルグーとともに、このキャシェル城で生まれ育った、と設定されている。

8　ラーハン＝現在のレンスター地方。モアン王国に次ぐ勢力を誇り、モアンと絶えず対立関係にある強大な王国。モアン王国の王妹フィデルマが所属する修道院の所在地はキルデアなので、彼女はよく〝ギルデアのフィデルマ〟と呼ばれているが、キルデアは、ラーハン王国内の地。

9 大王《ハイ・キング》＝アイルランド語では**アード・リー**。〝全アイルランドの王〟、あるいは〝アイルランド五王国の王〟とも呼ばれる。古くからあった呼称であるが、強力な勢力を持つようになったのは、二世紀の〝百戦の王コン〟、その子である三世紀のアルト・マク・コン、アルトの子コーマク・マク・アルトの頃。実質的な大王の権力を把握したのは、十一世紀初めの英雄王ブライアン・ボルーとされる。大王は、ミースの王都タラで、政治、軍事、法律等の会議や、文学、音楽、競技などの祭典でもあった国民集会〈タラの祭典〉を主宰した。しかし、この大王制度は、一一七五年、英王ヘンリー二世に屈したロリー・オコナーをもって、終焉を迎えた。

10 ミー＝現在のミース。**アード・リー**〔大王《ハイ・キング》〕が政《まつりごと》をおこなう都タラがある。

11 タラ＝現在のミース州にある古代アイルランドの政治・宗教の中心地。〝九人の人質を取りしニアル〟により、大王《ハイ・キング》の王宮の地と定められたとされる。遺跡は、紀元前二〇〇〇年よりさらに古代にさかのぼるといわれる。

12 **クラン**〔氏族〕＝**クラン**は英語になっている単語だが、語源はゲール語（アイルランド語）の〝子ども〟、〝子孫〟を意味する単語。祖先を同じくする親族集団。

13　オスリガ（オソリ）小王国＝一世紀頃から十二世紀頃までアイルランド南西部に存在した、フォール川（現在のノア川）沿岸に位置する小王国。この小王国については、《修道女フィデルマ・シリーズ》第三作『幼き子らよ、我がもとへ』の中で、「オスリガ小王国は、長年にわたって……モアン王国とラーハン王国の間の確執の原因となってきた」と説明がなされている。かつてオスリガはラーハンの属国であったが、ラーハン人によるモアン王暗殺の代償としてモアンに引き渡されることとなり、それ以来オスリガはモアンの一部となった。だがラーハンの歴代の王たちはオスリガの返還を求めつづけた。

14　デルフィネ＝デルフィニャ。血縁で繋がれた集団やその構成員。デルヴは、〝真の〟、〝血の繋がった〟などを意味し、フィネ（フィニャ）は〝家族集団〟を意味する。男系の三世代（あるいは、四世代、五世代、などと言及されることもある）にわたる、〈自由民〉である全血縁者。

15　〈フェナハスの法〉＝のちの〈ブレホン法〉。

16　〈ブレホン法〉＝〈ブレホン法〉は、数世紀にわたる実践の中で洗練されながら口承で伝えられ、五世紀に成文化されたと考えられている。しかし固定したものではなく、三年に一度、大王《ハイ・キング》の王都タラにおける祭典の中の大集会で検討され、必要があれば改正された。〈ブレホン法〉は、ヨーロッパの法律の中できわめて重要な文献とされ、十二世紀後半に始まった英国による統治下にあっても、十七世紀までは存続していた。しかし、十八世紀には、最終的に消滅した。現存文書には、刑法を扱う『シャンハス・モール』、民法を扱う『アキルの書』があり、両者とも、『褐色牛の書』に収録されている。

17 大王《ハイ・キング》オラヴ・フォーラ＝アイルランドの第十八代（一説には、第四十代）の大王とされる。伝承によれば、初めて法典の体系化をおこない、また〈タラの祭典〉を創始した、とされている。

18 大王リアリィー＝リアリィー・マク・ニール。五世紀半ばの大王。四六三年没。英雄的な王〝九人の人質を取りしニアル〟の子。〈九人の賢者の会〉を招集し、主宰した。

19 パトリック＝三八五〜三九〇年頃の生まれ。没年は四六一年頃。アイルランドの守護聖人。ブリトン人で、少年時代に海賊に捕らえられて六年間アイルランドのシュレミッシュで奴隷となっていたが、やがて脱出してブリトンへ帰り、自由を得た。四三二年頃アイルランドにキリスト教の布教者として戻ってきて、アード・マハ（アーマー）を拠点として活躍、多くのアイルランド人を入信させた。初めてアイルランドにキリスト教を伝えた人物（異説あり）として崇拝されている。〈聖パトリックの日〉は三月十七日。この日は世界各地でセント・パトリックス・デイのパレードがおこなわれているが、日本でも、近年おこなわれるようになった。

20 フェシュ・タウラッハ＝〈タラの祭典〉、〈タラの大集会〉。三年に一度、秋に、タラの丘で開催される大集会。アイルランド全土から人々が集まる、一種の民族大祭典ともいうべき大集会であり、さまざまな催し、市、宴などが繰りひろげられ、人々は大いに楽しむのであるが、おもな目的は、①全土に法律や布告を発布する、②さまざまな年代記や家系譜等を全国民の前で吟味し誤りがあればそれを正す、③国家的な大記録としてそれを収録する、という三つであった（ダグラス・ハイド等）ようだ。

21 性的いやがらせ＝女性が、意に反して接吻を強要された場合、その女性の〈名誉の代価《オナー・プライス》〉を全額払わねばならぬ、女性の衣服の中に手を入れた場合、七カマルと三オンスの罰金、女性の体に触れたり、下着の中に手を入れた場合には、銀十オンスなどと、かなり具体的な罰則を定めて、女性をセクシャル・ハラスメントから擁護していたようだ（ファーガス・ケリー等）。

22 離婚＝〈ブレホン法〉は、『カイン・ラーナムナ〈婚姻に関する定め〉』という法律の中で、男女同等の立場での結婚をはじめとするさまざまな男女の結びつきをくわしく論じているが、離婚の条件や手続きなどについても、いろいろ定められているようである。離婚問題は、たとえば短編集『修道女フィデルマの叡智』収録の「大王廟の悲鳴」など、《修道女フィデルマ・シリーズ》の多くの作品で触れられている。第五作『蜘蛛の巣』の第八章では、フィデルマは「……でもクラナットは、彼と離婚する権利を法によって十分認められたでしょうに?……結婚の際に持参したものを全部とり戻す権利が、彼女にはあるはず。もし持参金が一切なかったとしても、エベル(クラナットの夫)の財産が結婚期間中にそれ以前よりも増えていたら、その増加分の九分の一は、離婚に際して自動的に彼女のものと認められます」と、具体的に説いている。

23　ファルバ・フラン王＝モアンのオーガナハト王統の一員。六二二(六二八とも)～六三三年に在位。《修道女フィデルマ・シリーズ》においては、コルグーとフィデルマ兄妹の亡父という設定。

24　ダロウ＝アイルランド中央部の古い町。五五六年、聖コルムキルによって設立された修道院で有名。この修道院にあった装飾写本『ダロウの書』は、アイルランドの貴重な古文書で、現在はダブリンのトリニティ大学が所蔵。

25　ラズローン＝ダロウの修道院長。フィデルマ兄妹の遠縁にあたる。温厚明朗な魅力的な人物として、しばしば《修道女フィデルマ・シリーズ》に登場する(短編「名馬の死」、「ウルフスタンへの頌歌（カンティクル）」等）。モアン国王であった父ファルバ・フランを幼くして亡くしたフィデルマの後見人であり、彼女の人生の師、よき助言者として描かれている。

26 〈選択の年齢〉＝選択権を持つ年齢。成人として認められ、みずからの判断を許される年齢。男子は十七歳、女子は十四歳で、この資格を与えられた。

27 ブレホン〈法官、裁判官〉＝古いアイルランド語でブレハヴ。〈ブレホン法〉に従って裁きをおこなう。彼らはひじょうに高度の専門学識を持ち、社会的に高く敬われていた。ブレホンの長《おさ》ともなると、司教や小国の王と同等の地位にあるものとみなされた。

28 モラン師＝ブレホンの最高位のオラヴの資格を持つ、フィデルマの恩師。

29 〈詩人の学問所〉＝七世紀のアイルランドでは、すでにキリスト教が広く信仰されており、修道院の付属学問所などを中心として、新しい信仰とともに入ってきたキリスト教文化やラテン語による新しい学問も、しっかりと根づいていた。だが、古来の〈詩人の学問所〉のような教育制度が伝えたアイルランドの独自の学問も、まだ明確に残っていた。フィデルマも、キルデアの聖ブリジッドの修道院で新しい、つまりキリスト教文化の教育を受け、神学、ヘブライ語、ギリシャ語、ラテン語などの言語や文芸にも通暁しているが、そのいっぽう、古いアイルランド古来の文化伝統の中でも、恩師〝ダラのモラン〟の薫陶を受けた〈ブレホン法〉の学者でもある。

30　オラヴ＝本来の意味は〝詩人の長《おさ》〟。詩人の七段階の資格の中での最高の位であり、九年から十二年間の勉学と、二百五十編の主要なる詩、百編の第二種の詩を暗唱によって完全に修得した者に授けられた位。しかしフィデルマの時代には、各種の学術分野の最高学位をさすようになっていた。現代アイルランド語では、〝大学教授〟を意味する。

31　『シャンハス・モール』＝五世紀の大王《ハイ・キング》リアリィーが、八人の賢者を招集し、みずからも加わった九人で、それまでに伝えられてきたさまざまな法典やその断片を検討し、集大成された。三年の歳月をかけて、四三八年に完成した大法典が、この『シャンハス・モール』（〝大いなる収集〟の意）。アイルランド古代法（〈ブレホン法〉）の中の最も重要な文献である。

32　『アキルの書』＝『シャンハス・モール』とともに、アイルランドの古代法の重要な法典。著者がここに述べているように、『シャンハス・モール』は刑法、『アキルの書』は民法の文献のようであるが、前者を民法、後者を刑法の文献と述べる学者もあるようだ。この二大法典は、異なる時代に異なる人々によって集大成されたので、いずれにも民事に関する言及も刑事犯罪に関するものも収録されているからであろう。どちらかが刑法、どちらかが民法と拘《こだわ》る必要はないのかもしれない。『アキルの書』は、三世紀の大王《ハイ・キング》コーマク・マク・アルトの意図のもとに編纂されたとも、また七世紀の詩人ケンファエラがそれに筆を加えたとも伝えられている。コーマクは戦傷によって片目を失い、大王位を息子の〝リフィーのカーブラ〟に譲った。太古のアイルランドの掟には、王や首領は五体満足なる者であるべしとの定めがあったためである。だが、若い王は難問にぶつかると、しばしば父コーマクに教えを請うた。それに対して、コーマクが「我が息子よ、このことを心得ておくがよい……」という形式で、息子に助言を与えた。その教えが、この『アキルの書』である、とも伝えられている。アキルは、大王都タラの近くの地名。

33　ドゥルイド＝古代ケルト社会における、一種の〈智者〉。語源は、〈全き智〉を意味する語であったといわれる。極めて高度の知識を持ち、超自然の神秘にも通じている人物とされた。アイルランドにおけるドゥルイドは、預言者、占星術師、詩人、学者、医師、王の顧問官、政《まつりごと》の助言者、裁判官、外交官、教育者などとして活躍し、人々に篤く崇敬されていた。しかし、キリスト教が入ってきてからは、異教、邪教のレッテルを貼られ、民話や伝説の中では〝邪悪なる妖術師〟的イメージで扱われがちであるが、本来は〈叡智の人〉である。宗教的儀式を執りおこなうことはあっても、かならずしも宗教や聖職者ではないので、ドゥルイド教、ドゥルイド僧、ドゥルイド神官という表現は、偏《かたよ》ったイメージを印象づけてしまおう。

34　ケルト・カトリック教会＝アイルランドでは、キリスト教は五世紀半ば（四三二年頃）に聖パトリックによって伝えられたとされるが、その後速やかにキリスト教国になり、聖コルムキルや聖フルサをはじめとする多くの聖職者たちがあらわれた。彼らは、まだ異教徒の地であったブリテンやスコットランドなどの王国にも赴き、熱心な布教活動をおこなっていた。しかし、改革を進めつつあったローマ教皇のもとなるローマ派のキリスト教との間には、復活祭《イースター》の定めかた、儀式の細部、信仰生活の在りかた、神学上の解釈などさまざまな点で相違点が生じており、ローマ教会派とアイルランド（ケルト）教会派の対立を生んでいた。だが、フィデルマの物語の時代（七世紀中期）には、アイルランドにおいてもしだいにローマ教会派がひろがりつつあり、九～十一世紀には、アイルランドのキリスト教もついにローマ教会派に同化していくことになる。

35　ニカイアの総会議《カウンシル》＝三二五年、コンスタンティヌス大帝によって招集されたニカイアの総会議は、復活祭《イースター》の日の定めかたやその他の議題で議論が紛糾し、議場は騒然となった。結局、復活祭は「春分に次ぐ満月後の最初の日曜日」と、一応の決着をみた。

36　アナム・ハーラ＝〈魂の友《ソール・フレンド》〉。〝心の友〟と表現されるような友人関係の中でも、さらに深い友情、信頼、敬意で結ばれた、精神的支えともなる唯一の友人。《修道女フィデルマ・シリーズ》のほかの作品の中でも、よく言及される。

37　アード・マハ＝現アーマー。アルスター地方南部の古都で、多くの神話や古代文芸の舞台となってきた、聖パトリックがキリスト教伝道の第一歩を踏み出した地。彼によって大聖堂が建立（四四三〜四四五年頃）され、その付属神学院は学問の重要な拠点となっていった。

38 『懺悔規定書《ペニテンシャル》』＝六世紀にアイルランドおよびウェールズにおいて成立し、のちにヨーロッパへもひろまった、悔悛の秘跡およびそれにともなう償い・処罰に関する規則書あるいは教会法典。著したのはコロンバヌス（本書下巻第十二章訳註1参照）とされ、また〝クロナルドのフィーナン〟、〝クロンフェルトのキメニー・ファータ〟は、それぞれ『フィーナンの懺悔規定書』、『キメニーの懺悔規定書』を著したとされる。

第一章

1 聖ヤコブの墓＝スペイン北西部の巡礼地サンティアゴ・デ・コンポステラを指す。《修道女フィデルマ・シリーズ》第八作『憐れみをなす者』において、フィデルマはこの地をめざして巡礼の旅に出た。

2 カンタベリーのテオドーレ大司教＝小アジアのタルソス生まれのギリシャ人。六六四年、ノーサンブリア王国の修道院においてオズウィー王の主宰という形で開催された〈ウィトビア教会会議〉で、サクソン諸王国は、ケルト（アイルランド）・カトリック教会ではなく、ローマ・カトリック教会を信奉することになり、ローマ派のカンタベリー聖堂が、サクソンのキリスト教信仰の首位座となった。その初代の大司教がテオドーレ。《修道女フィデルマ・シリーズ》第二作『サクソンの司教冠』の中で、エイダルフは彼の秘書官に任じられたと設定されている。

3　彼女はかつて……＝《修道女フィデルマ・シリーズ》第三作『幼き子らよ、我がもとへ』参照。

4　〈名誉の代価《オナー・プライス》〉＝**ローグ・ニエナッハ**。地位、身分、血統、資力などに応じて、慎重に定められる各個人の価値。被害を与えたり与えられたりした場合など、この〈名誉の代価〉に応じて損害を弁償したり、弁償を求めたりする。

5　ゴール＝古代ローマ帝国の属領。ガリア。フランス、ベルギーの全域から、オランダ南部等にひろがる地域を指す古地名。

6　カホア岬＝アイルランド南東部ウェクスフォード沿岸の岬。

7　**デア・フィーアル**＝**フィーアル**とはアイルランド社会における最下級の地位をあらわす言葉。**クラン**〔氏族〕の結びつきではなく、通常、罰則として公民権を剥奪された亡命者や戦における捕虜、人質、罪人などがフィーアルに数えられる。フィーアルにはふたつの区分があり、デア・フィーアルは完全なる〈非自由民〉、セア・フィーアルは厳密には〈自由民〉ではないが、下層階級の者に与えられる苦役を免ぜられる人々をいう。

第二章

1 スレーニー川＝アイルランド南東部を流れる川。

2 聖マイドーク＝〝ファールナのマイドーク〟。聖エイダンとも呼ばれる。五五八年頃～六三二年。アイルランドの聖人。ファールナの初代司教であり、約三十の教会を設立した。アイルランドからウェールズに渡り、五七〇年に帰国、そののちブランダヴ王から賜ったファールナにみずからの修道院を設立した。

3 ブランダヴ＝かつてのラーハン王、ブランダヴ・マク・エハッハ。六〇五年没。

4 ブレフニャ＝現在のアイルランド北部の一地域。

5 福者《ブレッシド》＝教皇庁が死者の聖性を公認した人物への尊称。のちに聖者《セイント》に公認されることが多い。しかし〝聖なる人〟という意味で、より広義に用いられることもしばしばある。

たとえば聖パトリックも、ブレッシド・パトリックという呼ばれかたをすることがある。

6 〈歓待の法〉＝古くからアイルランド人は、旅人や客を手厚くもてなしてきた。〝アイリッシュ・ホスピタリティ（アイルランド人のもてなし）〟という表現は、今日でもよく使われている。これは彼らの気質や、善意に満ちた社会慣行をあらわしているが、ここに述べられているように、〈ブレホン法〉も、もてなしの内容や義務を法的に明確に定めている。たとえば、一般的な義務として、一家の主《あるじ》や修道院は、見知らぬ貧しい旅人にさえ、もてなしを提供しなければならなかった。宿泊や食事を拒否することは罪とみなされた社会であり、法律であったようだ。

7 〈黄色疫病《イエロー・プレイグ》〉＝黄熱病。きわめて悪性の流行病で、よく肌や白目が黄色くなる黄疸症状を伴うため、アイルランドではブーイ・コナル〔黄色のぶり返し〕と称された。五四二年、エジプトで発生し、商船によってヨーロッパへ伝播して猛威をふるい、五四八〜五四九年にはアイルランドにまで及んだ。アイルランドは、五五一〜五五六年に、とりわけはなはだしい大流行にみまわれた。

六六四年に、ヨーロッパは再度この疫病の猛威に曝され、一説によればヨーロッパの人口の三分の一が失われたという。アイルランドでも、六六四年から六六八年にかけて、全人口の三分の一が死亡したと見られる。大王や諸国の王たち、高名な聖職者たちも、大勢この疫病に斃れた。

この六六四〜六六八年のアイルランドにおける猖獗《しょうけつ》期が、六六五年に時代を設定した《修道女フィデルマ・シリーズ》第三作『幼き子らよ、我がもとへ』の背景である（『ブレホン』誌に掲載されたトレメイン氏の「黄色疫病」その他より）。

第三章

1　『ブレハ・ネメド』＝『詩人等に関する法律』。主として、詩人をはじめ専門職にある者や地位を持った人々に関する事項を論じているが、その他さまざまな法律問題にも触れている。女性への性的嫌がらせやそれに対する罰則なども、この法典に具体的に記載されている。

『ブレハ・ネメド』には『前ブレハ・ネメド』と『後ブレハ・ネメド』がある。

2　カマル＝古代アイルランドにおける〝富〟の単位。牧畜国のアイルランドでは、貨幣（金、銀）ではなく、家畜や召使いを〝富〟を計る基準とし、シエードとカマルのふたつの単位を用いていた。一シエードは乳牛一頭（若い牝牛二頭）に相当する価値（二シエードで乳牛一頭の説も）、一カマルは女召使いひとり、あるいは三シエード、すなわち乳牛三頭（若い牝牛六頭）に相当した（研究者によって若干相違あり）。貨幣もしだいに流通しつつあったが、だいたい、金貨一枚は乳牛一頭（一シエード）、銀貨一枚は一スクラパルで、乳牛の価《あたい》の二十四分の一とされた。また、土地の広さを測る単位としては、一カマルは一三・八五ヘクタールとなる。

3　ノエー＝ラーハンの首都ファールナの修道院長およびフィーナマル王の顧問官として、《修道女フィデルマ・シリーズ》第三作『幼き子らよ、我がもとへ』に登場する。

4　スクラパル＝貨幣単位のひとつ。一スクラパルは、銀貨一枚、あるいは乳牛の二十四分の一頭ぶん。つまり、二十四スクラパルで、乳牛一頭、あるいは金貨一枚ということになる。

第四章

1　「かつてあなたは、キルデアの……」＝『修道女フィデルマの洞察』収録の短編「晩禱の毒人参《ヘムロック》」参照。

2　コルムキル＝五二一頃～五九七年。コロンバ。〝アイオナのコルムキル／コロンバ〟と呼ばれる（サクソン人は、コルムキルという名は言いにくかったらしく、彼をコロンバと呼んだ）。王家の血を引く貴族の出。アイルランドの聖人、修道院長。デリー、ダロウ、ケルズなどアイルランド各地に修道院（三十七か所といわれる）を設立したが、五六三年、十二人の弟子とともにスコットランドへ布教に出かけた（一説には、修道院内の諍《いさか》いの責任をとっての出国とも)。彼はスコットランド王の許可を得て、その西岸の島アイオナに修道院を建て、三十四年間その院長を務めた。さらにスコットランドや北イングランドの各地で多くの修道院の設立や後進の育成などに専念し、あるいは諸王国間の軋轢を仲裁するなど旺盛な活躍をみせ、その生涯のほとんどをスコットランドで送った。とりわけアイオナの修道院は、アイルランド・カトリックとその教育や文化の重要な中心地となっていた。数々の伝説に包まれたカリスマ的な聖職者であり、また古代アイルランド文芸に望郷の思いを詠った詩を残す詩人でもある。

3 〈聖ペテロの剃髪《トンスラ》〉=〝コロナ・スピネア(茨《いばら》の冠)〟型。この時代、カトリックの男子聖職者は剃髪をしていたが、ローマ教会の剃髪は頭頂部のみを丸く剃る形式であった。

4 〈聖ヨハネの剃髪《トンスラ》〉=アイルランド(ケルト)教会では、ローマ教会の剃髪とは異なる形をとっていた。著者は《修道女フィデルマ・シリーズ》の中でよくこの点に言及しているが、たとえば、シリーズ二作目の『サクソンの司教冠』の中でも、〝後ろの髪は長く伸ばし、前頭部は耳と耳を結ぶ線まで剃り上げる様式である〟と説明している。

5 シエード=本書第三章訳註2参照。

6 イー・ネール王家=アイルランド王家のひとつ。タラの王ニール・ニージャラッハ

（四〇五年没）の血筋を引くと主張していたとされる。

第五章

1　アイオナ＝スコットランド西海岸沖の小島。サクソン諸王国に布教にやって来たアイルランド人の聖コルムキルが、まず布教活動の拠点となる修道院を建てたのがこのアイオナ島であり、この島はサクソンにおけるアイルランド（ケルト）・カトリックの布教と学問の中枢の地となった。

第七章

1　〝ダルソスのパウロ〟＝聖パウロ（サウロ）。使徒の一人。ユダヤ人で、キリストの幻影を見てキリスト教に改宗したと言われる。以後、主として異邦の地で布教に努めた。力強い思索家。最期は、ユダヤ人により捕らえられ、ローマで処刑された。

2　ボー・アーラ＝短編「奇蹟ゆえの死」（『修道女フィデルマの洞察』収録）の中で、著者は「領地は持っていないものの、牝牛をれっきとした財産と認められるだけの頭数所有している族長のことで、〝牝牛持ちの族長〟を意味する言葉である。この地位は、一種の地方代官で……小さな共同体は、大体において、こうしたボー・アーラが治めており、そのボー・アーラ自身は、通常、さらに強力な族長に臣従している」と説明している。代官、地方行政官といった地位である。

第八章

1 マナナン・マク・リール＝アイルランドの海神リールの息子で、馬が牽《ひ》く戦車に乗って海を渡り、異界へ旅をする。また、知恵・策略・幻影・魔法の達人でもある。〝マナナン・マク・リールの島〟とは、彼の宮殿があったとされるマン島のこと。

第九章

1 〈聖域権〉＝アジール権、とも。現代でいう治外法権のようなものであり、世俗とは無縁の場所、つまり教会や神殿に逃げこめば、たとえ犯罪者や逃亡者であっても一時的に逮捕を免れることができた。

訳者紹介　1969年生まれ。上智大学大学院文学研究科英米文学専攻博士前期課程修了。訳書にトレメイン「憐れみをなす者」「修道女フィデルマの采配」、ウォルトン「アンヌウヴンの貴公子」、ジョーンズ「詩人《うたびと》たちの旅」「聖なる島々へ」などがある。

検印
廃止

昏《くら》き聖母 上

2023年3月10日　初版

著　者　ピーター・トレメイン

訳　者　田《た》村《むら》美《み》佐《さ》子《こ》

発行所　(株)東京創元社
代表者　渋谷健太郎

162-0814/東京都新宿区新小川町1-5
電　話　03・3268・8231-営業部
03・3268・8204-編集部
URL　http://www.tsogen.co.jp
DTP　工友会印刷
暁印刷・本間製本

乱丁・落丁本は、ご面倒ですが小社までご送付ください。送料小社負担にてお取替えいたします。

©田村美佐子　2023　Printed in Japan

ISBN978-4-488-21826-3　C0197

英国推理作家協会賞最終候補作

THE KIND WORTH KLLING◆Peter Swanson

そして ミランダを 殺す

ピーター・スワンソン

務台夏子 訳　創元推理文庫

◆

ある日、ヒースロー空港のバーで、
離陸までの時間をつぶしていたテッドは、
見知らぬ美女リリーに声をかけられる。
彼は酔った勢いで、１週間前に妻のミランダの
浮気を知ったことを話し、
冗談半分で「妻を殺したい」と漏らす。
話を聞いたリリーは、ミランダは殺されて当然と断じ、
殺人を正当化する独自の理論を展開して
テッドの妻殺害への協力を申し出る。
だがふたりの殺人計画が具体化され、
決行の日が近づいたとき、予想外の事件が……。
男女４人のモノローグで、殺す者と殺される者、
追う者と追われる者の攻防が語られる衝撃作！

予測不可能な圧巻のサスペンス！

ALL THE BEAUTIFUL LIES◆Peter Swanson

アリスが語らないことは

ピーター・スワンソン

務台夏子 訳　創元推理文庫

◆

大学生のハリーは、父親の事故死を知らされる。
急ぎ実家に戻ると、傷心の美しい継母アリスが待っていた。
刑事によれば、海辺の遊歩道から転落する前、
父親は頭を殴られていたという。
しかしアリスは事件について話したがらず、
ハリーは疑いを抱く。
――これは悲劇か、巧妙な殺人か？
過去と現在を行き来する物語は、
ある場面で予想をはるかに超えた展開に！
〈このミステリーがすごい！〉海外編第2位
『そしてミランダを殺す』の著者が贈る圧巻のサスペンス。

ミステリを愛するすべての人々に――

MAGPIE MURDERS◆Anthony Horowitz

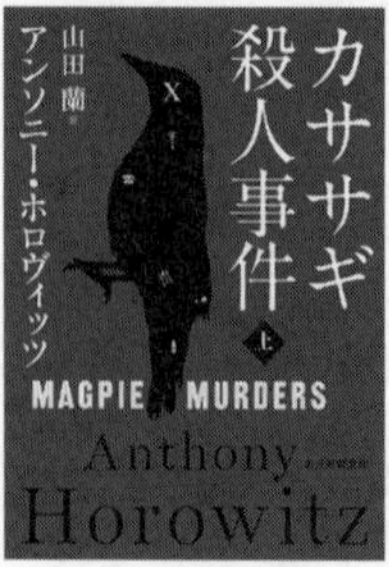

カササギ殺人事件◆上下

アンソニー・ホロヴィッツ
山田 蘭 訳　創元推理文庫

◆

1955年7月、イギリスのサマセット州の小さな村で、
パイ屋敷の家政婦の葬儀がしめやかに執りおこなわれた。
鍵のかかった屋敷の階段の下で倒れていた彼女は、
掃除機のコードに足を引っかけたのか、あるいは……。
彼女の死は、村の人間関係に少しずつひびを入れていく。
余命わずかな名探偵アティカス・ピュントの推理は――。
アガサ・クリスティへの愛に満ちた
完璧なオマージュ作と、
英国出版業界ミステリが交錯し、
とてつもない仕掛けが炸裂する！
ミステリ界のトップランナーによる圧倒的な傑作。

『カササギ殺人事件』に匹敵する続編登場!

MOONFLOWER MURDERS◆Anthony Horowitz

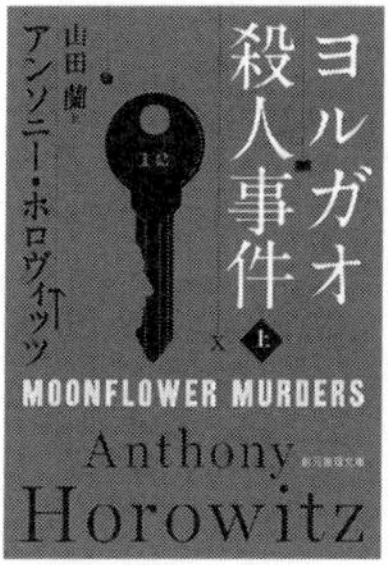

ヨルガオ殺人事件◆上下

アンソニー・ホロヴィッツ

山田 蘭 訳　創元推理文庫

◆

『カササギ殺人事件』から２年。
クレタ島で暮らす元編集者のわたしを、
英国から裕福な夫妻が訪ねてくる。
彼らのホテルで８年前に起きた殺人の真相を、
ある本で見つけた――そう連絡してきた直後に
夫妻の娘が失踪したという。
その本とは、わたしがかつて編集した
名探偵〈アティカス・ピュント〉シリーズの
『愚行の代償』だった……。
ピースが次々と組み合わさり、
意外な真相が浮かびあがる――
そんなミステリの醍醐味を二回も味わえる傑作！

7冠制覇『カササギ殺人事件』に匹敵する傑作！

THE WORD IS MURDER◆Anthony Horowitz

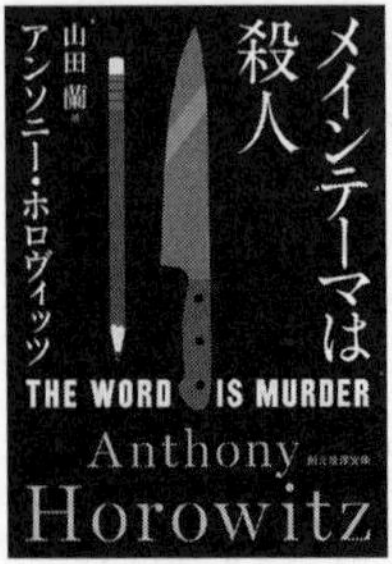

メインテーマは殺人

アンソニー・ホロヴィッツ
山田 蘭 訳 創元推理文庫

◆

自らの葬儀の手配をしたまさにその日、
資産家の老婦人は絞殺された。
彼女は、自分が殺されると知っていたのか？
作家のわたし、アンソニー・ホロヴィッツは
ドラマの脚本執筆で知りあった
元刑事ダニエル・ホーソーンから連絡を受ける。
この奇妙な事件を捜査する自分を本にしないかというのだ。
かくしてわたしは、偏屈だがきわめて有能な
男と行動を共にすることに……。
語り手とワトスン役は著者自身、
謎解きの魅力全開の犯人当てミステリ！

〈ホーソーン&ホロヴィッツ〉シリーズ第2弾!

THE SENTENCE IS DEATH◆Anthony Horowitz

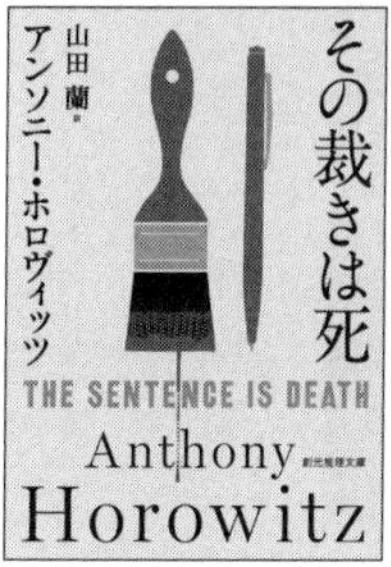

その裁きは死

アンソニー・ホロヴィッツ
山田 蘭 訳　創元推理文庫

◆

実直さが評判の離婚専門の弁護士が殺害された。
裁判の相手方だった人気作家が
口走った脅しに似た方法で。
犯行現場の壁には、
ペンキで乱暴に描かれた謎の数字“182”。
被害者が殺される直前に残した奇妙な言葉。
わたし、アンソニー・ホロヴィッツは、
元刑事の探偵ホーソーンによって、
この奇妙な事件の捜査に引きずりこまれる——。
絶賛を博した『メインテーマは殺人』に続く、
驚嘆確実、完全無比の犯人当てミステリ!

創元推理文庫

MWA賞最優秀長編賞受賞作

THE STRANGER DIARIES◆Elly Griffiths

見知らぬ人

エリー・グリフィス 上條ひろみ 訳

◆

これは怪奇短編小説の見立て殺人なのか？　タルガース校の旧館は、かつて伝説的作家ホランドの邸宅だった。クレアは同校の教師をしながらホランドを研究しているが、ある日クレアの親友である同僚が殺害されてしまう。遺体のそばには“地獄はからだ”と書かれた謎のメモが。それはホランドの短編に登場する文章で……。本を愛するベテラン作家が贈る、MWA賞最優秀長編賞受賞作！

創元推理文庫

伏線の妙、驚嘆の真相。これぞミステリ！

THE POSTSCRIPTS MURDERS◆Elly Griffiths

窓辺の愛書家

エリー・グリフィス　上條ひろみ 訳

◆

多くの推理作家の執筆に協力していた、本好きの老婦人ペギーが死んだ。死因は心臓発作だが、介護士のナタルカは不審に思い、刑事ハービンダーに相談しつつ友人二人と真相を探りはじめる。しかしペギーの部屋を調べていると、銃を持った覆面の人物が侵入してきて、一冊の推理小説を奪って消えた。謎の人物は誰で、なぜそんな行動を？　『見知らぬ人』の著者が贈る傑作謎解き長編。

創元推理文庫

ぴったりの結婚相手と、真犯人をお探しします！

THE RIGHT SORT OF MAN◆Allison Montclair

ロンドン謎解き結婚相談所

アリスン・モントクレア 山田久美子 訳

◆

舞台は戦後ロンドン。戦時中にスパイ活動のスキルを得たアイリスと、人の内面を見抜く優れた目を持つ上流階級出身のグウェン。対照的な二人が営む結婚相談所で、若い美女に誠実な会計士の青年を紹介した矢先、その女性が殺され、青年は逮捕されてしまった！　彼が犯人とは思えない二人は、真犯人さがしに乗りだし……。魅力たっぷりの女性コンビの謎解きを描く爽快なミステリ！

CUCKOO SONG

『嘘の木』の著者が放つサスペンスフルな物語
カーネギー賞最終候補作

FRANCES HARDINGE

カッコーの歌

フランシス・ハーディング　児玉敦子 訳　創元推理文庫

「あと七日」意識を取りもどしたとき、耳もとで笑い声と共にそんな言葉が聞こえた。わたしは……わたしはトリス。池に落ちて記憶を失ったらしい。少しずつ思い出す。母、父、そして妹ペン。ペンはわたしをきらっている、憎んでいる、そしてわたしが偽者だと言う。なにかがおかしい。破りとられた日記帳のページ、異常な食欲、恐ろしい記憶。そして耳もとでささやく声。「あと六日」。わたしに何が起きているの？　大評判となった『嘘の木』の著者が放つ、サスペンスフルな物語。
英国幻想文学大賞受賞、カーネギー賞最終候補作。

コスタ賞大賞・児童文学部門賞W受賞！

嘘の木

フランシス・ハーディング　児玉敦子 訳　創元推理文庫

世紀の発見、翼ある人類の化石が捏造だとの噂が流れ、発見者である博物学者サンダリー一家は世間の目を逃れて島へ移住する。だがサンダリーが不審死を遂げ、殺人を疑った娘のフェイスは密かに真相を調べ始める。遺された手記。嘘を養分に育ち真実を見せる実をつける不思議な木。19世紀英国を舞台に、時代に反発し真実を追う少女を描く、コスタ賞大賞・児童書部門W受賞の傑作。